Alexander Hartung

Auf der Spur des Jägers

EDITION M

Das Buch

Nahe der Frankfurter Allee wird eine junge Frau auf offener Straße brutal getötet. Vordergründig sieht es nach einem Raubüberfall aus, doch Hauptkommissar Jan Tommen ist bald überzeugt, dass die Frau kein zufälliges Opfer war. Ein starkes Betäubungsmittel in ihrer Handtasche lässt die Ermittler auf ein bestimmtes Milieu schließen, doch die Spuren zum Täter sind widersprüchlich.

Dann wird eine weitere Leiche in einem gut besuchten Park gefunden – ein Mann wurde mit einem starken Ast zu Tode geprügelt. Die dabei angewendete Gewalt deutet auf eine Verbindung der Fälle hin. Jan und seine Freunde stehen unter großem Druck, den Täter endlich zu finden und zu verhindern, dass er erneut zuschlägt.

Der Autor

Alexander Hartung wurde 1970 in Mannheim geboren. Schon während seines Volkswirtschaftsstudiums begann er mit dem Schreiben und entdeckte seine Liebe zu Krimis. Mit seinen beiden Serien um die Ermittler Jan Tommen und Nik Pohl eroberte er die Kindle-Bestsellerliste. Aktuell lebt Alexander Hartung mit Frau und Kindern in seiner Geburtsstadt Mannheim.

ALEXANDER HARTUNG

AUF DER SPUR DES JÄGERS

EIN JAN-TOMMEN-THRILLER

EDITION M

Deutsche Erstveröffentlichung bei
Edition M, Amazon Media EU S.à r.l.
38, avenue John F. Kennedy, L-1855 Luxembourg
September 2022

Umschlaggestaltung: bürosüd München, www.buerosued.de
Umschlagmotiv: © Jes2u.photo © Fly Of Swallow Studio / Shutterstock
1. Lektorat: Kanut Kirches
2. Lektorat, Korrektorat und Satz: VLG Verlag & Agentur,
Haar bei München, www.vlg.de
Gedruckt durch:
Amazon Distribution GmbH, Amazonstraße 1, 04347 Leipzig /
Canon Deutschland Business Services GmbH,
Ferdinand-Jühlke-Straße 7, 99095 Erfurt /
CPI books GmbH, Birkstraße 10, 25917 Leck

ISBN 978-2-49670-421-1

www.edition-m-verlag.de

Gewidmet der Polizei und der Kripo
von Berlin und von ganz Deutschland.
Vielen Dank für eure Arbeit, die viel
zu wenig gewürdigt wird.

Prolog

Nach den Tagen im dunklen Verlies war es wie eine Befreiung, wieder an der frischen Luft zu sein. Ricarda hörte das Platschen von Wasser, und irgendwo ertönte ein dumpfes Nebelhorn, aber ansonsten konnte sie nur wenig wahrnehmen. Ihre Sicht war getrübt, ihre Ohren wirkten wie in Watte gepackt und die Welt drehte sich um sie. Die rechte Hand pochte, da die Kette um ihr Gelenk die Haut aufgeschürft hatte. Wäre sie nicht gestützt worden, hätte sie sich nicht auf den Beinen halten können. Ricarda versuchte, den Schwindel aus ihrem Kopf zu schütteln, aber es wurde nicht besser. Sie vernahm die zornige Stimme einer Frau, die irgendjemanden anzuschreien schien. Die Gestalt neben Ricarda schien zu antworten, aber auch hier konnte sie die Worte zu keinem Satz verbinden. Nichts ergab Sinn.

Sie sog die Luft tief ein und genoss das Fehlen des modrigen Geruchs, der die letzten Tage ihr Begleiter gewesen war. Waren es überhaupt Tage gewesen? Oder vielleicht doch Wochen?

Sie stolperte über einen Stein und verlor einen Schuh, aber die Gestalt zog sie unerbittlich weiter. Der Schuh blieb zurück und sie spürte die Kälte an ihren Zehen.

Sie wollte fragen, wo sie hingingen, aber aus ihrem Mund kam nur ein träges Lallen, als wäre sie betrunken.

»… kommt jemand«, sagte die Frau jetzt deutlich. Ricarda wurde grob zur Seite gezogen. Dann standen sie still. Unter ihrem nackten Fuß war keine Straße mehr, sondern Gras. Ebenso kalt. Und trocken.

Jemand presste ihr die Hand auf den Mund, was sie überraschte, schließlich hatte sie nicht vorgehabt zu reden, das wäre viel zu anstrengend gewesen. Während sie warteten, schweiften ihre Gedanken ab, zur Kälte und zu dem Gras unter ihren Zehen.

Die Hand drückte noch einmal fest auf ihre Lippen. Sie wollte sich gerade über diese Behandlung beschweren, als sie weitergezogen wurde.

Unter ihren Füßen spürte sie wieder Beton. Es war immer noch kalt. Nach einem kurzen Marsch hielten sie an und die Frau wurde wieder zornig. Sie gestikulierte wild mit den Händen, deutete auf sie und dann auf ein Geländer.

»… können wir nicht tun«, sagte die Gestalt neben ihr. Die Stimme klang dunkel, wie die eines Mannes. Ricarda vermeinte, Unsicherheit in ihr zu hören. Vielleicht sogar Angst.

Die Frau erwiderte etwas. Ihre Stimme war so schrill, dass Ricarda die Hände auf die Ohren drückte. Der Mann ließ sie los, packte sie an den Fußknöcheln und warf sie mit einem Ruck nach hinten.

Ricarda erwartete, auf den Rücken zu knallen, stattdessen fiel sie. Länger, als es sein durfte. Sie schrie, als sie auftraf. Wasser schwappte in ihren Mund. Wo immer sie hineingefallen war, es war tief. Die Kälte war wie ein Schock, der sie aus ihrer Lethargie riss. Sie strampelte mit den Füßen und ruderte mit den Händen, bis sie wieder an die Oberfläche kam. Sie wollte schreien, aber das Wasser war bereits in ihrer Lunge, sodass sie nur husten konnte.

Ihre Sinne spielten immer noch verrückt. Sie sah nur verschwommen, ein paar Lichter in der Ferne, Schemen, die wie Bäume aussahen, doch der Himmel war dunkel, kein Mond, keine Sterne – nur ein nebulöses Nichts.

Die Strömung zog sie wieder unter Wasser. Eigentlich war sie eine gute Schwimmerin, aber sie fühlte sich so schwach, konnte kaum ihre Arme heben, und ihre Beine waren schwer.

Ein weiteres Mal schloss sich das dunkle Wasser über ihr. Sie versuchte, sich nach oben zu kämpfen, aber ihr war nur noch ein letzter Atemzug vergönnt.

Dann verschwanden die Lichter am Horizont. Und es wurde kalt.

Kapitel 1

Der Tatort ließ Jan erahnen, mit welcher Brutalität der Angreifer vorgegangen war. Auf dem Gehweg hatte sich eine große Blutlache gebildet. Die zähe rote Masse war über den schmutzigen Beton zu einem Rinnstein gelaufen, der von alten Prospekten und einer zerdrückten Bierdose verstopft war. Daneben lagen der rechte Schuh des Opfers, ein hellbeiger Ballerina der Größe 36, und eine Handtasche in der gleichen Farbe, deren Inhalt überall verstreut war: eine Cremedose, eine U-Bahn-Fahrkarte, Kaugummis, ein Eyeliner und der Kassenbon eines Discounters, dessen weißes Papier mit Kaffee bespritzt war.

Es stank nach Abgasen, denn obwohl die vorbeikommenden Autofahrer durch die aufgestellte Schutzwand an der Straße nichts sehen konnten, waren ihnen die Polizeifahrzeuge mit Blaulicht Anreiz genug, um die Fahrt zu verlangsamen und zum Tatort zu blicken. Selbst den Touristen in den roten Bussen war die Absperrung aufgefallen. Etliche standen auf den Sitzen und versuchten, ein Foto zu schießen.

Es war Samstag und daher nicht mit Berufsverkehr zu rechnen. Doch das gute Wetter würde viele Bummler zum Einkaufen ziehen und die Teilsperrung sich daher bald auf die nahe

Frankfurter Allee auswirken, was wiederum zahllose Beschwerden auf der Dienststelle zur Folge hätte.

Jan ging vom Tatort weg zu einem Mann, der neben einem Polizeiauto wartete. Er schätzte ihn auf Ende zwanzig, mit hippem Vollbart und halblangen Haaren, die oben zu einem kleinen Zopf gebunden waren. Der Zeuge war bleich im Gesicht und hielt den Blick zu Boden gesenkt, als wollte er nichts von dem Tatort sehen. Er spielte nervös mit einem großen Schlüsselbund in seiner Rechten, während seine Linke in der Tasche seiner Jeansjacke verborgen war.

»Tommen, von der Kripo Berlin«, stellte sich Jan vor und zeigte seine Marke.

Der Mann steckte den Schlüsselbund ein und schüttelte Jan die Hand. »Igor Jurkovich«, erwiderte er.

»Sie haben die Tat beobachtet?«

Er nickte.

»Können Sie mir erzählen, was passiert ist?« Jan nahm einen Block mit Stift aus der Tasche.

»Ich kam gerade aus der Bäckerei und wollte zur U-Bahn-Station, als ich die vermummte Gestalt bemerkte.«

»Inwieweit vermummt?«, fragte Jan, während er sich eine Notiz machte.

»Sie trug eine Wollmütze, hatte den Schal bis über den Mund gezogen und eine Brille mit dunklen Gläsern auf«, erklärte Jurkovich. »Die Hose war schwarz, ebenso die Regenjacke, daher dachte ich zuerst an einen der Hausbesetzer in der Rigaer Straße. Aber dann sah ich den Schlagstock in der Hand, als die Gestalt sich an einem jungen Paar vorbeigedrängt hatte.« Er rieb sich mit den Händen über das Gesicht. »Ich habe noch nie eine solche Brutalität gesehen«, fuhr er mit zittriger Stimme fort. »Der erste Schlag traf die Frau ins Gesicht und ließ sie zu Boden gehen, doch anstatt von ihr abzulassen, drosch die vermummte Person weiter auf den Kopf ein. Immer wieder.«

Jurkovich lehnte sich an die Wand. »Ich war entsetzt und wollte weglaufen, aber meine Beine gehorchten mir nicht, also habe ich mich weggedreht und dort zusammengekauert.« Er deutete in einen Hauseingang.

»Wissen Sie, wohin der Angreifer geflüchtet ist?«

Er schüttelte den Kopf. »Ich bin erst aus meiner Starre erwacht, als jemand nach einem Krankenwagen geschrien hat. Dann war der Schläger schon weg.« Er gab ein würgendes Geräusch von sich, als wäre er kurz davor, sich zu übergeben.

»Lassen wir es für den Moment gut sein.« Jan legte ihm mitfühlend eine Hand auf die Schulter. »Vielen Dank für Ihre Hilfe, doch Sie sollten sich erst etwas ausruhen. Wenn es Ihnen besser geht, können Sie auf die Wache kommen und Ihre Aussage machen.« Er nahm eine Visitenkarte aus der Tasche und reichte sie dem Mann.

»Vielen Dank.« Jurkovich wirkte erleichtert. Er nahm die Karte entgegen und trottete aus der Absperrung in Richtung U-Bahn.

Jan wandte sich wieder zum Tatort um, an dem sich gerade sein Kollege Patrick mit einem Mann vom Kriminaltechnischen Institut unterhielt. Ganz im Gegensatz zum KTIler war Patrick adrett in einen dunklen Anzug samt Krawatte gekleidet. Zusammen mit seinen perfekt liegenden Haaren und der frischen Rasur wirkte er eher wie ein Anwalt oder Vermögensberater, nicht wie ein Kripobeamter. Aber Jan wusste, was er an ihm hatte, und er war froh, ihn in diesem Fall bei sich zu wissen.

»Morgen.« Jan genehmigte sich ein kurzes Gähnen. Gestern Abend hatte er noch nicht ahnen können, dass er am heutigen Samstag so früh aufstehen musste, daher war er bis drei Uhr auf der Party von Lans bester Freundin geblieben.

»Jan«, erwiderte Patrick mit einem Nicken. Bis auf eine hochgezogene Augenbraue konnte Jan keinen Vorwurf erkennen, dass er übermüdet und ungekämmt war und außerdem ein schlecht gebügeltes Hemd unter seiner in die Jahre gekommenen Jeansjacke trug.

»Mit dem Augenzeugen lässt sich heute nicht viel anfangen.« Jan deutete hinter sich. »Gab es noch andere?«

»Mit Sicherheit, denn um diese Zeit war schon viel los«, sagte Patrick. »Von den Leuten in der Nähe hat zwar keiner die Tat mit eigenen Augen gesehen, doch anscheinend sind bei dem Überfall sehr viele Passanten weggerannt, daher melden sich sicherlich noch welche bei uns, wenn sie sich von dem Schreck erholt haben.«

»Wie geht es dem Opfer?«, fragte Jan.

»Laut Notarzt sind die Kopfverletzungen schwerwiegend«, antwortete Patrick. »Ich befürchte, dass aus dem Raubüberfall noch Totschlag wird.«

»Wurde das Opfer ausgeraubt?«

»Das ist eine erste Vermutung. Wir haben weder Geldbeutel noch Handy oder irgendetwas anderes von Wert bei der Frau gefunden und die Handtasche lag offen herum.«

Jan drehte sich um und sah nachdenklich den Gehweg entlang.

»Was ist los?«, unterbrach Patrick seine Grübeleien.

»Mich irritiert eine Aussage des Zeugen«, erklärte Jan. »Um diese Zeit war auf der Waldeyerstraße viel los. Die Bäckerei war geöffnet, ebenso das Kosmetikgeschäft und das nahe Café. Von den Leuten, die zur U-Bahn-Station unterwegs waren, will ich gar nicht reden. Für einen Raubüberfall ist das ein denkbar schlechter Platz, ebenso der Samstagmorgen als Zeitpunkt.«

»Einen Junkie, der Geld für den nächsten Schuss benötigt, stört das nicht.«

»Warum hat der Angreifer diese Frau ausgewählt?«, wunderte sich Jan.

»Das Opfer war eins fünfundsechzig groß und von schlanker Statur. Ein leichteres Ziel als ein zwei Meter großer Bauarbeiter.«

»Laut dem Zeugen hat der Angreifer brutal auf die Frau eingeprügelt, obwohl sie sofort zu Boden gegangen ist. Er hätte beim ersten Schlag die Wertgegenstände greifen und wegrennen können. Stattdessen hat er sie weiter auf den Kopf geschlagen.«

»Du vermutest versuchten Mord?«

»Handtasche und Schuhe des Opfers sind keine Designerware. Und auch beim verstreuten Kleinzeugs deutet nichts auf eine wohlhabende Frau hin. Wenn sie keine auffällige Halskette oder Ähnliches getragen hat, gibt es keinen offensichtlichen Grund, sie als Ziel für einen Raubüberfall auszuwählen.«

»Was könnte das Motiv für den Angriff sein?«

»Es wäre nicht das erste Mal, dass etwas mit einem vorgeblichen Raubüberfall getarnt werden soll«, erklärte Jan.

»Für Spekulationen ist es zu früh. Wir kennen nicht einmal das Geschlecht des Angreifers. Die Spurensicherung wird für den Tatort noch Zeit benötigen, während der Rechtsmediziner im Krankenhaus die Fingerabdrücke des Opfers nimmt in der Hoffnung, einen Namen herauszufinden.«

Ein Mann in einem weißen Schutzoverall kam zu ihnen gelaufen. Er hielt eine Plastiktüte hoch, in der eine Einwegspritze und ein Fläschchen mit einer milchigen Flüssigkeit zu erkennen waren. »Wir haben das in einer Art Geheimfach der Handtasche gefunden.«

»Propofol«, las Jan den Aufkleber auf dem Fläschchen vor.

»Das ist ein starkes Narkosemittel, das nicht frei erhältlich ist«, sagte Patrick.

Der Mann vom KTI nickte. »Ich bringe es zur chemischen Analyse. Das Fläschchen ist ungeöffnet, daher ist das Anästhetikum wahrscheinlich noch drin.«

»Hier stimmt etwas nicht«, stellte Jan fest. »Und mein Gefühl sagt mir, dass wir alle Hilfe benötigen werden.«

* * *

Als Zoe zur Arbeit gekommen war, hatte sie sich gewundert, warum so viele Kollegen am heutigen Tag krank oder auswärts tätig waren, bis das Fernsehteam vom RBB zur Tür hereingekommen war. Jetzt verstand sie, was der Termin »Wichtiges Gespräch« in ihrem Kalender zu bedeuten hatte. Während sie im Geist mehrere Racheszenarien durchging, schlenderte der Reporter an ihr vorbei. Er sah aus wie ein zu groß gewachsener Vorschüler, mit blondem Seitenscheitel und einem Zahnpastalächeln, das jeder Schwiegermutter die Freudentränen in die Augen getrieben hätte. Sein Jackett war von einem billigen Babyblau, das nicht zu seiner Jeans passte. Außerdem trug er die hässlichsten Lederslippers, die Zoe je gesehen hatte, was ziemlich beeindruckend war, wenn man ihre Kollegen in der Rechtsmedizin bedachte, deren Anblick jeden Modedesigner in den Selbstmord getrieben hätte.

»Ich bin gleich bei Ihnen«, hauchte er ihr mit warmer Stimme und einem Augenzwinkern zu. Obwohl sie lesbisch war, konnte sich Zoe nicht vorstellen, wie Blondie mit dieser Masche eine Frau unter 93 Jahren zum Schmelzen bringen konnte, aber sie verkniff sich eine Bemerkung, damit das alles schneller vorbei war. Währenddessen ging sie in den Pausenraum, nahm eine Tüte Milch und begann den Inhalt sorgsam auf den Läufer im Büro ihres Vorgesetzten auszuleeren. Spätestens am Montag würde die Milch ein unverkennbares Aroma mit entsprechendem Gärgestank entfaltet haben.

Glücklicherweise kannte sie auch seine Privatnummer, sodass er sich über zahlreiche Anrufe freuen durfte, wenn sie seinen peinlichen gelben Porsche Boxster zum Schnäppchenpreis in ein Autoportal einstellen würde.

Zurück in der Küche hatte sie Mühe, nicht über die zahllosen Kabel zu stolpern, die in den letzten Minuten auf dem Boden ausgelegt worden waren. Unter den Dingen, die Zoe verabscheute, rangierten nervige Fragen auf Platz drei ihrer Hassliste. Höher standen nur Kollegen in Birkenstock-Schlappen und in Olivenöl eingelegter Schafskäse. Vielleicht noch der Geruch von gerösteten Zwiebeln, der manchmal durch den Hausflur waberte, wenn ihre tattrige Nachbarin wieder Leber briet. Und wenn sie es sich recht überlegte, dann mochte sie Leber eigentlich auch nicht. Also alles, was mit Leber zu tun hatte, das Fleisch, Leberknödel, Leberwurst und vor allem Leberzirrhose. Während sie die Rangliste in ihrem Kopf nochmals neu ordnete, wurden ihre Grübeleien von einem grellen Licht unterbrochen. Eine Kamera richtete sich auf sie und der Reporter kam mit einem Mikrofon in der Hand zu ihr.

»Ich bin hier im rechtsmedizinischen Institut«, begann Blondie mit Schleimstimme. »Und bei mir ist eine waschechte Rechtsmedizinerin.« Er ließ sich auf ein Knie nieder und deutete mit der freien Hand auf Zoe, als wäre sie ein Überraschungsgast.

»Sind wir im Affenzirkus?«, fragte sie. »Oder warum tanzt du so bescheuert herum?«

»Das ist für eine Kindersendung«, rechtfertigte sich der Reporter. »Da muss man exzentrischer moderieren.«

»Aha«, bemerkte sie und durchsuchte ihren Kittel nach Zigaretten.

Blondie machte die gleiche dumme Einführung noch mal und wandte sich dann wieder an Zoe.

»Dr. Diek. Warum sind Sie Rechtsmedizinerin geworden?«, fragte er mit breitem Lächeln, als ob er ihr die Nachricht eines Lottogewinns überbrachte. Dabei hielt er ihr das Mikrofon vors Gesicht.

»Ich schneide gern an Leichen herum.«

»Stopp! Stopp!« Der Reporter winkte in die Kamera.

»Was ist denn jetzt wieder?«, beschwerte sich Zoe.

»Dr. Diek«, wandte er sich mit ernstem Gesicht an sie. »So etwas können Sie nicht in einer Sendung für Kinder sagen.« Er hob nachdenklich den Kopf. »Vielleicht eher etwas wie: ›Meine Arbeit hilft dabei, Verbrecher zu überführen und den Toten ihren Seelenfrieden zu bringen.‹«

»Selten so'n Scheiß gehört.«

»Okay, okay«, sagte Blondie. »Überspringen wir den Teil und kommen zur nächsten Frage.« Er hob den Daumen und setzte wieder sein debiles Lächeln auf. Das rote Licht an der Kamera begann zu leuchten. »Dr. Diek. Können Sie uns mehr von Ihrem Alltag als Rechtsmedizinerin erzählen?« Wieder ging das Mikrofon direkt vor ihre Nase. Sie unterdrückte das Bedürfnis, ihm das Ding aus der Hand zu reißen und über seinen Scheitel zu ziehen.

»Ich schneide Leichen auf, entnehme ihre Organe und untersuche sie.«

Blondie stöhnte. »Wenn das so weitergeht, wird das heute nichts mehr.«

»Dann befragen Sie besser einen meiner Assistenten.« Sie deutete auf einen Kollegen, der vorsichtig hinter einem Schrank hervorsah, als hätte er Angst, entdeckt zu werden. »Ich habe sowieso keine Zeit und muss gleich zu einem Fußballspiel.« Sie zog ihren weißen Kittel aus und reichte Blondie einen Schlüssel. »Der ist für den Kühlraum im Keller«, erklärte sie augenzwinkernd. »Das ist gut für die Einschaltquote.«

* * *

Obwohl nur sechzig ausgewählte Besucher Zutritt zur Lagerhalle hatten, war das Geschrei ohrenbetäubend, als befände er sich in der Mitte des Olympiastadions bei einem ausverkauften Hertha-Spiel. Alle Augen waren auf zwei große, stiernackige

Männer gerichtet, die sich mit nacktem Oberkörper gegenüberstanden. Ihre Hände waren mit dünnen roten Bandagen verbunden, und sie beäugten sich konzentriert, die Schwäche des anderen suchend, um den entscheidenden Schlag zu setzen. Die beiden Körper waren von Tätowierungen übersät. Während der Größere einen fingerhohen Irokesenschnitt hatte, war der Kopf seines Gegenübers kahl geschoren. Ansonsten zeigten ihre schiefen Nasen und ausgeschlagenen Zähne, dass sie Konflikten nicht gern aus dem Weg zu gehen schienen.

Die Zuschauer standen in einem Kreis um die Kämpfer. Chandu hasste solche Veranstaltungen, aber er musste dieses Spiel mitmachen, um seine Tarnung aufrechtzuerhalten. Längst wusste jeder von seinen Verbindungen zur Polizei, aber da er den Leuten hier immer wieder Interna zukommen ließ, hielten sie ihn noch für einen von ihnen. Doch alle seine Informationen kamen vom Kripochef Bergman persönlich, in genau der richtigen Dosis, dass sie der Unterwelt nützen konnten, aber keine Gefahr für die Behörden darstellten.

Kein Anwesender hätte normalerweise auch nur einen Schritt in diese verlassene Halle gesetzt. Die Fenster waren mit Holzbrettern vernagelt, der Boden war feucht und es stank wie in einer Kläranlage, aber die Aussicht auf einen Kampf zweier über die Grenzen der Stadt hinaus bekannter Schläger ließ die Zuschauer all die Umstände vergessen. Chandu erkannte das Who's who des Berliner Abschaums. Türsteher, Zuhälter, Waffenschieber und Drogenhändler, aber auch vordergründig ehrbare Geschäftsleute, die, gelangweilt von ihrem Leben, auf der Suche nach Abenteuer waren, sei es durch den Kick neuer Drogen, wilde Sexpartys oder eben Kämpfe wie diesen.

Die beiden Männer waren sichtlich gute Boxer, konzentriert, vorsichtig und mit Nehmerqualitäten, die sie schon nach wenigen Sekunden zeigen mussten. Der Glatzkopf verließ sich zu sehr auf seine Kraft, was bei einem Bare-Knuckle-Kampf gefährlich war. Als hätte der mit dem Irokesenschnitt Chandus Gedanken gehört, verpasste er seinem Gegner einen harten Aufwärtshaken. Dann packte er dessen Kopf, zog ihn zu sich und rammte ihm das Knie in den Bauch. Immer und immer wieder, bis der Glatzkopf keine Gegenwehr mehr leistete und zu Boden rutschte. Der mit dem Irokesenschnitt riss die Hände hoch und ergötzte sich an den Jubelschreien des Publikums. Chandu machte sich gerade auf den Weg, um seinen Gewinn abzuholen, als das Handy in seiner Tasche vibrierte. Nur wenige hatten seine Nummer, also entfernte er sich von dem Lärm und nahm das Gerät aus der Tasche. Das Display zeigte »J«.

»Hi, Chandu. Störe ich bei irgendwas?«, meldete sich sein Freund.

»Ich bin gerade bei einer Boxveranstaltung, aber der Hauptkampf ist vorbei und die Zuschauer sind noch beschäftigt.« Chandu sah sich kurz um, ob jemand in der Nähe war. »Zwei Minuten habe ich.«

»So lange brauche ich nicht«, erwiderte Jan. »Heute Morgen kam es zu einem vermeintlichen Raubüberfall, bei dem ein paar Dinge eigenartig sind. Und die Sache könnte einen anderen Blickwinkel vertragen.«

»Ich werde noch ein Bier oder ein Glas Wodka mit meinen … Bekannten trinken müssen. Wenn ich den verpassten Schlaf der Nacht nachgeholt habe, bin ich wieder einsatzbereit. Passt dir morgen 19 Uhr?«

»Perfekt. Bis dahin habe ich die Auswertung der Tatortspuren und die Berichte der Zeugenaussagen. Jetzt sammle ich noch die beiden anderen ein.«

Chandu sah auf die Uhr. »Für Max könnte es noch zu früh sein, wenn er gestern Abend wieder mit seinen Freunden gezockt hat.«

»Er hat mir schon auf meine SMS geantwortet«, erwiderte Jan. »Er ist auf einem Sportplatz in Tempelhof.«

»Max und Sport?«, wunderte sich Chandu. »Bist du sicher?«

»Das hat mich auch überrascht«, sagte Jan. »Ich mache mich gleich auf den Weg und bin gespannt, was mich dort erwartet.«

* * *

Jan hatte viel Zeit seines Lebens auf Sportplätzen verbracht und unzählige Fußballspiele lokaler Mannschaften gesehen, aber noch nie hatte ihn dabei ein Schild »Betreten auf eigene Gefahr« begrüßt. In Zeiten von zunehmenden Ausschreitungen eigentlich eine nachvollziehbare Warnung, aber an diesem Samstag spielten die Mannschaften der Kripo Berlin gegen ihre Kollegen aus Brandenburg, daher war der Aushang unter diesen Umständen ungewöhnlich. Drinnen sah alles wie gewohnt aus. Bierbänke waren aufgebaut, auf einem großen Grill brutzelten Würstchen und auf einem Getränkewagen wurde Bier gezapft. Nur zehn Meter weiter standen vier Krankenwagen und ein großes Löschfahrzeug. Die Stimmung unter den Sanitätern und den Feuerwehrleuten war gelöst, als freuten sie sich auf das bevorstehende Spiel.

Als Jan noch neu bei der Kripo gewesen war, hatte er auch im Fußballteam mitgekickt, aber solche Spiele zogen kaum mehr als fünfzig Besucher an, meist Kollegen oder Verwandte. Jan schätzte die Menge der Schaulustigen hier allerdings auf über fünfhundert, die sich um den ganzen Rasenplatz verteilten, als wollte jeder von ihnen hautnah am Geschehen sein.

»Ah, Tommen«, grüßte ihn ein Kollege. »Dachte ich mir, dass du dir den Spaß nicht entgehen lässt.« Er drückte ihm eine Schutzbrille in die Hand und ging mit einem Winken weiter.

Jan betrachtete verwundert die Brille in seinen Fingern. Er kannte solche Dinge eher aus dem Labor des KTI, wenn man dort mit chemischen Stoffen herumexperimentierte. Sosehr er sich auch anstrengte, er konnte sich nicht erklären, was es damit auf sich hatte. Erst jetzt bemerkte er, dass jeder Zuschauer ein solches Teil in der Hand hielt oder schon aufgezogen hatte. Andere trugen sogar einen Helm oder einen Mundschutz.

Glücklicherweise sah er Zoe in der Nähe der Außenlinie am Spielfeld stehen. Sie strich sich die langen blonden Haare glatt und flocht sie zu einem lockeren Zopf, bevor sie ebenfalls eine Brille aufsetzte, die viel zu groß für ihr zierliches Gesicht war. Der Kleiderschrank der Rechtsmedizinerin enthielt nur Designerware, und sie legte immer großen Wert auf ihr Äußeres, daher fiel Jan kein Grund ein, warum sie sich in der Öffentlichkeit eine solch unvorteilhafte Schutzbrille aufsetzen sollte.

»Hi, Zoe«, begrüßte er sie.

»Jan.« Sie nickte ihm zu, während sie die Brille auf ihrer Nase richtete.

»Kannst du mir erklären, was das mit den Dingern soll?«, fragte er verwundert. »Oder ist das ein Insider, den ich nicht verstehe?«

»Das erste Spiel bestreitet unsere IT gegen die Computerfreaks aus Brandenburg«, erklärte sie.

»Äh …«, sagte Jan verwirrt, der nicht verstand, worauf seine Kollegin hinauswollte.

»Hast du schon mal zweiundzwanzig Körperklause dabei erlebt, wenn sie versuchen, einen Ball ins Tor zu schießen?«

»Nicht wirklich.«

»Dann mach dich auf was gefasst.« Sie kicherte. »Es geht gleich los.«

Die Tür zur Umkleide ging auf. Unter großem Applaus kamen die Spieler auf den Platz. Die eine Hälfte von ihnen war dünn und hager, die andere dick und übergewichtig. Keiner von ihnen sah sonderlich sportlich aus, aber jede Brust war stolz geschwellt. Die Gesichter waren in Konzentration angespannt, als ginge es um die Fußball-Weltmeisterschaft. Max führte die Mannschaft aus Berlin an. Das weiße Trikot war viel zu groß und hing wie ein alter Lappen über seine Schultern, aber er grüßte die Anwesenden huldvoll wie ein Imperator, der in den Circus Maximus einmarschiert. Unglücklicherweise hatte Max vergessen, seine Schuhe zu binden, sodass er zehn Meter vor dem Fußballfeld über die Bändel stolperte und mit ausgestreckten Armen zu Boden knallte. Leider waren seine Kollegen hinter ihm nicht sonderlich reaktionsschnell, sodass sie über ihn fielen. Das wiederum verleitete den Kapitän der Brandenburger zu einem gehässigen Lachen, das aber nur kurz währte, denn sein rechter Fuß verfing sich an einem Kasten Mineralwasser, was bei seiner Mannschaft eine ähnliche Kettenreaktion an Stürzen verursachte wie bei den Berlinern.

Diesen Moment der Verwirrung nutzte der Schiedsrichter, um auf das Feld zu rennen, den Ball auf den Anstoßpunkt zu legen und schnell wieder vom Feld zu hasten.

»Herrlich, oder?«, fragte Zoe.

»Warum trägt der Schiri einen Helm?«, wunderte Jan sich, als dieser eine Kopfbedeckung aufsetzte, die an die Schutzkleidung des SEK erinnerte.

»Weil er ab und zu aufs Feld muss«, erwiderte Zoe verwundert, als verstünde sie nicht, warum man etwas so Offensichtliches fragen konnte.

Nachdem die beiden Mannschaften sich aufgerappelt hatten und auf dem Feld waren, pfiff der Schiedsrichter die Begegnung von der Seitenlinie aus an. Jan hatte nicht erwartet, dass die Spieler sonderlich in Taktik geschult waren, aber er hatte auch nicht damit gerechnet, dass alle auf dem Feld Befindlichen sich sofort auf den Ball stürzen würden. Einzig die Torhüter blieben auf ihren Linien kleben.

Es war das absolute Chaos. Jan hatte keine Ahnung, wo der Ball war, aber irgendwo inmitten des schreienden, stoßenden und tretenden Mobs musste er sein. Unter den begeisterten Anfeuerungsrufen der Zuschauer sprang der Ball nach zwei

Minuten aus dem Pulk und rollte auf das Tor der Brandenburger zu. Die Berliner verteilten sich in einer Art Zehner-Angriffskette, während die Brandenburger das Gleiche in der Abwehr aufstellten. Einem zwei Meter großen hageren Mann gelang es tatsächlich, den Ball von der rechten Außenseite in Richtung Strafraum zu treten. Die Abwehrkette der Brandenburger war zu weit zurückgelaufen und erkannte zu spät, dass sie das Tor bereits hinter sich gelassen hatte, sodass eigentlich nur ein Berliner den Fuß hinhalten musste, um den Ball über die Linie zu lenken. Doch der Erste trat nicht gegen den Ball, sondern mit voller Kraft in die Erde, was ihn schreiend zu Boden gehen ließ. Das Spielgerät rollte weiter zu Max, der die Chance zum ersten Tor hatte, aber auch er verpasste es. Dabei löste sich sein noch immer ungebundener rechter Schuh, flog von seinem Fuß und traf den Torhüter ins Gesicht, der mit einem Stöhnen umfiel. Mit dem unbewachten Tor hätte der nächste Mann links neben Max die Chance zum 1:0 gehabt, aber er trat auf den Ball, kam aus dem Gleichgewicht und fiel nach vorne, wobei sein Sturz noch vom Pfosten aufgehalten wurde.

»Das ist ein … Massaker«, sagte Jan entsetzt, als der Schiedsrichter die Sanitäter auf den Platz winkte.

»Ja, ich genieße es auch.« Zoe applaudierte begeistert.

»Das Spiel läuft keine fünf Minuten und schon drei Verletzte«, stellte Jan fest.

»Bei der Begegnung ist die Auswechselregel aufgehoben«, erklärte sie. »Und auf der Ersatzbank sind noch genügend.«

Während Jan sich fragte, ob mit all den Verletzten die IT-Abteilung überhaupt aufrechterhalten werden konnte, flog der Abstoß des Ersatztorwarts in hohem Bogen auf den Gasgrill, der mit einem Scheppern umfiel. Dabei gerieten die Pappteller und Servietten in Brand. Während die Zuschauer der Feuerwehr zum Löschen Platz machten, überlegte Jan, ob er zu seiner Sicherheit heimlich über den Zaun klettern und verschwinden sollte, aber er brauchte Max noch für den Fall, also setzte er seine Schutzbrille auf und hoffte, dass sein Freund die nächsten Minuten überleben würde.

* * *

Wenn es etwas Gutes an Gewaltverbrechen gab, dann, dass Jan einen Grund hatte, seinen Freund Chandu zu Hause zu besuchen. Für einen Außenstehenden mochte der Anblick eines zwei Meter großen, muskulösen Kochs in dunkelblauer Schürze ungewöhnlich wirken, aber alle Zweifel würden mit dem ersten Bissen beiseitegewischt sein, denn was auch immer Chandu zubereitete, es schmeckte hervorragend.

Jan umarmte seinen ruandischen Freund, ging an den Tisch, der festlich gedeckt war, mit weißem Porzellan, Silberbesteck, Weingläsern und einem edlen Kandelaber. Während Zoes weißes Kostüm und die hochhackigen Schuhe zu einem edlen Abendessen passten, wirkte Max mit seinen Cargohosen und dem Godzilla-T-Shirt weniger festlich. Der junge Computerfreak hob kurz die Hand zum Gruß und konzentrierte sich dann wieder auf den Laptop vor ihm. Jan war froh, dass Max das Spiel ohne große Verletzungen überstanden hatte. Einzig eine Schürfwunde am Kinn hatte er sich zugezogen. Diese stammte aber vom Torjubel, bei dem er dem Schützen vor Freude in die Arme springen wollte, ihn aber um einen guten Meter verfehlt hatte.

Jan hatte gerade Platz genommen, als Chandu schon mit einer großen Schale aus Jenaer Glas zum Tisch kam und diese auf einen chromfarbenen Untersatz stellte. Er legte den Topflappen zur Seite und setzte sich neben Zoe.

»Das sind mit Spinat und Ricotta gefüllte Conchiglioni, überbacken mit einer Mischung aus Parmesan und Gouda«, erklärte er und griff nach einem Löffel. »Außerdem habe ich sie in einer Tomatensoße schmoren lassen, damit der Teig im Backofen nicht austrocknet.«

Als Chandu ihm den Teller mit den muschelförmigen Nudeln füllte, seufzte Jan zufrieden, da ihm der Fall nur Zeit für ein matschiges Frikadellenbrötchen gelassen hatte.

Eigentlich gab es viel zu bereden, aber das Essen war eine Art heiliges Ritual geworden, bei dem ihr stressiger und oft zermürbender Beruf außen vor blieb, ein Moment der Entspannung, bevor sie wieder in die finsteren Tiefen von Gewalt und Tod abtauchen würden. Zehn Minuten später waren alle Teller leer und keine einzige Muschelnudel lag mehr in der Schüssel.

Wie auf ein stilles Signal hin stand Max auf und schloss seinen Laptop an den Beamer an, der auf dem Tisch neben der schwarzen Ledercouch bereits auf ihn wartete. Zoe setzte sich in einen großen Sessel und steckte sich eine Zigarette an, während Jan sich ein Bier aus dem Kühlschrank holte.

Er hätte seinem Freund gern beim Abräumen geholfen, aber Chandu hatte eine strikte Vorstellung von Gastfreundschaft, bei der niemand außer dem Hausherrn etwas arbeiten durfte.

»Ich habe von dem Raubüberfall schon in der Zeitung gelesen«, sagte Zoe, als Max die Kripoakte aufrief. »Der Angreifer ist äußerst brutal vorgegangen.«

»Seit heute Morgen ist es leider kein Raubüberfall mehr, sondern eine Mordermittlung«, erklärte Jan bedauernd. »Das Opfer ist an den schweren Kopfverletzungen verstorben.«

»Mord?«, wunderte sich Chandu, während er die Teller in die Spülmaschine räumte. »Nicht Totschlag?«

»Dazu komme ich gleich.« Jan setzte sich auf die Couch. »Zuerst einmal sind die Ermittlungen keine zwei Tage alt, daher kann ich euch nur das präsentieren, was wir bisher haben.« Max blendete das Bild einer Frau um die dreißig ein. Sie war klein, von schmaler Gestalt, mit kurz geschnittenen roten Haaren und auffällig vielen Sommersprossen im Gesicht. Sie trug eine Bluse und um den Hals eine Perlenkette. Ihr Blick war ernst, nur mit einem angedeuteten Lächeln, wie bei einem Bewerbungsfoto.

»Natalja Gehder wurde einunddreißig Jahre alt und lebte in den letzten drei Jahren in Friedrichshain in einem Reihenhaus«, begann Jan. »Sie war Angestellte bei einem Logistikunternehmen, für das sie seit ihrer Lehre arbeitete. Die Überprüfung ist zwar noch nicht abgeschlossen, doch bereits jetzt wirkt die Frau in allen Belangen harmlos. Sie hat keine Strafakte und ist nicht anderweitig aufgefallen.«

»Meine ersten Recherchen über Social Media haben ebenfalls nichts Ungewöhnliches ergeben«, ergänzte Max. »Sie führte ein normales soziales Leben, war Schlagerfan, liebte Motorsport, kannte alle amerikanischen Arztserien und fuhr gern an die Ostsee.«

»Fast zu normal, um echt zu sein«, bemerkte Chandu.

»Wenn das nur ein einfacher Raubüberfall mit Todesfolge gewesen wäre, dann wären wir nicht hier«, sagte Zoe. »Also, wo weicht der Fall vom Normalen ab?«

»Wir haben, Stand heute Abend, drei Augenzeugen befragen können, welche die Tat beobachtet haben. Die Aussagen gleichen sich insoweit, dass der Täter sich an mehreren Personen vorbeigedrängt hat und mit dem Schlagstock auf Gehder losgegangen ist.«

»Also war sie kein zufälliges Ziel«, schloss Chandu.

»Auch ist Gehder schon beim ersten Treffer zu Boden gegangen, was einem Räuber genügt hätte, sie auszurauben, aber der Angreifer hat noch sechs Mal auf sie eingeschlagen – und zwar gezielt auf den Kopf«, fuhr Jan fort. »Nach ersten Ermittlungen fehlen Gehders Armbanduhr, ihr Handy und ihr Geldbeutel, daher können wir einen Raubüberfall nicht völlig ausschließen.«

»Demnach hat der Täter sie beobachtet und irgendetwas Lohnendes an ihr gesehen«, vermutete Chandu.

»Nach der Aussage einer Nachbarin war ihre Uhr keine hundert Euro wert und das Handy stammte von einem chinesischen Hersteller«, erklärte Jan. »Und selbst wenn sie viel Bargeld bei sich hatte, wird sie das nicht offen herumgezeigt haben.«

»Gibt es irgendetwas zum Täter?«

»Wir kennen noch nicht einmal das Geschlecht«, antwortete Jan. »Wegen der Vermummung und der Jacke gibt es auch keine körperlichen Merkmale, außer der Größe und dem ungefähren Gewicht. Aber auf den Aufruf hin hat sich eine ältere Dame gemeldet, die von dem Angreifer auf seiner Flucht angerempelt worden ist, daher können wir den Weg nach der Tat rekonstruieren.« Jan nickte Max zu, der eine Karte von Friedrichshain einblendete. »Der Überfall geschah in der Waldeyerstraße.« Er ging nach vorne und deutete mit dem Finger auf die Karte. »Die ältere Dame wurde an einem Bistro an der Ecke Frankfurter Allee angerempelt. Dort ist der Angreifer in östliche Richtung zu den Gleisen der S-Bahn weitergelaufen.«

»Die Frankfurter Allee ist um diese Zeit viel befahren«, sagte Zoe. »Außerdem gibt es am nahen Ring-Center Kameras, welche die Flucht aufgenommen haben könnten.«

»Da sind die Kollegen dran«, bestätigte Jan. »Währenddessen erläutere ich euch, was mir an dem Fall noch ungewöhnlich erscheint.« Das Bild wechselte zu einer verpackten Spritze und einem noch ungeöffneten Fläschchen mit einer weißen Flüssigkeit. »Zuerst einmal der Fund von Propofol in einer Art Geheimversteck in ihrer Handtasche.«

»Weißt du, wie viel medizinisches Personal sich das spritzt?«, begann Zoe. »Das ist nicht besonders.«

»Ist das nicht ein Narkotikum, das bei Operationen verwendet wird?«, fragte Max.

»Für die Einleitung sowie zum Aufrechterhalten einer intravenösen Anästhesie«, stimmte sie zu. »Bei einer Operation wird es zusammen mit einem kurz wirksamen Analgetikum verabreicht.«

»Und warum spritzt man sich das?«, wollte Max wissen. »Um besser schlafen zu können?«

»Wenn man es richtig einsetzt, wirkt es beruhigend und entspannend und zugleich aphrodisierend und enthemmend«, erklärte die Rechtsmedizinerin. »Aber es macht sehr schnell abhängig, und bei Überdosierung kann es zu einem Propofol-Infusionssyndrom führen, was in einer metabolischen Azidose oder einer Rhabdomyolyse enden kann.«

»Ach …«, sagte Jan, der keine Ahnung hatte, von was Zoe redete.

»Man stirbt auf sehr unschöne Art«, erklärte sie weiter und zog an ihrer Zigarette.

»Sie war also ein Junkie«, sagte Chandu. »Was ist daran ungewöhnlich?«

»Zuerst einmal hat der untersuchende Arzt im Krankenhaus keine Einstichstellen gefunden«, fuhr Jan fort. »Und meines Wissens muss Propofol intravenös gespritzt werden, damit es seine Wirkung entfalten kann.«

Zoe nickte. »Und als Angestellte in einem Speditionsunternehmen hat sie keine medizinische Bildung, was beim Hantieren mit einem Narkotikum schnell tödlich enden kann.«

»Was hat ihr Mann gelernt?«, fragte Chandu.

»Er war Malermeister, hatte demnach keine Verbindung zum Gesundheitswesen«, erklärte Jan. »Außerdem starb er bei einem Unfall vor knapp einem Jahr, daher können wir ihn ohnehin aus der Betrachtung nehmen.«

»An Propofol kommt man auf der Straße nur schwer ran, deshalb lohnt sich der Verkauf«, sagte Chandu. »Vielleicht hat das Opfer im Einzugsgebiet eines Dealers gewildert und der hat einen seiner Schläger losgeschickt.«

»Dieser Möglichkeit gehen wir noch nach, aber den Kollegen vom LKA 4 ist Gehder unbekannt. Und Friedrichshain ist nicht für den Handel mit Propofol bekannt.« Jan sah auf die Uhr. »Die Kollegen durchsuchen seit heute Mittag Gehders Haus. Wenn es dort Anzeichen für ein Drogenlager gegeben hätte, hätten sie mich informiert.«

»So ganz angebissen habe ich noch nicht«, bemerkte Chandu. »Wie können wir dir helfen?«

»Hör dich in deinen Kreisen zum Schwarzmarkt von Propofol um. Vielleicht findest du auch etwas zu Gehder«, antwortete er seinem Freund. »Ich werde dafür sorgen, dass du die Obduktion der Leiche durchführst«, wandte er sich an Zoe. »Obwohl die Todesursache offensichtlich ist, suche bitte nach Ungewöhnlichem darüber hinaus.«

Sie nickte. »Meine nächste Schicht ist morgen.«

»Und ich kümmere mich um Kameras an der Frankfurter Allee, mit denen ich den Weg des Angreifers zum Tatort nachvollziehen kann«, ergänzte Max. »Vielleicht entdecke ich eine Aufnahme, auf der er unvermummt war.«

Jan wollte weiterreden, als das Handy auf dem Tisch brummte. »Das ist eine SMS von Patrick.« Er rief die Nachricht auf. »Wir haben den Angreifer gefasst. Genau genommen eine Angreiferin.«

»Eine Frau?«, wunderte sich Chandu.

Jan nickte.

»Dann können wir zum gemütlichen Teil des Abends übergehen«, sagte Zoe zufrieden.

»Wenn das immer so schnell gehen würde, hätte ich nicht zwei Monate Überstunden aufgebaut.« Jan stand auf. »Ich fahre zur Dienststelle und schaue mir die Täterin an. Vielleicht können wir den Fall noch heute Abend abschließen.«

Kapitel 2

Wenn man bedachte, dass sie des Mordes verdächtigt wurde, wirkte Tessa Bahl erstaunlich ruhig. Sie trug ein ausgeleiertes beiges Sweatshirt, eine anthrazitfarbene Stretchjeans und klobige Schuhe, die eher zu einer Wanderung gepasst hätten. Am Mittelscheitel zeigte sich der Haaransatz als schwarzer Streifen in den sonst blond gefärbten Locken, die ihr ungekämmt bis zur Schulter fielen. Sie hatte Aknenarben am Kinn und ein Piercing in der Unterlippe. Laut ihrer Akte war sie gerade erst neunundzwanzig, sie wirkte aber älter. Auf der Straße hätte man abfällig das Wort »verbraucht« benutzt, eine Frau, die zu früh zu viele schlimme Dinge erlebt hatte, schlimmere, als Menschen aus gutbürgerlichen Schichten sie sich vorstellen konnten. Dazu passten ihre Augenringe, die eingefallenen Wangenknochen und ein teilnahmsloser Blick, in dem längst alle Freude vergangen war.

Die Tür des Beobachtungsraums ging auf und Bergman kam herein. Der Kripochef trug einen dunklen Anzug mit weinroter Krawatte, ein weißes Hemd mit Manschettenknöpfen und schwarze Lackschuhe.

»Sie hätten ruhig ihren Feierabend genießen können«, wandte sich Patrick an ihn.

»Kennt ihr ›Das Liebesverbot‹?«

»Ich verstehe die Frage nicht«, antwortete Jan unsicher.

»Die Wagner-Oper?«, fragte Patrick.

Bergman nickte. »Dann doch lieber ein Verhör.«

»Tessa Bahl hat die meiste Zeit ihres Lebens in Heimen und bei Pflegeeltern verbracht, von denen sie regelmäßig abgehauen ist«, erklärte Patrick, während Jan sich durch die Akte blätterte. »Erste Verhaftung wegen illegaler Prostitution mit siebzehn, die zweite mit einundzwanzig. Dann weitere Festnahmen 2016 und 2018. Dazwischen noch kleinere Drogendelikte und Ladendiebstahl. Aber in den letzten vier Jahren nichts mehr. Sie bezieht Stütze und lebt in einer Sozialwohnung in der Straßmannstraße, nicht weit vom Tatort entfernt.«

»Wie habt ihr sie gefunden?«, wollte Bergman wissen.

»Wir haben das Handy des Opfers getrackt und es in ihrer Tasche entdeckt, samt einer Uhr, die vermutlich auch Natalja Gehder gehört hat«, erklärte Patrick.

»Ich wünschte, alle Täter würden es uns so leicht machen«, murmelte der Kripochef.

»Schauen wir doch, was sie uns zu sagen hat.« Jan klemmte sich die Akte unter den Arm und ging ins Verhörzimmer. Bahl machte sich nicht einmal die Mühe, ihn anzusehen, als er zur Tür hereinkam. Ihr Blick war gleichgültig nach vorne gerichtet, als hinge sie Gedanken nach und scherte sich nicht um ihre Verhaftung.

»Hauptkommissar Tommen von der Kripo Berlin«, stellte er sich vor und setzte sich auf den Stuhl ihr gegenüber.

Sie bewegte den Kopf und betrachtete ihn. »Warum bin ich hier?« Ihre dunkle Stimme war ähnlich emotionslos wie ihr Blick.

»Wir haben ein Handy und eine Uhr in Ihrem Besitz gefunden, die nicht Ihnen gehören.«

»Und? Ich habe beides auf der Straße gefunden.« Sie wandte den Blick wieder ab.

»Wo genau?«

»In einem Mülleimer nahe den Gleisen am Ring-Center.«

»Einfach so?«

Sie nickte.

»Und Sie sind nicht auf die Idee gekommen, diese Sachen im Fundbüro oder bei der Polizei abzugeben?«

»Die waren im Mülleimer«, erwiderte sie. »Offensichtlich hat den Kram jemand nicht mehr gewollt.«

»Sagt Ihnen der Name Natalja Gehder etwas?« Er legte ein Foto des Opfers auf den Tisch.

Sie schüttelte den Kopf, ohne das Bild zu betrachten. »Wer ist das?«

»Eine Frau, die heute Morgen erschlagen worden ist.«

»Was hat das mit mir zu tun?«

»Die Wertgegenstände in Ihrem Besitz haben Natalja Gehder gehört.«

»Und deshalb habe ich sie getötet?«

»Die Vermutung liegt nahe.«

»Und wie habe ich diese Frau erschlagen?«, fragte Bahl. »Mit meinen Fäusten?« Sie hob die Hände und betrachtete sie interessiert.

»Mit einer Waffe.«

»Und die haben Sie auch bei mir gefunden?«

»So dumm sind Sie nicht«, erwiderte Jan lächelnd.

»Ich bin verdächtig, weil ich ein Handy und eine Uhr aus einem öffentlichen Mülleimer genommen habe?«

»Und weil Ihre Größe und Statur zur Beschreibung der Augenzeugen passen.«

Sie seufzte genervt. »Warum nehmen Sie nicht meine Fingerabdrücke und lassen mich in Ruhe?«

»Die haben wir schon von früheren Fällen. Sie nützen uns aber nichts, weil der Angreifer Handschuhe getragen hat«, sagte Jan. »Dafür nehmen wir eine DNS-Probe und untersuchen Ihre Kleidung nach Blutspritzern des Opfers.«

»Dann sollten Sie sich auf eine Enttäuschung vorbereiten.«

»Das sind nicht unsere einzigen Mittel, um Sie des Mordes zu überführen«, fuhr Jan fort. »Während wir reden, werden die Handydaten ausgewertet, um Ihre Geschichte mit dem Mülleimer zu überprüfen. Außerdem bekommen wir einen richterlichen Beschluss, dass wir Ihre Wohnung durchsuchen dürfen.« Jan machte eine Pause, um das Gesagte wirken zu lassen. »Daher wäre jetzt ein guter Zeitpunkt, die Tat zu gestehen.«

»Sie verschwenden Ihre Zeit«, bemerkte sie mit monotoner Stimme und wandte wieder den Blick ab.

»Ich denke das nicht und ich bin mir sicher, dass wir uns bald wiedersehen werden.« Jan stand auf, nahm seine Akte und verließ den Verhörraum.

»Aus der kriegen wir nichts raus«, sagte er, als er wieder bei Patrick und Bergman war.

»Entweder ist sie eine eiskalte Mörderin oder sie hat das Handy wirklich im Müll gefunden«, schloss Patrick.

»Bahl hat Erfahrungen mit der Polizei, sie weiß, dass wir zu wenig für eine Anklage haben, aber das mit dem Mülleimer nehme ich ihr nicht ab«, erklärte Jan. »Wenn es tatsächlich ein Raubüberfall war, hätte der Täter die Sachen nicht weggeworfen. Wenn der Raub einen Mord überdecken sollte, hätte der Täter Handy und Uhr auf eine Weise entsorgt, dass sie unauffindbar wären. Und sicherlich hätte er vorher die SIM-Karte herausgenommen, damit man seinen Fluchtweg nicht nachvollziehen kann.«

Patrick sah auf die Uhr. »Viertel nach zehn«, bemerkte er. »Der Durchsuchungsbeschluss ist vor zwei Minuten reingekommen. Hast du Lust auf einen Trip zu Tessa Bahls Wohnung?«

Jan nickte. »Wir benötigen eine klare Verbindung zum Opfer. Da sie anscheinend die Kleidung gewechselt hat, werden wir das mit den Blutspritzern vergessen können, also brauchen wir die Tatwaffe oder einen anderen Hinweis, der eine unbestreitbare Verbindung zu dem Angriff knüpft. Bahls Wohnung ist dafür die beste Option.« Er nahm sein Handy aus der Tasche. »Ich schicke die Infos des Verhörs noch an Max und Chandu. Dann können wir los.«

* * *

Tim »die Ratte« Ratinger war eine der besten Quellen der Berliner Unterwelt, aber wie schon bei den Treffen zuvor fragte sich Chandu wieder, wie dieser Mann seine Informationen wohl sammelte, so ungeschickt, wie er sich anstellte. Er saß auf der Parkbank vor einem Restaurant, in dem sich die Mitglieder eines berüchtigten Clans regelmäßig trafen. Das wusste selbst Chandu, und sicherlich wussten es auch Jans Kollegen vom LKA für organisierte Kriminalität, daher würde hier nichts Illegales passieren.

Einzig die Ratte schien davon nicht überzeugt zu sein, denn er sah immer wieder verstohlen über eine Zeitschrift zu dem Restaurant, eine kleine Kamera auf dem Schoß, als erwartete er, dass jeden Moment ein gesuchter Schwerverbrecher aus dem Auto stieg.

»Guten Abend, Tim.« Chandu setzte sich neben ihn auf die Parkbank.

Der Angesprochene fuhr zusammen und rutschte zur Seite. Dabei presste er die Zeitschrift an sein Gesicht.

»Wie hast du mich erkannt?«

»Wo soll ich nur anfangen?«, begann Chandu seufzend. »Zuerst einmal ist es halb elf in der Nacht. Da macht das Tragen von Sonnenbrillen im Freien nur wenig Sinn. Dein Hut ist zwei Nummern zu groß und wenn du dir schon einen Bart anklebst, achte darauf, dass die Farbe zu deinen Haaren passt und auch qualitativ in Ordnung ist.« Er deutete auf das rötliche Gefussel in Tims Gesicht. »Und dann das Verstecken hinter einer Zeitschrift.« Chandu schüttelte den Kopf. »Wenn du diesen billigen Trick versuchst, solltest du kein Pornomagazin nutzen, das eine unbekleidete Blondine in einer Pose zeigt, die wirklich nichts der Fantasie überlässt.« Er nahm ihm die Zeitschrift aus der Hand und legte sie neben sich auf die Bank. »Und außerdem solltest du sie richtig herum halten.«

»Ich sammle Informationen«, rechtfertigte Tim sich.

»Hier wirst du nichts bekommen außer neue Feinde, wenn die bemerken, dass du Fotos von ihnen machen willst.«

Tim steckte murrend die Kamera ein. »Was führt dich in diese Gegend?«

»Ich brauche Infos über den Abschaum Berlins.« Chandu zog sein Handy aus der Tasche. Jan hatte ihm vor Kurzem eine SMS mit dem Namen der verhafteten Verdächtigen geschrieben. »Sagen dir Natalja Gehder und Tessa Bahl etwas?« Er nahm einen Fünfzigeuroschein aus der Tasche, den er Tim rüberreichte.

»Der erste Name nein, aber Tessa Bahl müsstest du doch kennen«, antwortete er, als er das Geld in seine Hosentasche steckte.

Chandu schüttelte den Kopf. »Den Namen höre ich das erste Mal.«

Tim lehnte sich zurück und grinste. »Weißt du noch, was Anfang 2019 mit dem fetten Fabio passiert ist?«

»Dem Zuhälter?«

Tim nickte.

»Der hat kurz nach Neujahr ordentlich Prügel kassiert, was ihn vier Wochen außer Gefecht gesetzt hat. Angeblich bei einem Streit mit den Tschetschenen, aber es gibt Gerüchte, dass ihn eine seiner Frauen auf dem Strich mit einer Eisenstange zusammengeschlagen hat.«

»Diese Gerüchte sind wahr und nun darfst du raten, welche Frau das war.«

»Dann wundert es mich, dass Bahl noch am Leben ist, denn mit Fabio und seinen Kumpels war nicht zu spaßen.«

»Tatsächlich haben sie eine Zeit lang Jagd auf sie gemacht, aber das entstandene Machtvakuum haben die bereits erwähnten

Tschetschenen genutzt, um Fabios Freunde aus dem Weg zu räumen und seine Mädchen zu übernehmen.« Tim lächelte. »Als der fette Drecksack aus dem Krankenhaus entlassen wurde, war nichts mehr übrig, mit dem er Geschäfte machen konnte. Ein halbes Jahr später wurde er tot mit einer Spritze im Arm in einer stinkigen Unterführung gefunden.« Er wandte den Kopf zu Chandu. »Keine Ahnung, was du mit dieser Bahl zu tun hast, aber du solltest sie nicht ärgern, denn Fabio war kein Leichtgewicht, und wenn der Fettsack vier Wochen gebraucht hat, um wieder auf die Beine zu kommen, muss die Alte ordentlich zugelangt haben.«

»Kannst du dich noch wegen Natalja Gehder umhören?«

»Ein Name ist etwas wenig«, sagte Tim. »Was hat sie gemacht?«

»Sie hat wahrscheinlich mit Propofol gedealt.«

»Propofol? Dieses Zeug aus den Krankenhäusern?«

Chandu nickte.

»Da ist der Markt ziemlich klein«, erklärte Tim. »Was man so hört, verschieben das die Ärzte und Krankenschwestern unter der Hand. Die bleiben unter sich. Da hat keiner der großen Jungs die Finger drin.«

»Hör dich trotzdem um.« Chandu stand auf. »Dann gibt es wieder einen kleinen Braunen zur Belohnung.« Er klopfte Tim freundschaftlich auf die Schulter. Während er zu seinem Auto ging, wählte er Jans Nummer. Obwohl er keinen Grund für Gehders Tod hatte, so passte die Information über Tessa Bahl doch in den Fall. Wer den fetten Fabio ins Krankenhaus prügelte, konnte auch eine wehrlose Frau totschlagen.

* * *

Jan hatte in seinem Leben schon viele abstoßende Wohnungen betreten, in denen sich Ratten eingenistet hatten, deren Bewohner ein Messi war oder in denen die hygienischen Verhältnisse kaum zu ertragen waren. Die Behausung eines Menschen sagte viel über sein Leben und so war es auch im Fall von Tessa Bahl. Schon der kleine Flur zum Zimmer war karg und alles andere als einladend. Die weiße Wandfarbe war verblichen, Löcher unverputzt und die rote Lampe flackerte. An einem Haken hingen eine verblichene Jeansjacke und ein dicker Wintermantel, darunter standen ein Paar abgeschürfte Sneaker und knöchelhohe Gummistiefel. Vor der Tür zum Bad lag ein Müllsack mit leeren Plastikflaschen. Jan ging vorsichtig weiter, um keine Spuren zu verwischen, und kam in eine Wohnküche. Ein schiefer Kleiderschrank stand in der linken Ecke. Daneben ein alter Fernseher, ein Beistelltisch mit einem billigen Tablet darauf und einem Blister mit Schlaftabletten. Auf der Couch lagen eine dünne Decke und ein kleines Kissen, dessen knittriger Bezug Schweißflecken aufwies. Obwohl das Fenster in Kippstellung war, roch es nach Zwiebeln und irgendetwas Verbranntem.

»Das nenne ich mal eine minimalistische Einrichtung«, sagte Patrick und deutete zur Eckküche mit einer einzelnen Kochplatte und einem alten Mikrowellenherd. Anhand der lauten Brummgeräusche, die der Kühlschrank von sich gab, schien dieser auch nicht modern zu sein.

Jan ging näher zur Kochecke heran. »Daher kommt der Geruch.« Er deutete auf Asche im Spülbecken.

»Zu klein, um noch etwas rekonstruieren zu können«, sagte Patrick und tippte vorsichtig an eine schwarze Flocke. »Ich schätze Papier oder dünne Pappe.«

»Das sollen sich die Leute vom KTI ansehen.«

Jan ging wieder zurück in die Mitte des Raums und versuchte, jedes Detail aufzunehmen. »Fällt dir etwas auf?«, fragte er.

»Bis auf die Asche im Waschbecken ist alles sauber, und die wenigen Dinge, die Bahl besitzt, sind geordnet«, antwortete Patrick. »So ein Putz- und Aufräumwahn deutet meist auf einen Kontrollfreak hin.«

»Davon abgesehen ist hier nichts Persönliches oder Liebevolles«, sagte Jan. »Nirgends eine Fotografie oder wenigstens ein Bild an der Wand.«

»Sie ist im Heim und bei Pflegefamilien aufgewachsen«, erklärte Patrick. »Geborgenheit wird sie nicht kennengelernt haben und die Jahre als Prostituierte haben ihr den letzten Funken an Romantik ausgetrieben. Was hast du erwartet?«

»Irgendetwas, das auf eine Gewalttäterin hindeutet, die eine wehrlose Frau zu Tode prügelt, und das nicht zu Asche verbrannt ist.«

»Wir haben mit der Durchsuchung noch nicht angefangen«, sagte Patrick.

»Dann lass uns keine Zeit verlieren.« Jan zog ein Paar Handschuhe aus der Tasche. »Ich will endlich verstehen, was Bahl zu dieser Tat getrieben hat.«

* * *

Obwohl es schon fast Mitternacht war, wollte Max die Behauptung von Tessa Bahl überprüfen, dass sie das Handy in einem öffentlichen Mülleimer gefunden hatte. Dazu rief er die GPS-Daten von Natalja Gehders Handy auf, synchronisierte diese mit der Landkarte und drückte geräuschvoll die Enter-Taste. Wenige Sekunden später spuckte der Computer das Ergebnis aus.

Linien verliefen quer durch Berlin, die meisten um Gehders Zuhause herum, manche auch in Köpenick, Kreuzberg und sogar außerhalb der Stadtgrenzen in Brandenburg. Vor allem die letzte Woche ihres Lebens war ein wildes Durcheinander von Bewegungen, daher reduzierte Max die Anzeige auf die Minuten nach dem Angriff und betrachtete den Zeitstempel.

Das Handy blieb eine Minute lang am Ort der Attacke in der Waldeyerstraße. Dann verlief sein Weg zur Frankfurter

Allee, wo der Täter die alte Frau angerempelt hatte. Von dort aus ging es weiter die Straße entlang, am Einkaufscenter vorbei, unter der Eisenbahnbrücke links zur Apotheke und die Straße wieder hoch bis zur Fußgängerunterführung. Dort blieb das Handy sieben Minuten stehen, bis es sich wieder zurück zur Frankfurter Allee bewegte. Dieses Mal unter der Brücke durch, am Ring-Center vorbei und die Möllendorffstraße entlang.

Max wählte Jans Nummer. Wie immer, wenn er mit einer Untersuchung beschäftigt war, hatte sein Freund das Gerät ausgeschaltet, also sprach er auf die Mailbox.

»Ich habe schlechte Nachrichten bezüglich Bahls Geschichte«, begann er. »Laut den GPS-Trackingdaten könnte sie die Wahrheit gesagt haben. Ich schaue mir den Weg des Handys noch genauer an, aber vielleicht müssen wir uns eine neue Verdächtige suchen.«

* * *

Als Jans Handy auf dem Nachttisch brummte, erwachte er mit einem genervten Stöhnen. Er musste nicht einmal die Augen öffnen, um zu wissen, dass es viel zu früh zum Aufstehen war, auch weil sie bis nach Mitternacht Bahls Wohnung durchsucht hatten. Er griff nach dem Handy und öffnete die Augen nur so weit, dass er die grüne Taste sehen konnte. »Tommen«, meldete er sich gähnend.

»Jan, hier ist Patrick.« Sein Partner klang in keiner Weise übernächtigt. »Es gibt eine neue Entwicklung.«

Er sah zum Wecker auf dem Nachttisch. »Es ist gerade erst sieben. Wie schaffst du es, nach so wenig Schlaf schon wieder so fit zu sein?«

»Gesunde Ernährung, regelmäßiger Sport und kein Medienkonsum nach …«

»So genau wollte ich es nicht wissen«, unterbrach Jan und rieb sich müde die Augen. »Erzähl mir lieber die Entwicklung.«

»Heute Nacht haben die Kollegen von der Polizei die mutmaßliche Mordwaffe unweit vom Ring-Center neben den Gleisen gefunden«, sagte Patrick. »Außer einer Menge Blut hat das KTI auch einen Fingerabdruck isolieren können, der in diesem Moment durch die AFIS-Datenbank läuft. Sollte das Blut von Gehder und der Fingerabdruck von Bahl sein, können wir uns eine entspannte Woche machen.«

»Wenn das mal keine gute Nachricht ist«, sagte Jan und stand auf. »Gib mir eine halbe Stunde, dann bin ich auf der Dienststelle.«

* * *

Zoe hasste die Montagsschicht. Zu viel Verkehr, zu viele Leute in der Rechtsmedizin, und einige Restaurants der Umgebung hatten geschlossen, sodass sie mittags die Wahl zwischen Döner oder fettigen Pommes hatte. Die einzige Befriedigung verschaffte ihr ihr Vorgesetzter, der einem Anrufer genervt erklärte, dass sein Auto nicht zum Verkauf stehe. Nachdem sie sich umgezogen hatte, schnappte sie sich den ersten Helfer, der nicht schnell genug vor ihr flüchten konnte, und winkte ihn zu sich.

Sie hatte den jungen Mann schon einmal gesehen, wusste aber nicht, ob er ein Assistent, der Praktikant oder der Briefträger war, aber es war ihr sowieso egal. Bei seinem Anblick verkniff sie sich die Bemerkungen, dass Bärte nicht jedem standen, bei seinem eckigen Gesicht Kontaktlinsen die bessere Wahl seien und dass man Haare auch mehr als einmal im Jahr waschen könne, selbst wenn man sie zu einem Zopf gebunden trug.

»Natalja Gehder.« Zoe deutete die schmale Treppe nach unten in den Kühlraum. »Alles vorbereiten, ich bin gleich wieder da.«

Wie immer vor einer Obduktion ging sie in den Nebenraum, dessen Rauchmelder sie mit einem Hammer kaputt geschlagen hatte, und genoss ihre Zigarette mit einem Schokocroissant und einer Tasse Kaffee.

»Was stinkt denn hier so erbärmlich?«, hörte sie ihren Vorgesetzten in den Gang rufen, aber niemand antwortete ihm. Dann begann sein Handy zu klingeln, was Zoe einen zufriedenen Seufzer entlockte. Schließlich ging sie in den Vorbereitungsraum, wusch sich die Hände, zog Handschuhe über die Finger und eine Maske an. So ausgerüstet betrat sie den Sektionssaal.

Das Gesicht der Frau auf dem Chromtisch war kaum noch als solches zu erkennen. Die meisten Knochen waren gebrochen und selbst mit dem Foto, das Jan ihr gezeigt hatte, hätte man Natalja Gehder nicht identifizieren können. Ihre Vorderzähne waren ausgeschlagen und die Haare von Blut verklebt. Unterhalb ihres Halses war sie unversehrt, bis auf kleine Schürfwunden an Knie und Händen, die davon herrührten, dass sie zu Boden gefallen war.

Zoe beugte sich näher über den Kopf und fuhr mit den Fingern über die Verletzungen. Aufgrund der Rissquetschwunden im Gesicht war Gehder wahrscheinlich an dem massiven Blutverlust gestorben.

Da es Zeugen für den Angriff gegeben hatte und die Mordwaffe gefunden worden war, gab es aus kriminalistischer Sicht nicht viel zu tun, aber sie würde die innere Leichenschau trotzdem mit aller Sorgfalt durchführen. Vielleicht wartete hier eine Überraschung auf sie.

* * *

Noch während Jan auf dem Weg zur Dienststelle war, hatte Patrick ihm eine Adresse per SMS geschickt. In der Nachricht stand kein Grund, aber sein Kollege wusste genau, was er machte, daher gab Jan die Anschrift in das Navi ein. Anstatt nach Friedrichshain zum Tatort, lenkte es ihn zum Prenzlauer Berg. Um diese Zeit war das Verkehrsaufkommen noch gering, sodass Jan zwanzig Minuten später vor einem Steakhaus ankam. Patrick wartete schon auf der Straße auf ihn.

»Hast du nicht gefrühstückt oder warum treffen wir uns hier?«, fragte Jan, nachdem er sein Auto in einer Parklücke abgestellt hatte.

»Das hat mit dem Fingerabdruck zu tun«, erklärte sein Kollege. »Er gehörte nicht Tessa Bahl, dafür hat die Datenbank einen anderen Namen ausgespuckt.« Er reichte Jan eine dünne Akte. »Eva Kinnen. Ihr Fingerabdruck ist in der Datenbank, weil sie zu ihrer Studienzeit bei einer Demo teilgenommen hat, die aus dem Ruder gelaufen ist und zu zahlreichen Sachbeschädigungen sowie tätlichen Angriffen auf Vollstreckungsbeamte geführt hat.«

»Sachbeschädigung sowie Widerstand gegen die Auflösung einer Demo«, las Jan vor. »Vor etlichen Jahren. Nichts, was eine Gewalttat wie diese vermuten lässt.«

»Die Kollegen überprüfen noch eine mögliche Verbindung zu Natalja Gehder und Tessa Bahl, aber da wir Kinnens aktuelle Adresse haben, können wir sie selbst dazu fragen, auch weil sie wahrscheinlich so früh am Montag zu Hause sein wird.«

»Wer steht schon um diese Zeit auf«, murmelte Jan und rieb sich müde über die Augen. Das Bild in der Akte zeigte eine attraktive Frau Mitte zwanzig, mit kurzen blonden Haaren, dunkelbraunen Augen und einem zornigen Gesichtsausdruck, als wäre sie nicht glücklich darüber gewesen, fotografiert zu werden. Jan wollte gerade zum Klingelschild gehen, als genau diese Frau aus der Tür herauskam. Ihre Haare waren länger, aber ansonsten sah sie wie auf dem Foto aus. Sie trug einen weißen Jogginganzug und steckte gerade EarPods in ihre Ohren, ohne die Männer neben dem Eingang zu beachten.

Jan ging auf die Frau zu und zeigte seine Marke. »Tommen von der Kripo Berlin«, stellte er sich vor. Die Frau nahm ihre Kopfhörer wieder heraus und betrachtete Jan verwundert. »Das ist mein Kollege Stein.« Er deutete auf Patrick.

»Ja, bitte?« Sie war sichtlich von der Anwesenheit der Kripobeamten überrascht.

»Haben Sie einen Moment Zeit für uns?«

Sie nickte. »Ist meine Handtasche gefunden worden?«

»Welche Handtasche?«, wunderte sich Jan.

»Die wurde mir vor fünf Tagen gestohlen. Im Stadtpark Lichtenberg.« Sie sah die beiden Männer an. »Deswegen sind Sie doch hier, oder nicht?«

»Davon haben wir gehört«, erwiderte Patrick mit einem Lächeln. Jan wusste, dass er keine Ahnung hatte, wovon sie redete, aber seine Reaktion war gut. »Können Sie uns nochmals eine Beschreibung des Diebs geben?«

»Eine vermummte Gestalt«, sagte sie. »Vielleicht eins siebzig groß und mit normaler Statur. Aber da ich hingefallen bin, konnte ich nicht viel sehen. Außerdem war es schon etwas düster.«

»Was befand sich in der Handtasche?«

»Mein Geldbeutel mit EC-Karte, der Schlüssel zu meinem Spind in der Praxis, Kaugummis und Frauenkram«, erklärte sie. »Das habe ich Ihren Kollegen schon gesagt.«

»Frauenkram?«, wollte Jan wissen.

»Tampons, Kondome, Damenbinden und Schminke«, erklärte sie. »Außerdem noch eine Reisezahnbürste, denn man weiß ja nie, wo man landet.«

»Vielleicht auch ein Teleskopschlagstock?«, hakte Patrick nach.

»Wie kommen Sie darauf?«, erwiderte sie, aber die Unsicherheit in ihrem Blick ließ darauf schließen, dass sie genau wusste, was Jans Kollege gemeint hatte.

Patrick lächelte.

»Das ist nicht illegal«, rechtfertigte sich Kinnen zögerlich. »Und wie Sie sehen, war meine Vorsichtsmaßnahme nicht unbegründet. Es war bloß ein Fehler, ihn in der Handtasche zu tragen.«

Jan sah zu Patrick, der nur die Augenbraue hochzog. »Wo waren Sie gestern gegen neun Uhr früh?«

»Auf Poel.«

»Die Insel in der Bucht von Wismar?«, fragte Jans Kollege weiter.

Sie nickte. »Ich habe Verwandte in der Nähe, und einem davon gehört ein kleines Haus, in dessen Gästezimmer ich mich regelmäßig einquartiere. Ich bin am Donnerstag angereist und gestern Abend zurückgekommen.«

»Haben Sie Zeugen für Ihre Reise?«

»Besagte Verwandte waren bis zu meiner Rückkehr am Nachmittag mit mir zusammen.«

Jan reichte ihr seinen Notizblock und einen Stift. »Können Sie bitte die Namen dieser Personen aufschreiben?«

»Was hat das mit meiner gestohlenen Handtasche zu tun?«, wunderte sich Kinnen.

»Ihr Schlagstock ist vermutlich die Tatwaffe in einem Mord«, erwiderte Jan. »Daher ist es einfacher, wenn Sie kooperieren.«

»Mord?« Kinnen wirkte überrascht. »Damit habe ich nichts zu tun«, stotterte sie. »Wie soll ich dabei kooperieren?«

»Indem Sie uns die Namen geben.« Jan deutete auf den Block.

Kinnen nickte und begann zu schreiben. Aber sein Gefühl sagte ihm, dass die Frau nicht die Täterin war. Zehn Minuten später waren sie auf dem Weg zurück zur Dienststelle, wohl wissend, dass diese Spur sie nicht weiterbringen würde.

* * *

Als Bergman die letzte lokale Zeitung durchgeblättert hatte, war er froh, dass die Presse den Fall nicht aufgebauscht hatte und ihn als Raubüberfall mit Todesfolge einstufte. Natürlich waren manche Überschriften entsprechend reißerisch, aber nichts davon würde einen Presserummel erzeugen oder aufdringliche Hobbykriminalisten zu ihnen locken. Die Information, dass der Angriff direkt auf Natalja Gehder gerichtet war, hatten sie bisher geheim halten können.

Bergman wusste, dass dies nicht lange so bleiben würde, denn wenn Jan der Meinung war, dass hinter dem Fall mehr als ein normaler Raub steckte, behielt er wahrscheinlich recht.

Außerdem waren die Reporter längst auf Jan fixiert, wussten sie doch, dass er immer die schwersten Fälle bearbeitete, also war es nur eine Frage der Zeit, bis das Chaos sie wieder heimsuchen würde. Aber diese wenigen Stunden der Ruhe würde er ausgiebig genießen. Zufrieden lehnte er sich auf seinem Stuhl zurück und trank einen Schluck Kaffee. Dann erinnerte ihn sein Handy daran, dass er einen Termin beim Senat hatte.

Stöhnend erhob er sich, nahm seinen Mantel vom Haken und verließ das Büro.

* * *

Ohne den Alarm seines Handys hätte Jan die Telefonkonferenz mit seinen Freunden versäumt. Der Anblick seines Schreibtischs passte zu dem Fall. Chaotisch und unübersichtlich. Er zog die Tastatur unter einem Stapel Fotos hervor, setzte sein Headset auf und loggte sich ein. Seine drei Freunde warteten schon auf ihn. Max mit einem riesigen Gamer-Headset auf dem Kopf, Chandu mit zwei unauffälligen EarPods im Ohr, während Zoe den Lautsprecher nutzte, sodass man genau hören konnte, dass sie ihren späten Hunger mit einer Tüte Chips stillte.

»Ich kann mich an kaum einen Fall erinnern, bei dem nach drei Tagen so viel durcheinandergewirbelt wurde.« Jan trank einen Schluck Kaffee. »Wie ihr wisst, wurde Natalja Gehder am

Samstagmorgen in der Waldeyerstraße angegriffen und so brutal zusammengeschlagen, dass sie am nächsten Tag im Krankenhaus an den Kopfverletzungen verstorben ist. Die Aussagen der Zeugen stimmten darin überein, dass der Täter Gehder als Ziel auserkoren hat. Glücklicherweise hat besagter Täter auch das Handy des Opfers eingesteckt und nicht ausgeschaltet, sodass wir dieser Spur folgen konnten.« Jan nickte Max zu.

»Die Verdächtige ist Tessa Bahl, eine wegen illegaler Prostitution vorbestrafte Frau, die das Handy angeblich in einer Mülltonne gefunden hat.« Er blendete ihr Bild ein. »Ich habe den Weg des Geräts verfolgt und einen Zeitraum von sieben Minuten ermittelt, in dem es sich nicht bewegt hat. An dieser Stelle des Wegs ist auch tatsächlich ein Mülleimer, daher könnte die Geschichte stimmen. Leider habe ich im Umfeld des Tatorts keine Aufnahmen des Angreifers, sondern nur später von Bahl, wie sie an einer Kamera des nahen Einkaufscenters vorbeigeht, daher kann ich ihre Geschichte weder belegen noch widerlegen.«

»Unabhängig davon hat Bahl das Potenzial zu einem brutalen Angriff, denn sie hat vor Jahren ihren Zuhälter krankenhausreif geschlagen, der alles andere als ein Leichtgewicht war«, sagte Chandu.

»Meine Kollegen von der Polizei haben am Sonntagabend die Tatwaffe gefunden, aber neben Gehders Blut war nur ein Fingerabdruck darauf – und zwar von einer Frau, die Tage zuvor ihre Handtasche als gestohlen gemeldet hat. Darin war auch besagter Schlagstock, und bevor ihr fragt, die Bestohlene hat weder eine Verbindung zum Opfer oder Bahl, noch war sie an dem Tag in der Nähe von Berlin. Das haben wir überprüft.«

»Eigentlich ziemlich clever«, bemerkte Zoe. »Die Waffe eines anderen für einen Mord nutzen.«

»Cleverness würde wiederum Bahl als Täterin ausschließen, denn es ist dumm, das Handy des Opfers eingeschaltet bei sich zu tragen«, ergänzte Max.

»Und da kommen wir zu unserem nächsten Problem, der Verbindung zwischen Opfer und Täter«, sagte Jan. »Es gibt keine Hinweise in Gehders oder Bahls Wohnung, dass die beiden sich kannten.«

»Auch Flaute in den sozialen Medien und den Telefonlisten«, bemerkte Max. »Sie hatten nicht einen einzigen gemeinsamen Bekannten oder dasselbe Lieblingsrestaurant oder waren im selben Verein.«

»Als wäre das nicht genug, hat uns das nächste Rätsel in Bahls Wohnung erwartet«, sagte Jan. »Es fand sich nichts von Wert, kaum Kleidung und nichts Persönliches, wie Fotos oder andere Erinnerungsstücke. Die Wohnung war karg und von fast klinischer Sauberkeit, einzig im Waschbecken waren Reste von verbranntem Papier.«

»Vielleicht Notizen über Gehder oder Fotos von ihr«, vermutete Chandu.

»Aber warum hat sie die Asche im Waschbecken liegen gelassen, wenn sie sonst so pedantisch ist?«, fragte Jan. »Es bestand kein Zeitdruck, denn wir haben Bahl erst am nächsten Tag, viele Stunden nach der Tat, festgenommen. Da hätte sie aufräumen können. Das einzig Seltsame war das Fehlen von Spiegeln in der Wohnung.«

»Auch im Bad?«, wunderte sich Zoe.

Jan schüttelte den Kopf.

»Der Fingerabdruck auf der Mordwaffe stammt von einer Frau, die nicht die Täterin sein kann. Bahl hatte zwar das Potenzial für ein solches Gewaltverbrechen und das Handy des Opfers einstecken, kann aber nicht mit Gehder in Verbindung gebracht werden und könnte die Sachen tatsächlich in einer Mülltonne gefunden haben.« Jan seufzte und trank einen Schluck Kaffee. »Das ergibt alles keinen Sinn.«

»Die Obduktion war ohne Überraschungen«, sagte Zoe. »Die brutalen Schläge auf den Kopf waren die Todesursache.

Gehder hat weder getrunken noch Drogen genommen, noch hatte sie irgendeine andere Substanz im Blut, bei der ich hellhörig geworden wäre. Auch kein Propofol.«

»Knifflig«, sagte Chandu.

»Aus diesem Grund habe ich mich von all dem Irrsinn gelöst und bin zur existenziellen Frage zurück: Warum sollte Natalja Gehder sterben? Um es kurz zu machen, ich habe keinen Grund gefunden. Die Nachbarn kannten sie nur wenig, haben aber nichts Schlechtes von ihr gesagt und auch bei den Kollegen war sie nicht unbeliebt. Sie galt als zurückgezogen und hat sich nicht gern an sozialen Aktivitäten beteiligt, aber das war es auch schon.«

»Genau wie auf ihrem privaten Computer, hat sie auch auf ihrem Geschäfts-PC keine verdächtigen Seiten angesurft oder irgendetwas Verfängliches gespeichert«, ergänzte Max.

»War es das?«, fragte Zoe. »Unser erster unaufgeklärter Fall?«

»Nicht ganz«, widersprach Jan. »Ich habe zwei Dinge gefunden, die vielleicht eine nähere Betrachtung wert sind. Das erste ist der Tod ihres Ehemanns. Er ist die Treppe hinuntergefallen und hat ein Schädel-Hirn-Trauma erlitten.«

»Jetzt wird es doch noch lustig.« Zoe legte die Tüte mit Nachos zur Seite.

»Unter normalen Umständen würde ich das nicht einbringen, denn ihr Ehemann war an dem Tag zum einen betrunken, zum andern war Gehder gerade einkaufen, als es passierte. Meine Kollegen haben damals keine Hinweise gefunden, dass sie irgendwie darin verwickelt sein könnte, also wurde sie nicht angeklagt oder verdächtigt.«

»Schick mir den Obduktionsbericht, dann schaue ich mir den mit der Lupe an«, sagte Zoe.

Jan nickte.

»Das Zweite hat sich bei der Auswertung der Daten ergeben, die ich zur Verfolgung ihres Handys zur Tatzeit erstellt habe«, erklärte Max. »Gehder hat immer wieder Ausflüge nach Brandenburg gemacht und zwar in den Landkreis Teltow.«

»Wir haben aber nirgends etwas dazu in ihrem Handy oder ihrem Adressbuch gefunden«, ergänzte Jan. »Keine Freunde oder Verwandten, die dort leben, und auch keinen Bezug zu ihrem Beruf.«

»In der Gegend gibt es schöne Seen. Vielleicht hat sie ausgespannt«, vermutete Chandu.

»So genau lässt sich das nicht feststellen, weil sie immer wieder das Handy ausgeschaltet hat«, sagte Max.

»Was zur Entspannung passt«, ergänzte Chandu.

»Aber einige der Trips waren spätabends im Dunkeln und auch an Tagen, an denen es geregnet hat oder sehr kalt war«, bemerkte Jan. »Durch die Lücke in den Daten konnten wir keinen genauen Punkt ermitteln, aber Gehder trieb sich irgendwo in oder um Zossen herum. Darum kümmere ich mich morgen früh mit Max. Schau du dir mit Zoe die Akte über den Unfall des Ehemanns an«, wandte er sich an seinen Freund. »Vielleicht fällt euch etwas auf.«

Chandu nickte und Zoe hob den Daumen.

»Das ist alles dürftig, ich weiß, aber mehr haben wir nicht«, sagte Jan. »Vielleicht war Natalja Gehder doch nicht so sauber, wie sie bisher erschienen ist.«

* * *

Zossen unterschied sich sehr vom stressigen Berlin, mit wenig Verkehr, fehlenden Poserfahrzeugen und umgeben von Natur, ohne Plattenbauten oder straßenlange Mehrfamilienhäuser. Es dauerte eine Weile, bis sich Jan zurechtgefunden hatte, aber um den Kirchplatz fand er eine Bäckerei und ein Bistro, deren Verkäufer sich beide an Natalja Gehder erinnern konnten, nachdem er ihnen ein Foto von ihr gezeigt hatte.

Die Beschreibungen führten ihn weiter nach Norden, die B96 entlang zum nächsten Dorf, an einer Gärtnerei vorbei über eine nicht ausgebaute Straße zum Wald. Die meisten Häuser waren in gutem Zustand, frisch renoviert oder neu gebaut, manche mit gepflegten Vorgärten, andere sogar mit Pool neben dem Haus. An Gehder konnte sich kaum ein Anwohner erinnern, aber an ihr Auto mit Berliner Kennzeichen, auf dessen Tankklappe ein Ferrari-Aufkleber prangte, schon.

Schließlich kam Jan an ein Haus nahe der Bahngleise, der Garten von Unkraut überwuchert und die dunkelgelbe Fassade mit Ranken überwachsen. Die Rollläden im Erdgeschoss waren heruntergelassen und auch sonst war im Haus kein Licht zu sehen. Das Eingangstor war verrostet, aber die Einfahrt schien genutzt zu werden, denn entlang der Fahrspur zur Garage wuchs kaum Gras auf dem Boden. Jan nahm sein Handy aus der Tasche und wählte Max' Nummer.

»Ich bin etwa vier Kilometer nördlich von Zossen«, begann er. »Gehders Auto wurde hier gesehen, aber das Haus scheint unbewohnt zu sein. Das Klingelschild ist ohne Namen und nirgendwo brennt Licht.«

»Also kein Freund oder Verwandter, den sie besucht hat«, vermutete Max.

Jan gab ihm die Adresse des Hauses. »Kannst du nachsehen, wem die Hütte gehört?« Er hörte im Hintergrund Tasten klappern.

»Besitzer ist ein Oskar Fasselt, wohnhaft in Neubrandenburg«, sagte Max kurz darauf.

»Den Namen höre ich zum ersten Mal.«

»Ich erinnere mich, dass Gehders Mann in Neubrandenburg geboren wurde«, sagte Max. »Vielleicht ist es ein Verwandter von ihm. Gib mir einen Moment.«

»Und ich suche derweil nach einem Schlüssel oder einem offenen Fenster.«

»Willst du nicht den offiziellen Weg gehen?«, fragte Max beim Tippen.

»Habe ich heute keine Lust dazu«, murrte Jan. »Ich denke mir später was Passendes für Paragraf 36 ASOG aus.«

»Was für ein Ding?«

»Das allgemeine Gesetz zum Schutz der öffentlichen Sicherheit und Ordnung«, erklärte Jan, während er das Tor zur Garage öffnete. »In Paragraf 36 ist geregelt, wann die Polizei eine Wohnung ohne Einwilligung des Inhabers betreten und durchsuchen darf.«

»Mit Gesetzen kenne ich mich nicht aus.«

»Ist mir schon aufgefallen«, murmelte Jan.

»Und nebenbei bemerkt sind wir in Brandenburg und nicht in Berlin«, fügte Max hinzu.

Jan hielt kurz inne. Tatsächlich war sein Verhalten unter den Umständen unvernünftig, aber er hasste die ständigen Sackgassen, die dieser Fall mit sich brachte, also betrat er das Grundstück.

Hinter der Garage war ein unverschlossener Geräteschuppen, dessen Tür beim Öffnen laut quietschte. Jan wischte sich Spinnweben aus dem Gesicht und verscheuchte ein paar Mücken, als er die hohen Querbalken der Hütte abtastete, bis er auf etwas Metallisches stieß. »Die Leute lernen es einfach nicht.« Er betrachtete den Schlüssel in seiner Hand. »Warum bieten wir seit Jahrzehnten Kurse zur Einbruchsprävention an?«

»Redest du mit mir?«, wollte Max wissen.

»Alles gut.« Jan ging zum Eingang, zog sich Handschuhe über und öffnete die Tür. »Ich bin drin.« Nach der Fassade des Hauses zu schließen, hätte er eine verlassene, staubige Wohnung erwartet, aber das Innere wirkte, als hätte sein Besitzer es gerade erst verlassen. In dem schmalen Flur lag ein grauer Läufer, der an einem Bad vorbei zu einer kleinen Wohnküche führte. Die Wände waren weiß gestrichen und die hellbeigen Fliesen auf dem

Boden waren sauber. An einem Garderobenhaken an der Wand hing eine dicke rote Winterjacke und darunter stand ein Paar weiße Hausschuhe, deren Größe zu Gehder passen konnte.

Die Küche war aufgeräumt. Keine Essensreste moderten vor sich hin, keine Fliegen nährten sich am klebrigen Inhalt eines halb ausgetrunkenen Bierglases. Im Kühlschrank befanden sich Margarine, H-Milch und eine Tupperdose mit Kaffeepulver. Der Mülleimer war geleert und mit einem neuen Beutel versehen. Die beiden Töpfe auf einem Regalbrett an der Wand waren sauber und frei von Staub.

»Hier hat noch vor Kurzem jemand gewohnt«, sagte Jan. »Und dieser jemand hatte auch vor wiederzukommen.«

»Irgendwelche Hinweise auf Gehder?«, fragte Max.

»Hier unten nicht, aber vielleicht oben.« Jan ging eine schmale Treppe hoch. Die Holzstufen knarrten bei jedem Schritt.

»Ich habe die Verbindung des Hausbesitzers zu Gehder gefunden«, sagte Max währenddessen. »Die Mutter von Gehders Mann ist Birgit Gehder, geborene Fasselt. Oskar Fasselt ist ihr Bruder.«

»Also gehört das Haus dem Onkel von Nataljas Mann«, schloss Jan.

»Dessen aktuelle Adresse ist ein Pflegeheim in Neubrandenburg, daher wird sie sich um das Haus kümmern, weil er dazu nicht mehr in der Lage ist.«

»Auf der anderen Seite der Gleise ist eine große Waldfläche«, sagte Jan. »Im Vergleich zu ihrem Reihenhaus in Berlin ist es hier idyllisch. Wie Chandu vermutet hat, könnte das ein Grund für ihre Ausflüge sein.«

Das Obergeschoss bestand aus einem Schlafzimmer mit Zugang zu einem kleinen Nebenraum. In einem Schrank hingen zwei Paar Hosen in Gehders Größe und langarmige T-Shirts. In einer klapprigen Kommode fanden sich einige Slips, Socken und ein weißer Schlafpyjama. »Alles harmlos«, murmelte Jan, während er die Wände des fensterlosen Nebenraums abklopfte.

»Du wirst dich mit dem Gedanken anfreunden müssen, dass Gehder ein unschuldiges Opfer war, das von Bahl zufällig ausgewählt wurde, weil es zur falschen Zeit am falschen Ort war.«

»Unter normalen Umständen würde ich den Fall genauso bewerten«, sagte Jan. »Aber dafür sind mir zu viele Ungewöhnlichkeiten drin.«

»Ungewöhnlichkeiten?«, wunderte sich Max. »Was ist das für ein Wort?«

»Du weißt, was ich meine.«

Jan ging die Treppe hinunter ins Bad. Die Armaturen waren nicht mehr die neusten, aber das Wasser lief, und von Kalkablagerungen abgesehen, war die Dusche ebenfalls sauber. »Haarshampoo, Deo, Taschentücher, Zahnpasta und vier verschiedene Cremes.« Jan öffnete den Spiegelschrank über dem Waschbecken. »Hallo!« Ein Schlüssel hing an einem Haken.

»Was ist los?«

»Wer versteckt einen Schlüssel in einem Badschrank?«

»Äh … keine Ahnung«, antwortete Max nach einem Moment.

»Das ist ein ABUS-Sicherheitsschlüssel«, sagte Jan und nahm ihn heraus. »Sowohl das Schloss des Reihenhauses in Berlin als auch das dieser Unterkunft haben eine andere Marke.«

»Vielleicht ist er für die Gartenhütte hinter dem Haus?«

»Die war offen«, sagte Jan. »Außerdem ist dort nichts von Wert, das man mit einem Sicherheitsschloss schützen müsste.«

»Dann mach dich auf die Suche nach dem geheimnisvollen Schloss. Ohne Grund wird der Schlüssel nicht im Badschrank hängen.«

»Das sehe ich genauso.« Jan trat wieder in den Gang. »Vielleicht finden wir doch noch ein Geheimnis.«

Kapitel 3

Zoe riss das Absperrband der Kripo herunter, ignorierte das Siegel am Schloss und öffnete die Tür zum Reihenhaus. Selbst bei Ermittlungen wirkte sie eher wie eine Businessfrau, mit ihrem dunklen Hosenanzug und der hellbeigen Bluse. Einzig ihre schwarzen Schnürstiefel wollten nicht so recht dazu passen, dafür waren diese aber von Jimmy Choo und ihr Preis hätte einem Normalverdiener die Tränen in die Augen getrieben. Ihre blonden Haare waren geschäftsmäßig zurückgebunden und ihr Gesicht war kaum geschminkt, was Zoe auch nicht nötig hatte, war sie von Natur aus mit perfekter Haut und gutem Aussehen gesegnet.

»Wie bist du an den Schlüssel gekommen?«, wollte Chandu wissen.

»Lag in der Asservatenkammer«, erklärte sie.

»Rechtsmediziner haben Zugriff zu diesem sensiblen Bereich?«

»Nein, aber ich habe Jans Unterschrift gefälscht und mir den Schlüssel vom Asservatenverwalter aushändigen lassen.« Sie ging hinein.

»Du fälschst Unterschriften von Kripobeamten?« Chandu blieb verwundert stehen.

»Ist auch nicht schwerer als die des Chefs der Rechtsmedizin«, antwortete Zoe. »Einzig der Schlenker über dem T bei Tommen hat etwas Übung gebraucht.«

»Und die Unterschrift deines Vorgesetzten auch?«

»Wie sonst bin ich an den großen kurvigen Monitor für mein Büro gekommen?«

»Das ist illegal.«

»Sagt der Mann, der als Geldeintreiber für die Russenmafia gearbeitet hat«, erwiderte sie mit einem vorwurfsvollen Blick.

»Das ist schon lange her«, rechtfertigte er sich. »Außerdem habe ich das Geld nur von anderen Drecksäcken kassiert, die sich ein Darlehen für krumme Geschäfte genommen haben. Also nicht von einem Restaurantbesitzer oder dem Inhaber eines Gemüseladens.«

»Wer wird wohl länger ins Gefängnis müssen? Die Unterschriftsfälscherin oder der Geldeintreiber der Russenmafia?«

»Bin ja schon ruhig«, murmelte Chandu. »Aber vielleicht hätten wir Jan in unsere Pläne einweihen sollen.«

»Habe ich.«

»Und was hat er gesagt?«

»Bist du verrückt?«, machte ihn Zoe nach. »Du kannst doch nicht mit dem Schlüssel in Gehders Haus und dort alles durcheinanderbringen.«

»Und was hast du geantwortet?«

»Doch, kann ich«, erwiderte sie achselzuckend. »Hast du den Dummy mitgebracht?«, wechselte sie das Thema.

Chandu deutete auf eine menschengroße Holzpuppe neben der Eingangstreppe. »Was hast du damit vor?«

»Nicht denken.« Zoe winkte ihn herein. »Höre auf die Meisterin und lerne.«

Murrend nahm Chandu die Puppe, ging damit ins Haus und folgte Zoe, die nach vier Metern stehen blieb und nach links deutete.

»Das ist die Kellertreppe, die Gehders Mann Fred hinuntergestürzt ist.« Die Stufen waren schmal, vor allem im oberen Bereich, wo die Treppe eine kleine Kurve vollzog, bevor sie gerade nach unten ging.

»Mit meinen Riesenfüßen hätte ich bei den schmalen Stufen auch Angst runterzufallen«, sagte er. »Und wenn ich betrunken wäre, sowieso.«

Zoe blätterte in der Akte und zeigte Chandu ein Foto. »Fred wurde am Fuß der Treppe gefunden. Er ist mit dem Kopf zuerst aufgeschlagen und hat sich dabei ein schweres Schädel-Hirn-Trauma zugezogen, das am Ende für seinen Tod verantwortlich war.«

»Ist der Sturz nicht von seiner Frau bemerkt worden?«

»Laut Akte war Natalja zu dieser Zeit einkaufen. Als sie nach Hause gekommen ist, hat sie sofort den Krankenwagen gerufen, aber da war es bereits zu spät.«

»Also kann sie nicht für Freds Tod verantwortlich gewesen sein?«

»So steht es in der Akte, aber ehrlicherweise habe ich mich nur um den rechtsmedizinischen Teil gekümmert.« Sie wandte sich Chandu zu. »Und jetzt kommt unser Freund ins Spiel, denn wahrscheinlich fragst du dich, wofür wir den Dummy brauchen.«

»Nein. Ich fahre immer mit einer Holzpuppe auf dem Beifahrersitz herum. Du etwa nicht?«

»Nur an ungeraden Tagen«, erwiderte sie und nahm ihm den Dummy ab. Sie lehnte ihn an den Rand der Treppe, stellte sich auf die Spitze seines rechten Fußes, beugte ihn leicht nach vorne und ließ los, während sie den Fuß wegzog. Die Puppe knallte auf den Kopf und rutschte polternd ein Stück die Stufen herunter.

»Das hat wehgetan«, bemerkte Chandu.

Außer einem »Hm« sagte Zoe nichts dazu, hob die Puppe wieder auf und begann das Experiment ein weiteres Mal, nur erhöhte sie den Standwinkel des Dummys. Er fiel wieder mit dem Kopf auf eine Stufe und blieb in der Mitte der Treppe liegen.

Nach dem vierten Sturz wurde Chandu ungeduldig. »Was machst du da eigentlich?«

»Überprüfen, ob die Wunden zu dem Sturz passen«, antwortete sie und nahm die Akte zur Hand.

»Und?«

»Und was?«

»Passen die Wunden zum Sturz?«, fragte Chandu genervt.

»Wenn Fred mit dem Kopf auf eine Stufenkante gefallen ist, ist es zu dem besagten Schädel-Hirn-Trauma gekommen. Mit etwas Schwung könnte er sich auch die Verletzungen an Nacken, Rippen und Becken zugezogen haben, aber mich machen zwei Sachen stutzig.« Sie zog eine Aufnahme des Toten aus der Akte heraus. »Fällt dir etwas auf?«

Fred Gehder lag mit dem Kopf voraus am Ende der Treppe. Eine Blutlache hatte sich um ihn gebildet. Er trug eine alte Jogginghose, ein verwaschenes weißes T-Shirt und einer seiner Hausschuhe war vom Fuß gerutscht.

»Er ist wie die Puppe auf den Kopf gefallen«, sagte Chandu. »Fred war betrunken, wollte in den Keller und ist mit seinen Schlappen abgerutscht oder hängen geblieben, weswegen er schließlich gestolpert und kopfüber auf eine Stufenkante gefallen ist. Was stört dich?«

»Das ist nicht das Problem«, sagte Zoe. »Aber ich habe die Puppe vier Mal hinunterfallen lassen und bei keinem der Versuche ist sie bis nach unten gekommen.« Sie deutete auf das Bild. »Bei der Tatortaufnahme liegt Fred nur mit dem Becken und den Beinen auf den Stufen.«

»Also hatte er beim Sturz mehr Schwung«, vermutete Chandu.

Zoe nickte und stellte den Dummy wieder hin. Doch statt ihn nur fallen zu lassen, gab sie ihm einen Stoß in den Rücken.

Die Puppe fiel weiter als zuvor, landete aber nur mit dem Kopf auf der untersten Stufe. »Hm«, sagte sie wieder.

Chandu ging nach unten, hob die Puppe auf und gab ihr oben einen kräftigen Stoß, der sie über die Treppe bis in den Keller poltern ließ.

Zoe nahm das Tatortfoto in die Hand. »Das könnte passen«, bemerkte sie, nachdem sie beides verglichen hatte.

»Also ist Fred Gehder nicht gestolpert, sondern wurde gestoßen«, schloss Chandu. »Und zwar kräftig.«

»Das erklärt meine zweiten Zweifel, denn meines Erachtens waren die Wunden an Kopf, Nacken, Rippen und Becken zu schwer für einen einfachen Sturz. Wenn man aber mit Schwung diese Treppe hinunterrauscht, sieht das anders aus.«

»Fred wurde ermordet«, sagte Chandu. »Warum haben das die Ermittler damals nicht gesehen?«

»Das kann ich dir nicht sagen, aber für den Rest des Tages lesen wir uns die Akte durch. Vielleicht verstehen wir dann, warum es übersehen wurde.«

* * *

Jan hatte eine Stunde lang die Wohnung durchsucht und kein weiteres Schloss gefunden, weder ein normales noch eines, das zu einem Sicherheitsschlüssel gepasst hätte. Dafür aber eine alte Angelausrüstung, einen rostigen Vorschlaghammer und eine mit Spinnweben überzogene Plastiktüte voll alter Bettwäsche, an der sich die Motten schon satt gefressen hatten.

Der einzige Raum, den er noch nicht genauer inspiziert hatte, war die Garage. Sie hatte keinen Hinterausgang, also öffnete er das Vordertor, das breit genug war, um mit einem Traktor hineinzufahren. Der Mechanismus war gut geölt, denn das Tor glitt leicht nach oben. Abgesehen von ein paar kleineren Werkzeugen an der Wand war der Raum leer. Es roch nach

Benzin und altem Öl. Als er sich einmal um die eigene Achse drehte, bemerkte er am Ende der Garage eine alte Holztür in der Rückwand.

»Seltsam«, wunderte sich Jan.

»Was ist?«, hörte er Max' Stimme über das Headset.

»Die Garage hat hinten keinen Ausgang, aber am Ende ist innen eine Tür.« Jan öffnete sie vorsichtig und kam in einen kleinen, einen Meter tiefen Raum, der genauso breit wie die Garage war. Ein Bewegungsmelder ließ eine LED-Leiste an der Decke erstrahlen. Eine steinerne Treppe führte nach unten zu einer Metalltür. »Hier gehen Stufen in den Keller.«

»Klingt nicht ungewöhnlich«, bemerkte Max.

Jan klopfte an die Wand. »Die Wände sind aus Holz und passen nicht zur Steinmauer der Garage, als wären sie nachträglich eingezogen worden.«

»Und warum macht man so etwas?«

»Wenn ich das Schlimmste annehme, damit man etwas ungesehen von der Garage in den Keller schaffen kann.« Jan ging die Stufen nach unten. »Die Tür hat ein Sicherheitsschloss.« Er probierte den Schlüssel, der leicht in das Loch glitt. »Und der Schlüssel passt auch.« Jan öffnete vorsichtig die Tür. Wie in der Garage ging das Licht über einen Bewegungsmelder an. Nach einem zwei Meter langen Gang kam links eine schwere Stahltür, die mit einem Riegel verschlossen war. »Hier ist eine massive Tür«, fuhr Jan fort. »Und wenn ich mir die neuwertigen Scharniere ansehe, wurde sie nachträglich eingefügt, also nach dem Hausbau.«

»Wer benötigt so etwas im Keller?«

Jan ging einen Schritt weiter und blieb vor einer Glasscheibe stehen. Dahinter war alles dunkel, aber rechts daneben war ein Lichtschalter.

Als Jan den weißen Knopf umlegte, erhellte sich der Raum dahinter.

»Mein Gott!« Entsetzt wich er einen Schritt zurück. »Hier ist eine Zelle.«

»Eine Zelle?«

»Der Raum hinter dem Fenster ist drei Meter im Durchmesser. An der Wand ist eine Kette mit Handschellen festgemacht«, beschrieb Jan. »Davor eine ausgeleierte Matratze und in der Ecke eine Art Campingtoilette. Die Fensterscheibe ist von innen vergittert und das Licht so in die Decke integriert, dass man ohne Werkzeug nicht an die Lampe herankommt. Der Rest ist karger, verputzter Beton.«

»Was hat Gehder da unten getrieben?«, wollte Max wissen.

»Ich habe keine Ahnung, aber bevor ich spekuliere, überlasse ich den Profis das Feld«, sagte Jan. »Verbinde mich mit dem LKA Brandenburg. Ich brauche alle Kriminaltechniker, die sie dort entbehren können.«

* * *

Man konnte dem Treffen anmerken, dass es viel zu erzählen gab. Alle waren pünktlich und niemand wollte Zeit mit Plaudereien verschwenden, daher hatte Chandu nur eine asiatische Bowl zubereitet, die sie schnell gegessen hatten. Während Max sich mit dem Kriposerver verband, legte Jan seine Notizen auf den Tisch. Zoe blätterte in einer Akte, als wollte sie sich nochmals einen Überblick über den Inhalt verschaffen, bis Chandu das Geschirr abgeräumt hatte.

»Ich will ja nicht sagen, dass ich geahnt habe, dass der Fall ungewöhnlich ist, aber ich habe es geahnt«, begann Jan. »In den letzten achtundvierzig Stunden ist einiges passiert, einerseits bei der Suche nach dem Grund für Gehders Ausflüge nach Brandenburg …«

»… und andererseits, was den Tod ihres Mannes anbelangt«, beendete Zoe den Satz für ihn.

»Ihr dürft das Spiel beginnen«, sagte Jan und deutete nach vorne, als wäre der Teppich vor der Couch die Bühne.

Zoe stand auf. »Im Herbst des letzten Jahres ist Nataljas Mann Fred die Kellertreppe hinuntergefallen und hat sich ein schweres Schädel-Hirn-Trauma zugezogen. Obwohl der Sturz nicht sofort tödlich gewesen ist, hat es zu lange gedauert, bis Fred gefunden wurde, sodass er an den Folgen der Verletzungen schließlich verstorben ist.« Sie nahm das Bild aus der Akte und zeigte es Jan. »Allem Anschein nach ist er an besagtem Samstagabend gegen neunzehn Uhr verunglückt. Natalja kam aber erst viel später vom Einkaufen und hat um 20.11 Uhr den Rettungswagen gerufen. Beim Eintreffen des Notarztes war Fred schon ohne Vitalzeichen. Eine Reanimation blieb erfolglos.« Sie deutete auf Chandu. »Gestern Morgen haben wir beide den Sturz mit einem Dummy nachgestellt und sind zum Schluss gekommen, dass Fred nicht gestürzt ist, sondern gestoßen wurde.«

»Und das ist keinem aufgefallen?«, wunderte sich Max.

»Tatsächlich haben die Ermittler diese Möglichkeit nicht sofort ausgeschlossen«, sagte Chandu. »Aber es fanden sich keine Anzeichen für eine Fremdbeteiligung.«

»Es gab keine Hinweise auf eine weitere Person im Haus«, ergänzte Zoe. »Die Türen und Fenster wurden auf Einbruchsspuren überprüft, aber ohne Erfolg. Die Fenster waren an diesem kalten Abend geschlossen, somit hätte niemand einfach einsteigen und wieder gehen können. Die einzige Person mit einem Schlüssel war Natalja, die zu diesem Zeitpunkt nicht im Haus war.«

»Es ist auch nichts gestohlen worden, obwohl einige wertvolle Gegenstände wie ein Laptop und die Uhr des Opfers leichte Beute gewesen wären«, sagte Chandu.

»Bei der Obduktion ergaben sich nur für einen Sturz schlüssige Verletzungen«, fügte Zoe hinzu. »Keine Hiebe auf den Kopf, den Rücken oder Einstichwunden von Injektionen.

Außer einer ordentlichen Menge Alkohol fanden sich auch keine ungewöhnlichen Substanzen im Blut. Zusammen mit den schmalen Stufen war ein unglücklicher Sturz die wahrscheinlichste Möglichkeit.«

»Hat man Nataljas Alibi überprüft?«, fragte Jan.

Zoe nickte. »Sie war in einem nahen Zentrum einkaufen. Obwohl es keine Aufnahmen von ihr gab, konnte sich eine ehemalige Schulkameradin an sie erinnern, die beim dortigen Bäcker als Verkäuferin arbeitete und ihr ein Brot empfohlen hat. Weiterhin bestätigte ein Nachbar, dass sie mit dem Auto zurückgekommen ist, kurz bevor der Rettungswagen eingetroffen ist. Nicht vorher.«

»Auf einem Tatortfoto ist sogar noch ihr Einkaufskorb zu sehen, den sie im Flur abgestellt hat.« Chandu deutete zur Akte auf dem Tisch.

»Aber da kein Fremder eingebrochen ist und Natalja einkaufen war, wer hat Fred die Treppe hinuntergestoßen?«, wollte Max wissen.

»Natalja«, antwortete Zoe. »Ist doch offensichtlich.«

»Äh …«, sagte Max verwirrt.

»Ein oder zwei Begründungen für diese These wären hilfreich«, ergänzte Jan.

»Dann wollen wir mal nicht so sein«, kommentierte Zoe lächelnd.

»Wenn du dich in einen Fall stürzt, fragst du dich immer, warum das Opfer sterben musste«, fuhr Chandu fort. »Du suchst nach dem Mordmotiv.«

Jan nickte.

»Wenn wir von einem Fremden ausgehen, hätte das ein Supereinbrecher sein müssen, der unbemerkt in das Haus eindringt, sich im Wohnzimmer versteckt, den Moment abwartet, in dem Fred die Treppe in den Keller nehmen will, um ihm dann den entscheidenden Stoß zu verpassen.«

»Solche Leute gibt es«, sagte Jan. »Aber die töten keine harmlosen Menschen.«

»Und nach allem, was wir wissen, war Fred völlig harmlos«, fuhr Chandu fort. »Also ergibt diese Theorie keinen Sinn.«

»Dazu sollte man noch bemerken, dass es in der Wohnküche keine Möglichkeit gab, sich zu verstecken.« Zoe holte Aufnahmen der Innenräume aus der Akte und reichte sie Jan. »Auf dem Tisch stehen noch eine Flasche Bier, ein fast leeres Glas Whisky und eine kaum noch halb volle Packung Brezeln. Zusammen mit der Fernbedienung können wir davon ausgehen, dass sich Fred einen gemütlichen Abend vor dem Fernseher gemacht hat.«

»Die Couch ist vom Eingang aus gesehen linker Hand«, sagte Chandu. »Daher hatte Fred alle möglichen Zugänge zum Wohnzimmer im Blick. Die Terrassentür links von ihm, das Küchenfenster auf der anderen Seite und die Treppe rechts von ihm wie auch die Vordertür. Somit hätte sich niemand ungesehen hineinschleichen können.«

»Folglich muss der Stoßer mit Fred bekannt gewesen sein, sonst hätte der sich gewehrt oder es wären Anzeichen für einen Kampf zu sehen gewesen«, führte Zoe aus. »Für den spontanen Besuch eines Freunds gibt es keine Hinweise, daher bleibt nur Natalja.«

»Die Argumentation ist schlüssig«, sagte Jan. »Aber das würde für eine Anklage nicht genügen.«

»Das zweite verdächtige Element sind die Einkäufe.« Zoe entnahm der Akte ein weiteres Bild und legte es auf den Couchtisch. »Wenn du genau hinsiehst, erkennst du nur lang haltbare Lebensmittel, wie Spaghetti, H-Milch, Kaffee, Dosenmais und Salz. Keine Tiefkühlprodukte oder andere Dinge, die nicht lange ungekühlt bleiben dürfen.«

»Dazu kommt, dass Natalja nur einen Kassenzettel von der Bäckerei hatte, nicht vom großen Supermarkt«, fügte Chandu hinzu. »Ebenjenen Kassenzettel von 18.31 Uhr für das Brot hat sie benutzt, um ihr Einkaufsalibi zu bestätigen.«

»In dreißig Minuten kommt man entspannt mit dem Auto vom Center zum Reihenhaus der Gehders«, warf Max ein. »Wenn wir von 19 Uhr als Todeszeitpunkt ausgehen.«

»Das widerspricht den Aussagen der Nachbarn, die das Auto erst kurz nach 20 Uhr bemerkt haben«, sagte Zoe. »Dies ist insoweit glaubhaft, da besagter Nachbar bis spät abends noch Pflastersteine in seinem Vorgarten verlegt hat und so einen guten Blick auf die Straße hatte.«

Max tippte etwas auf dem Computer. »Wenn man zu Fuß vom Center zum Reihenhaus läuft, benötigt man 55 Minuten.«

»Außer man nutzt eine Abkürzung durch den Wald, überquert verbotenerweise die S-Bahn-Gleise und läuft ein Stück an der Umgehungsstraße entlang«, sagte Chandu. »Dann braucht es nur die Hälfte der Zeit und man kommt bei der der Straße abgelegenen Seite der Reihenhäuser heraus, von denen man im Dunkeln ungesehen über den Garten und die Terrasse hineingelangt.«

»Deswegen die lang haltbaren Lebensmittel und der fehlende Kassenzettel des Supermarktes«, sagte Jan. »Natalja war vorher einkaufen.«

Zoe nickte. »An einem Samstagabend ist der Supermarkt höllisch voll. Da kann ein Einkauf locker eine Stunde dauern, und was man im Internet liest, sind die Wartezeiten an der Kasse immens.«

»Außerdem hatte Natalja laut Protokoll deiner Kollegen noch einen Kaffeebecher im Auto, was ihre Abwesenheit bis 20.11 Uhr weiter unterstützt hat«, sagte Chandu. »Angeblich hat sie den Kaffee noch vor ihrer Abfahrt gemütlich ausgetrunken, faktisch hat der Kauf aber kaum Zeit gekostet und passt zu unserer Schein-Alibi-Theorie, wenn sie ihn einfach weggeschüttet hat. Somit gab es aus Sicht deiner Kollegen keinen Anlass für den

Verdacht, dass sie Fred umgebracht haben könnte, und daher wurden keine Ermittlungen in diese Richtung angestrengt.«

»Um das alles zusammenzufassen«, sagte Zoe. »Obwohl wir den genauen Ablauf der Tat nicht kennen, hat Natalja Gehder auf perfide Weise ihren Mann ermordet, wenngleich wir nicht wissen, warum sie es getan hat.«

»Ich bin nicht sicher, ob wir bei der Motivfindung helfen können.« Jan deutete auf Max und sich. »Doch wenn ihr glaubt, wir haben mit Freds Mord schon den Boden von Nataljas dunkler Seele erreicht, dann wartet ab, was wir zu berichten haben.« Er stand auf. »Aber um mich in diese Tiefe begeben zu können, brauche ich noch ein Bier.«

* * *

»Bei der Durchsuchung des Hauses ist mir im Badschrank ein Sicherheitsschlüssel aufgefallen.« Jan trank einen Schluck aus der Flasche. »Nach kurzer Suche fand ich einen kleinen Verschlag, der direkt an die Garage angeschlossen war und eine außen befindliche Kellertreppe verdeckte. Mithilfe des besagten Schlüssels kam ich in den Keller, der nur aus einem Flur und einem Raum bestand.« Er nickte Max zu, der ein Bild der Zelle einblendete.

»Jetzt wissen wir, was die Gehders in ihrer Freizeit veranstaltet haben«, bemerkte Zoe mit Blick auf die Aufnahme.

»Wenn man nur den Raum betrachtet, könnte man tatsächlich den Eindruck bekommen, dass sie an diesem außergewöhnlichen Ort ihre Sexspielchen betrieben haben«, stimmte Jan zu. »Aber die schwere Stahltür zum Raum war nur von außen zu öffnen. Außerdem befand sich dort noch ein gespiegeltes, vergittertes Fenster aus Sicherheitsglas, durch das man alles beobachten konnte, ohne in den Raum gehen zu müssen.«

»Eine Gefängniszelle«, schloss Chandu.

Jan nickte. »Dafür sprechen noch weitere Details. Erstens würde niemand eine Campingtoilette in sein Spielzimmer stellen, wenn obendrüber ein Bad existiert. Zweitens ließ sich das Licht des Raums ausschließlich von außen anschalten, was nur bei einer Zelle Sinn ergibt.«

Das Foto an der Wand wechselte zu einer Aufnahme des Flurs. Im lehmigen Boden waren deutlich vier gleichmäßig runde Abdrücke zu sehen.

»Die stammen von einem Stuhl«, erklärte Jan. »Nach ihrer Tiefe zu schätzen hat irgendjemand lange dort gesessen.«

»Die Gehders waren perverse Voyeure«, vermutete Zoe.

»Wahrscheinlich nur Natalja«, widersprach Jan. »Die Kollegen aus Brandenburg haben gestern den ganzen Raum millimetergenau untersucht. Die Ketten und die Wände wurden mit Bleiche oder einer Säure gereinigt, denn darauf fanden sich weder DNS noch Fingerabdrücke. Einzig an der Tür gab es welche – und zwar innen von Fred und außen von Natalja.«

»Also ist er aktiv geworden und sie hat zugesehen«, sagte Zoe.

»Diese These wird durch DNS-Funde in der Matratze gestärkt«, stimmte Jan zu. »Obwohl der Raum fast klinisch sauber war, sind doch Spuren in den Schaumstoff gelangt, welche die Kriminaltechniker isolieren konnten. Eine davon war von Fred Gehder, zwei weitere konnten Frauen zugeordnet werden, aber nicht Natalja.«

Jan nickte Max wieder zu.

Auf der Wand erschien das Bild einer Toten. Sie lag zusammengekrümmt an einem Ufer. Ihre langen braunen Haare klebten an ihrem Gesicht. Ihr Mund war leicht geöffnet und Algen hatten sich in ihren gelblichen Zähnen verfangen. Ihre Stirn war blutig aufgeschürft und die Haut hatte eine grünliche Verfärbung.

»Die erste DNS-Probe führte zum zwei Jahre alten Fund einer Wasserleiche.« Jan deutete auf das Bild. »Opfer war die zweiundzwanzigjährige Ricarda Senner, die in einer Schleuse der Dahme bei Königs Wusterhausen gefunden wurde. In ihrem Körper befand sich ein wilder Mix aus Alkohol und Meth. Ihre Handtasche und einer ihrer Schuhe lagen bei der Radwegbrücke an der A10 bei Niederlehme, sodass man von einem Unfall oder Suizid ausgegangen ist.«

»Und was ist mit der Wunde an der Stirn?«, fragte Chandu. »Beim Sturz ins Wasser wird sie sich die nicht zugezogen haben.«

»Das könnte eine Treibverletzung sein«, erklärte Zoe. »Wenn ein Toter von der Strömung bewegt wird, schleifen Teile des Körpers am Boden. Das sind die Fußspitzen, die Knie, die Handrücken und eben die Stirn.«

»So steht es auch im Obduktionsbericht«, stimmte Jan zu. »Deinen Kollegen von der Rechtsmedizin sind noch Fesselspuren am rechten Handgelenk aufgefallen, was sie aber ihrer Profession als Prostituierte zugerechnet haben, weil sie offensichtlich ungefesselt ins Wasser gefallen ist.«

»Gibt es eine Verbindung zu den Gehders oder zu Tessa Bahl?«, fragte Chandu.

»Keine direkte, aber Ricarda Senner war wohnhaft in Berlin und eine Prostituierte, daher könnte sie möglicherweise Tessa Bahl gekannt haben.«

»Weißt du, wie viele Prostituierte es in Berlin gibt?«

»Offiziell registriert sind etwa zweitausend«, erklärte Jan. »Insgesamt sind es um die achttausend, drei Viertel von ihnen schaffen also illegal an. Wie Ricarda Senner und Tessa Bahl früher.«

»Und wenn man die Frauen über ganz Berlin verteilt, kannst du dir die Chancen ausrechnen, dass sie sich kannten.«

»Einen Versuch ist es trotzdem wert«, sagte Jan.

»Wie kam sie nach Niederlehme?«, fragte Zoe.

»Da wird es sehr spekulativ, denn die Kollegen konnten nicht feststellen, wo Ricarda ihre Freier gesucht hat. Gelebt hat sie in Marzahn, in einer heruntergekommenen Sozialwohnung, wo sie sich ein Zimmer mit drei anderen Frauen geteilt hat. Und dort ist sie schon eine Woche vor dem voraussichtlichen Todeszeitpunkt nicht mehr gewesen.«

»Und das hat niemanden interessiert?«, wandte Max verwundert ein.

»Die Grausamkeit dieser Welt ist kaum vorstellbar, wenn man es nicht selbst erlebt hat«, erwiderte Chandu bedauernd. »Die meisten der Frauen ertragen ihr Schicksal nur mit Drogen und sind schon in jungen Jahren so abgestumpft, dass sie das Verschwinden einer Mitbewohnerin nicht interessiert. Daher wird man von ihnen kaum nützliche Informationen bekommen. Aber ich höre mich um, obwohl es schon eine Weile her ist.«

»Wegen der langen Zeit bin ich auch nicht optimistisch, aber vielleicht haben wir Glück«, sagte Jan. »Und dir würde ich den Obduktionsbericht zukommen lassen«, wandte er sich an Zoe. »Vielleicht fällt dir unter den jetzigen Umständen etwas auf.«

Sie hob den Daumen. »Leider lässt sich weder bei Fingerabdrücken noch bei DNS feststellen, wie alt sie sind, daher können wir nur spekulieren, von wann die andere unbekannte Probe stammt.«

»Mit unseren Informationen lässt sich aber eine Geschichte erzählen«, sagte Jan. »Die Gehders haben Ricarda in ein Auto gelockt, sie mit Propofol betäubt und in ihr Versteck nach Brandenburg gebracht. Nach einer Woche des Missbrauchs sind sie ihrer vielleicht überdrüssig geworden, also haben sie ihr einen Drogencocktail verpasst und sie bei der Radwegbrücke an der A10 in den Fluss geworfen. Mit dem Meth und dem Alkohol im Blut konnte sie sich kaum über Wasser halten und ist ertrunken. Dann haben die Gehders einen Schuh und ihre Handtasche in der Nähe platziert und niemand ist auf die Idee eines Mordes gekommen.«

»Ich bin kein Arzt, aber sagt Zoe nicht immer, dass Betäubungsmittel eine Zeit benötigen, bis sie wirken, und dass niemand einfach so umfällt, wenn er eine Spritze davon in den Hals bekommt?«, fragte Max.

»Worauf willst du hinaus?«, wollte Jan wissen.

»Wenn Ricarda eine illegale Prostituierte war, hat man sie nicht so leicht überrumpeln können.«

»Grundsätzlich hast du recht, was Betäubungsmittel im Allgemeinen und Propofol im Speziellen betrifft«, sagte Zoe. »Letzteres benötigt zehn Sekunden zur Wirkungsentfaltung und auch nur, wenn man es richtig injiziert. Dann werden GABA-Rezeptoren aktiviert, die wiederum eine dämpfende Wirkung auf das zentrale Nervensystem haben.«

»Und wenn die Gehders Ricarda in ihr Auto gelockt haben, wäre Fred in der Lage gewesen, sie festzuhalten, während Natalja die Spritze ansetzte«, sagte Chandu. »Das hätte also funktioniert.«

»Und selbst wenn sie sich gewehrt hat, hatten die Gehders während der Gefangenschaft genug Zeit, die Spuren eines Kampfes zu beseitigen«, ergänzte Jan.

»Ich weiß nicht, wie es euch geht, aber plötzlich tut es mir nicht mehr leid, dass Natalja erschlagen worden ist«, sagte Max.

»Würde Ricarda noch leben, hätten wir ein Motiv für den Mord, so aber funktioniert das nur, wenn es eine Verbindung zwischen Natalja und Tessa Bahl geben würde«, sagte Jan. »Und da wird es dünn.«

»Vielleicht war Bahl auch eine Gefangene und konnte entkommen?«, vermutete Max.

»Der Gedanke kam mir auch, aber wir haben außer den drei DNS-Proben von den Gehders und Ricarda nur eine weitere bekommen und die ist deutschlandweit nicht in einer Datenbank«, sagte Jan. »Jene von Bahl schon.«

Chandu verschränkte die Hände hinter dem Kopf und lehnte sich auf der Couch zurück. »Wir haben eine Menge neuer Spuren, einen Unfall als Mord identifiziert und eine Idee, wie Ricarda gestorben ist. Aber noch immer keinen Hinweis, warum Tessa Bahl zur Mörderin geworden ist, wenn sie es überhaupt war.«

»Außerdem fehlt das Motiv für Nataljas Mord an ihrem Mann«, fügte Zoe hinzu.

»Wir müssen noch mehr in Erfahrung bringen«, schloss Jan. »Ich befrage die Nachbarn und Freunde von Fred Gehder. Vielleicht komme ich damit an ein mögliches Motiv.«

»Ich versuche, die Internetdaten aus der Zeit zu erhalten, als Fred noch gelebt hat«, schlug Max vor. »Vielleicht ist noch etwas auf dem Handy, welches deine Kollegen bei der Durchsuchung des Hauses gefunden haben.«

»Ich schaue mir den Obduktionsbericht von Ricarda unter dem Aspekt eines Mordes an«, bemerkte Zoe.

»Und ich höre mich auf der Straße um, ob sich jemand an das Mädchen erinnert und ob es vielleicht doch eine Verbindung zwischen Ricarda und Tessa gibt«, schloss Chandu die Aufgabenverteilung.

»Lasst uns morgen Abend telefonieren und die ersten Ergebnisse besprechen«, schlug Jan mit Blick auf die Uhr vor. »Vielleicht hat sich bis dahin etwas Neues ergeben.«

* * *

Als Jan das Reihenhaus betrat, wurde er von einem Lärminferno begrüßt. Ein kleiner Junge blies mit aller Kraft in eine Spielzeugtrompete, während ein gleichaltriges Mädchen mit einem Kochlöffel auf eine Pfanne schlug. Aus den Lautsprechern einer Stereoanlage klangen Kinderlieder, die sich mit dem Sprecher einer Morgensendung im Fernseher zu einem unverständlichen Lärm verbanden.

»Entschuldigung, aber der Kindergarten ist heute wegen Krankheit geschlossen«, begrüßte ihn eine Frau an der Tür. Sie trug eine Jogginghose, ein weites Sweatshirt und hatte ihre langen blonden Haare zu einem Zopf geknotet. Sie winkte ihn hinein und balancierte zwischen Legosteinen und Kuscheltieren zu einer kleinen Bar, die Küche und Wohnzimmer trennte. Sie nahm zwei Fernbedienungen in die Hand und schaltete sowohl den Fernseher als auch die HiFi-Anlage aus. Die Kinder hörten kurz mit dem Lärmen auf und betrachteten den Neuankömmling mit großen Augen, aber offenbar war Jan nicht interessant genug, um sich mit ihm zu beschäftigen, daher entschlossen sie sich weiterzumusizieren.

»Frau Niering, danke für Ihre Zeit«, begann Jan mit lauter Stimme.

Sie nickte ihm freundlich zu und griff nach einer großen Tasse Kaffee, auf der eine müde Katze mit gelangweiltem Gesichtsausdruck zu sehen war.

»Wie Sie wissen, wurde Frau Gehder Opfer eines Raubüberfalls, an deren Folgen sie kurz darauf verstarb.«

»Schlimm«, sagte sie kopfschüttelnd. »Erst der Unfall von Fred und dann dies.« Sie nippte an ihrem Kaffee.

»Ich interessiere mich vor allem für Fred und die Zeit vor seinem Tod«, sagte Jan. »War in den Tagen davor etwas ungewöhnlich? Haben er und Natalja auffällig oft gestritten?«

Sie hielt kurz in der Bewegung inne. »Ich dachte, Fred ist die Treppe hinuntergefallen, als Natalja einkaufen war?« Niering schien zu verstehen, auf was er hinauswollte.

»Nach dem Raubüberfall versuchen wir, den Sturz unter neuen Aspekten zu betrachten«, redete sich Jan heraus.

»Ich habe die beiden selten streiten sehen«, erklärte sie. Ein kleiner Ball flog über die Bar in die Küche und kam auf einem Obstkorb zu liegen, was Niering aber nicht zu stören schien. »Ihre Rollen waren klar verteilt. Natalja war der Chef im Haus. Sie bestimmte, was gemacht wurde, und Fred folgte ihren Anweisungen.« Sie zuckte die Achseln. »Beide wirkten zufrieden damit.«

»Was für ein Mensch war Fred?«

»Freundlich und hilfsbereit. Auch schüchtern, zurückhaltend und etwas … einfach in seinem Denken, aber er war ein guter Handwerker und hat uns geholfen, all die kleinen Mängel im Haus zu beseitigen, die unsere Baufirma verbockt hat.« Sie trank wieder einen Schluck Kaffee. »Ich war froh, ihn als Nachbarn zu haben.«

»Und wie war Ihr Verhältnis zu Natalja?«

»Vordergründig war sie höflich und nicht minder hilfsbereit als Fred, aber da war etwas an ihr, das mich hat vorsichtig werden lassen.«

»Was meinen Sie?«

»Ich kann es nicht genau erklären, aber immer, wenn ihr etwas nicht gepasst hat, hat sie die Augen zusammengekniffen, als müsste sie sich beherrschen, um nicht loszuschreien. Und manchmal hat sie in einer Art über ihre Kollegen geredet, die ich als zutiefst unangemessen empfand.«

»Inwiefern unangemessen?«

Sie sah kurz zu den Kindern. »Sie benutzte Schimpfworte, die ich nicht laut aussprechen möchte.«

»Hat Frau Gehder nur über ihre Kollegen so geredet?«

»Eigentlich über jeden, selbst über Nachbarn, mit denen sie angeblich ein gutes Verhältnis hatte, daher bin ich immer davon ausgegangen, dass sie auch über uns lästerte.« Es krachte laut, als ein Lego-Turm unter dem Lachen der Kinder umfiel.

»Können Sie sich vorstellen, dass die Gehders Dinge getan haben, die nicht im Einklang mit den geltenden Gesetzen standen?«, formulierte Jan die Frage vorsichtig.

»Ich weiß, dass sie ihre Putzfrau schwarz bezahlt haben und Anpassungen ihres Dachs unter der Hand gelaufen sind.«

»Vielleicht noch eine Spur krimineller?«

Niering betrachtete Jan einen Moment lang, während sie an der Tasse nippte. »Um ehrlich zu sein, hätte ich Natalja alles zugetraut, aber Fred hatte ein gutes Herz, obwohl er manchmal mehr getrunken hat, als ihm guttat. Wenn er in etwas Schlimmes verwickelt gewesen ist, dann nur, weil ihn seine Frau dazu gezwungen hat.«

* * *

Max rührte sich einen Löffel Ovomaltine in seine Cola, steckte ein Röhrchen in das Glas und öffnete die Tür zu seinem Büro mit dem Fuß. Er setzte den kleinen Grogu wieder an seinen Platz, schob die Schokolade in die Schublade und stellte das Glas ab. Seine Finger flogen über die Tastatur, während er ein Passwort eingab. Einen Augenblick später war er mit dem Server verbunden.

Dank der Kriposoftware hatte Max schnell einen Überblick, was Fred Gehder mit seinem Handy gemacht hatte. Offensichtlich hatte er sich gern die Zeit mit Kartenspielen vertrieben, denn zwölf der insgesamt 98 installierten Apps waren entweder Poker, Skat oder Solitaire. Dazu kamen noch Streaminganbieter, erschreckend viel Social-Media-Kram und mehrere Schlaftracker.

Max überprüfte die Telefonliste, die aber ebenso leer war wie der Browserverlauf, doch nach kurzem Suchen fand er ein weiteres Programm, mit dem man im Internet surfen konnte und bei dem nichts gelöscht war.

»Hui«, sagte Max begeistert, nachdem er sich die Einträge genauer angesehen hatte. Er griff nach seinem Handy und schrieb eine SMS. »Das ist doch mal was«, murmelte er.

* * *

Als er von der Kaffeemaschine in sein Büro kam, dachte Jan, dass er dringend wieder Ordnung schaffen musste. Nicht nur sein Schreibtisch und der Beistelltisch waren voller Akten, sondern auch die Stühle, das Fensterbrett und der Rollcontainer, den er kurzerhand zur Ablage umfunktioniert hatte. Irgendwo dazwischen wuchs seine Zimmerpflanze, die wahrscheinlich ohne Gießen durch den Putzservice schon längst eingegangen wäre. Immerhin hatte er alle leeren Gläser, Tassen und Teller in die Küche geräumt, was die Anzahl der nervigen Fruchtfliegen in seinem Büro hoffentlich bald reduzieren würde.

Er nahm seine Tastatur unter einem Stapel Fotos hervor, setzte das Headset auf und startete den Videochat. Wie immer waren seine Freunde schon online.

»Guten Abend, Leute«, begrüßte er sie und nippte am Kaffee. »Die gute Nachricht ist, dass sich jetzt ein sehr klares Bild ergibt, was passiert sein könnte. Die schlechte ist, dass wir Nataljas Mörder noch nicht näher gekommen sind.« Er stellte die Tasse auf sein Mousepad. »Meine Befragung der Nachbarn und der Kollegen von Fred hat ergeben, dass er seiner Frau hörig war. Sie hat bestimmt, was gemacht wurde, und er ist gefolgt. Weiterhin haben ihn alle als nett und zuvorkommend beschrieben, während Natalja ein ziemliches Biest sein konnte, wenn ihr etwas nicht gepasst hat. Dann wurde sie beleidigend und zickig. Vor allem, wenn sie angetrunken war. Das ist noch kein Mordmotiv für den Überfall auf sie«, schloss er. »Aber zusammen mit dem, was Max herausgefunden hat, kennen wir den Grund für Freds Tod.«

»Fred hatte einen zweiten Browser auf seinem Handy installiert, den er mit ein paar Tricks fast unsichtbar gemacht hat«, sagte Max. »Wenn man nicht genau danach sucht, findet man ihn nicht.«

»Wahrscheinlich hat Natalja sein Handy kontrolliert«, vermutete Chandu.

»In dem Zusammenhang ist es auch interessant zu wissen, dass auf dem Gerät die Historie der Telefoneinträge gelöscht ist, ebenso wie die SMS und der Verlauf des Standardbrowsers«, fuhr Max fort. »Da die Internetdaten höchstens sieben Tage und die Telefonverbindungen nur neunzig Tage gespeichert werden, konnte ich diese nicht mehr wiederherstellen, aber vermutlich hat Natalja die Löschungen nach Freds Tod durchgeführt.«

»Warum sollte sie das machen?«, wollte Chandu wissen. »Sie war nicht verdächtig.«

»Die Erklärung dazu liefert der geheime Browser«, erklärte Max. »Darin hat Fred nämlich Wochen vor seinem Tod nach Psychologen und Psychiatern gesucht. Außerdem nach der Telefonseelsorge und am Ende sogar nach den Beichtterminen der nahen Kirchengemeinde.«

»Ihm lag etwas auf der Seele«, sagte Zoe.

Max nickte.

»Damit ergibt sich ein vollständiges Bild«, ergänzte Jan. »Fred hat mit Natalja Frauen entführt und sich an ihnen vergangen, während sie zugesehen hat. Ob ihm der Missbrauch gefallen hat, werden wir nie erfahren, und vielleicht wurde er sogar dazu gezwungen, aber offensichtlich konnte er mit seinen Schandtaten nicht mehr leben und hat Hilfe gesucht.«

»Und Natalja hat davon erfahren und ihn die Treppe hinuntergestoßen«, vermutete Zoe.

»Das ist eine Möglichkeit«, stimmte Jan zu. »Vielleicht hat sich Fred ihr offenbart oder sich geweigert weiterzumachen.«

»Schlimmer«, sagte Max. »Denn drei Tage vor seinem Tod hat er auf der Homepage der Polizei Berlin die verschiedenen Abteilungen des LKA betrachtet.«

»Er wollte sich stellen«, vermutete Chandu.

»Daraufhin habe ich alle eingegangenen Anrufe beim LKA in diesem Zeitraum überprüft, aber keiner kam von Freds Anschluss.«

»Vermutlich hat er Natalja vor vollendete Tatsachen gestellt«, fuhr Jan fort. »Entweder sie hören auf oder er geht zur Polizei. Und deshalb musste er sterben.«

»Ein Wahnsinn«, sagte Chandu.

»Obwohl wir keinen offensichtlichen Beweis haben, muss das der Grund für Freds Tod sein«, mutmaßte Jan. »Vermutlich hängt der Mord an Natalja auch mit den Entführungen und dem Martyrium der Frauen in der Zelle zusammen.«

»Eine DNS-Probe stammt von einer unbekannten Frau«, gab Chandu zu bedenken. »Vielleicht ist ihr die Flucht gelungen.«

»Ich würde es mir wünschen, bin da aber nicht sonderlich optimistisch«, sagte Jan. »Alles war gut gesichert. Selbst wenn die Gefangene aus den Handschellen herausgekommen wäre, hätte sie nicht aus der Zelle entkommen können. Andererseits hätten die Gehders nach der Flucht ihr Geheimversteck aufgelöst und einen normalen Kellerraum daraus gemacht, um kein Risiko einer Entdeckung einzugehen.«

»Bei Ricardas Obduktion ist mir nur eine Unregelmäßigkeit aufgefallen«, begann Zoe. »Sie hatte eine Einstichstelle am rechten Oberarm. Das ist insoweit ungewöhnlich, weil ihr linker Arm regelrecht zerstochen war.«

»Sie war Rechtshänderin«, vermutete Chandu.

Zoe nickte. »Die Einstichstelle rechts könnte also von Gehders Propofol-Spritze stammen. Aber ein starker Hinweis ist das nicht. Ihr Körper enthielt so viele Gewaltspuren, dass unmöglich zu unterscheiden war, was vom Anschaffen und was von dem Missbrauch in der Zelle gekommen ist.«

»Auf der Straße kannte sie niemand«, ergänzte Chandu. »Ich war in der letzten gemeldeten Unterkunft und auf dem Straßenstrich, der dem Haus am nächsten liegt, aber es ist, als hätte Ricarda Senner nie existiert.«

»Wenigstens haben ihre Mörder ihre gerechte Strafe erhalten«, sagte Max.

»Obwohl sich mein Mitleid für Natalja Gehder unverändert in Grenzen hält, müssen wir weiterhin den Täter finden«, sagte Jan. »Es besteht immerhin auch die Möglichkeit, dass der Angriff nichts mit alledem zu tun hat und ein irrer Schläger da draußen herumläuft, der schon den Nächsten im Visier hat.«

Irgendwo im Hintergrund ertönte ein helles Ping.

»Was war das?«, fragte Zoe.

»Mein Suchalgorithmus hat etwas gefunden.« Max schien auf der Tastatur zu tippen. »Heilige Scheiße«, sagte er keuchend.

»Was ist?«, fragte Jan.

»Ich lese gerade die Todesanzeige von Natalja Gehder.«

»Was ist daran ungewöhnlich?«, wunderte sich Chandu. »Sie hatte sicherlich Freunde, die nichts von ihrer dunklen Seite gewusst haben.«

»Diese Anzeige wurde von Gehders Mörder aufgegeben.«

»Wie kommst du darauf?«

Natalja Gehder.
Mörderin, Entführerin und Vergewaltigerin.
Ihr Tod war verdient,

las Max vor. »Darunter das Geburts- und das Todesdatum. Der Platz, an dem normalerweise die Namen der Trauernden stehen, ist leer.«

»Ziemlich makaber, aber irgendwie auch mit Stil«, bemerkte Zoe.

»Und wo ist die Anzeige erschienen?«, fragte Jan.

»Auf einem Onlineportal, auf dem man Todesanzeigen buchen kann«, sagte Max.

»Also kannst du herausfinden, wer das aufgegeben hat?«, fragte Jan.

»Schwer vorstellbar, dass jemand so dumm sein kann; aber ja«, antwortete der junge Hacker, »in ein paar Stunden weiß ich mehr.«

»Immerhin wissen wir jetzt, dass es Mord war«, bemerkte Chandu.

»Zu 95 Prozent«, ergänzte Jan.

»Und die anderen fünf Prozent?«, wollte Zoe wissen.

»Warum sollte der Mörder so etwas tun?«, fragte Jan. »Das Risiko, geschnappt zu werden, hat sich mit der Anzeige wesentlich erhöht, sollte es Max gelingen, der elektronischen Spur zu folgen.«

»Der Mörder wollte sichergehen, dass jeder Mensch weiß, was Natalja Gehder getan hat«, erklärte Chandu. »Ohne diese brutale Art des Angriffs und die eigenartigen Hinweise hätten wir den Mord an Fred nicht aufgeklärt und auch die Gefängniszelle nicht gefunden, daher müssen wir dem Mörder dankbar sein, so makaber das auch klingen mag. Er hat wahrscheinlich weitere Prostituierte davor bewahrt, entführt, gefoltert und getötet zu werden.«

»Und da liegt das Problem«, sagte Jan. »Woher wusste der Mörder von Gehders sadistischem Hobby und warum ist er damit nicht zur Polizei gegangen?«

»Der Täter war jene unbekannte Frau, deren DNS ihr gefunden habt und die tatsächlich entkommen ist«, sagte Zoe. »Und sie wollte sich rächen.«

»Von der Motivation her gebe ich dir recht«, sagte Jan. »Aber dann hätte Gehder ihr Gefängnis aufgeben müssen, weil sie jederzeit mit der Ankunft der Polizei hätte rechnen müssen.«

»Natalja dachte, dass die Unbekannte tot ist, sie hat aber überlebt«, warf Max ein.

»Das musst du weiter ausführen«, bat Jan.

»Soweit wir wissen, wurde Ricarda Senner mit Alkohol und Meth vollgepumpt und ins Wasser geworfen«, fuhr Max fort. »Wegen ihrer schwierigen Lebensumstände und der Spuren sind deine Kollegen aus Brandenburg von Selbstmord oder einem Unfall ausgegangen.«

»Und weil die Obduktion keine Auffälligkeiten ergeben hat, wenn man den Hintergrund nicht kannte«, ergänzte Zoe.

»Nehmen wir an, dass sie das auch mit der Unbekannten gemacht haben, nur dass diese nicht ertrunken ist, sondern irgendwie überlebt hat.«

»Ein interessanter Gedanke«, sagte Jan nachdenklich. »Das würde erklären, warum die DNS nicht im System war, denn bei einer unbekannten Toten wird diese erfasst.«

»Schwer vorstellbar, dass jemand nach einem solchen Martyrium und voller Drogen lebend aus einem kalten Fluss steigt«, sagte Chandu.

»Lasst uns einen zeitlichen Ablaufplan machen«, schlug Jan vor. »Welches Ereignis war das früheste?«

»Der Tod von Ricarda Senner«, sagte Max.

»Nein«, widersprach Zoe. »Der Tag, an dem Freds Onkel ins Pflegeheim gekommen ist.«

»Guter Einwand«, sagte Jan. »Solange dieser regelmäßig vorbeigeschaut hat, konnten die Gehders niemanden im Keller einsperren.«

»Laut Akte war das im Januar 2018«, sagte Max nach einem Moment. »Das Heim ist auf demente Patienten spezialisiert, daher wird besagter Oskar Fasselt spätestens ab da nicht mehr in der Lage gewesen sein, das Haus zu besuchen und angeln zu gehen.«

»Jetzt kommt Ricarda Senner«, sagte Jan. »Ihre Leiche wurde im Februar 2019 gefunden.«

»Ein Jahr ist ausreichend Zeit, um Umbauten zu machen«, stellte Chandu fest. »Denn eine Baufirma werden sie mit der Zelle nicht beauftragt haben.«

»Freds angeblicher Unfall war im November 2020, daher hatte sein Gram nicht unmittelbar mit Ricardas Tod zu tun.«

»Die ersten Einträge im Browserverlauf begannen im September 2020«, sagte Max.

»Wenn sein schlechtes Gewissen nicht über Nacht gekommen ist und er vorher noch mit Natalja darüber geredet hat, war das auslösende Ereignis irgendwann im Sommer 2020«, sagte Jan.

»Viel Zeit, um sich zu regenerieren und Pläne für einen Mord zu schmieden«, erwähnte Zoe.

»Wobei wir nicht wissen, ob es wirklich die Frau mit der unbekannten DNS war«, gab Chandu zu bedenken. »Sie könnte auch irgendwo verscharrt liegen, ohne dass sie jemals gefunden wird.«

»Wir können aber insoweit sicher sein, dass der Mörder von Gehders Geheimnis wusste«, sagte Zoe. »Wäre es dem Anzeigenaufgeber nur um Freds Tod und die irrtümliche Deklaration als Unfall gegangen, würde in der Anzeige nicht Entführerin und Vergewaltigerin stehen.«

»Zwei Dinge lernen wir daraus«, sagte Jan. »Erstens war der Angreifer wahrscheinlich ein Opfer, also suchen wir nach einer Frau.«

»Was zu Tessa Bahl passen würde«, bemerkte Chandu.

»Und zweitens war es ein persönlicher Mord«, fuhr Jan fort. »Einen Raubüberfall mit Todesfolge können wir endgültig ausschließen.«

Ein Klopfen an der Tür ließ ihn hochschrecken. Patrick lehnte am Türrahmen, die Autoschlüssel in der Hand. An seinem Gesichtsausdruck konnte Jan erkennen, dass er nicht für einen Kaffeeplausch vorbeigekommen war. »Wir haben einen neuen Fall«, sagte Patrick. »Es wurde wieder jemand zu Tode geprügelt.«

Kapitel 4

Der südliche Eingang zum Ludwig-Lesser-Park wirkte wie der Anfang eines Waldes, mit großen Bäumen, dichtem Unterholz und hohen Büschen, deren Äste bis auf den Pfad ragten. Aus diesem Grund war der Park bei den Anwohnern in Frohnau auch ein beliebter Ort zur Erholung, aber wegen der Naturbelassenheit an manchen Stellen eignete er sich auch für einen Hinterhalt.

Nach kurzem Fußmarsch kam Jan zu einem Spielplatz, dessen Umgebung die Kollegen schon abgesperrt hatten. Das Plastikband störte die Idylle und die Scheinwerfer leuchteten unangenehm grell an diesem Abend. Der Himmel hatte sich zugezogen und die Wettervorhersage kündigte Regen an, daher beeilten sich die Kriminaltechniker, in ihre Schutzkleidung zu kommen.

Auf den ersten Blick war auf dem kleinen Weg nichts Ungewöhnliches zu sehen, aber ging man etwas näher heran, erkannte man, dass die kleine Pfütze kein Schlamm, sondern Blut war. Dann bemerkte man rechts davon das hinuntergedrückte grüne Unterholz, als wäre etwas Schweres zu den Bäumen gezogen worden, und schließlich die verkrümmte Hand, die neben einer Kiefer aus dem dichten Gras ragte.

Jan betrachtete die Pfütze. »Das ist eine Menge Blut«, sagte er, während er mit Patrick in großem Bogen um einen Baum zur Leiche ging. Er achtete bei jedem Schritt auf den Boden vor sich, damit er nicht versehentlich eine Spur beschädigte.

Der Tote lag auf dem Rücken, die Arme über den Kopf emporgestreckt, die Beine nebeneinander. Das Gesicht war mit zahllosen Schlägen zur Unkenntlichkeit geprügelt. Der Kieferknochen hatte sich am Kinn durch die Haut gebohrt. Die Zähne waren ausgeschlagen und die Stirn auf eine Art deformiert, wie Jan es nur bei unangeschnallten Opfern eines Autounfalls gesehen hatte. Die kurzen schwarzen Haare waren eine verkrustete, verklebte Masse, und die Oberseite des Schädels war so zerschmettert, dass Jan Teile des Gehirns sehen konnte.

Der Mann trug einen schwarzen Jogginganzug, auf dessen Jacke sich das Blut gesammelt hatte, das bis zu den Hosen und auf die Sportschuhe gespritzt war.

»Das ist ein völliger Overkill«, sagte Jan kopfschüttelnd.

»Wahrscheinlich war das Opfer schon beim zweiten Schlag tot, aber das war dem Täter offensichtlich nicht genug.« Patrick deutete auf einen armlangen blutverschmierten Ast, der nicht weit davon im Gras lag. »Der hat die ungefähren Maße eines Baseballschlägers. Wenn der Täter damit mit voller Wucht zugeschlagen hat und das Opfer hat den Hieb nicht kommen sehen, war die Sache schon beim ersten Treffer vorbei.«

»Der Mann trägt einen Jogginganzug und Laufschuhe, daher wird er hier seine Runden gedreht haben«, schloss Jan. »Und da seine Smartwatch noch am Handgelenk ist, können wir einen Raubüberfall ausschließen.«

»Die Polizei wurde vor knapp einer Stunde zum Tatort gerufen, weil eine ältere Dame ihrem ausgebüxten Terrier hinterhergelaufen ist, den sie schließlich an der Leiche riechend gefunden hat«, sagte Patrick. »Der gerufene Notarzt benötigte nicht lange, um den Tod des Opfers festzustellen. Anschließend hat er sich mehr um die Hundebesitzerin gekümmert, die vom Anblick des Toten so schockiert war, dass sie mit Herzrhythmusstörungen ins Krankenhaus eingeliefert wurde.«

»Also keine Zeugen?«

Patrick schüttelte den Kopf.

»Das Wetter ist trüb, der Regen noch fern und es war auch noch nicht völlig dunkel.« Er sah sich um. »Natürlich ist an dieser Stelle dichter Bewuchs und die hohen Bäume dämmen den Lärm, aber der Park ist klein und das nächste Haus ist keine zweihundert Meter entfernt. Irgendjemand muss etwas bemerkt haben.«

»Die Kollegen von der Polizei sind schon ausgeströmt und befragen die Anwohner, doch wenn die Tat so abgelaufen ist, wie die Spuren vermuten lassen, gab es nicht viel zu hören«, sagte Patrick. »Höchstens einen kurzen Schrei nach dem ersten Schlag.«

»Der Täter hat sich neben der Eiche verborgen und auf das Opfer gewartet.« Jan deutete auf einen hohen Baum am Weg. »Dann hat er ihm mit dem Ast ins Gesicht oder auf die Stirn geschlagen. Da das Opfer überrascht war, hatte es keine Möglichkeit zur Abwehr, also war es nach diesem Treffer zumindest handlungsunfähig. Eher bewusstlos oder sogar tot.«

»Danach hat der Angreifer mit dem Ast noch mehrfach auf den Kopf geschlagen, ihn weggeworfen und den Toten ins Unterholz gezogen«, ergänzte Patrick.

»Zwanzig Sekunden für die Attacke.«

»Höchstens.«

»Und maximal dreißig Sekunden, bis die Leiche die zehn Meter vom Weg im Unterholz war«, sagte Jan. »Mit dem Ast kann auch ein schwächerer Mensch solche Wunden verursachen, und das Opfer ist schlank, daher war das Bewegen der Leiche kein Problem.«

»Der Weg macht einen leichten Knick nach links.« Patrick deutete nach Süden. »Weder vom Eingang in den Park noch von der entgegengesetzten Seite lässt sich diese Stelle gut einsehen.

Alle anderen Spaziergänger, die mehr als fünfzig Meter entfernt waren, konnten nichts bemerken.«

»Also wurde der Ort des Überfalls bewusst ausgewählt, was uns die Ermittlung erleichtert, denn vielleicht war der Täter schon vorher hier, hat die Gegend ausgekundschaftet und ist von einem Besucher des Parks gesehen worden.«

»Zuvor müssen wir die Identität des Toten klären, denn er hatte keinen Ausweis bei sich und seine Fingerabdrücke sind nicht in der Datenbank«, erklärte Patrick.

»Frohnau«, sagte Jan nachdenklich. »Niemand kommt hierher, schnappt sich einen Ast und prügelt den nächstbesten Jogger tot. Es muss etwas Persönliches sein.«

»Ein Zusammenhang mit Natalja Gehder?«

»Für diese Spekulation ist es noch zu früh«, sagte Jan. »Aber die Brutalität, mit der hier vorgegangen wurde, erinnert an die Tat in der Waldeyerstraße.« Er hob die Hand und ging wieder zurück zum Weg. »Ich richte mich auf eine lange Nacht ein. Vielleicht findet sich noch eine Spur, ansonsten werde ich morgen früh Tessa Bahls Alibi überprüfen.«

* * *

Die Villa gehörte einem Menschen, der sichergehen wollte, dass die Nachbarn von seinem Reichtum wussten. Das Tor vor der Einfahrt erinnerte an die Villen in Beverly Hills, mit hohen Stahlstangen, die in der Mittagssonne glänzten. In der Mitte prangte ein großes Aluminiumschild mit den Initialen R und C. Die Torflügel öffneten sich fast lautlos mit einem kaum hörbaren Summen. Der hundert Meter lange Weg von der Straße zum Haus war mit roten Ziegelsteinen ausgelegt, die von LEDs erhellt wurden, was in der Nacht sicherlich beeindruckend wirkte.

Vor dem Haus wartete bereits ein Bediensteter in schwarzer Livree, mit weißem Hemd, Handschuhen und steifem Kragen.

Lächelnd wies er Jan einen Parkplatz zwischen einem Bentley und einem Porsche zu. Bei einer klassischen Villa hätte man einen Brunnen vor dem Eingang erwartet, stattdessen stand dort die Skulptur einer nackten Frau aus dunklem Eisen, die sich nach hinten dehnte wie bei einer Yogaübung. Die Villa war zweistöckig, mit einem großen Balkon über dem Eingang, auf dem sich die Bewohner ihren Gästen huldvoll präsentieren konnten. Der weiße Putz glänzte wie frisch aufgetragen und die roten Fensterläden waren aufgeklappt.

Die Inneneinrichtung war nicht weniger beeindruckend. Allein der Eingangsbereich war größer als Jans Wohnung, mit dunklem Granitboden und hellen Teppichen darauf. Der Raum wurde von einem schweren Kristallleuchter beherrscht, der ein warmes Licht verströmte. An den Wänden hingen zwei mannshohe Gemälde, deren wilde Striche, Kreise und bunte Farben sicher etwas auszusagen hatten, ansonsten wie das Experiment einer Grundschulklasse wirkte.

Der Angestellte führte Jan in einen kleinen Nebenraum, dessen Einrichtung überraschend karg war. Um einen Tisch standen vier große braune Ledersessel. Im Gegensatz zum Vorraum brannten hier nur einige kerzenförmige Lampen an der Wand. Das große Fenster zum Garten ließ nur einen kleinen Blick auf die Terrasse zu, weil die Vorhänge zugezogen waren. Auf einem Sessel saß eine Frau, den Blick auf die holzvertäfelte Wand gerichtet. Sie trug ein schwarzes Kleid und einen gleichfarbigen Hut, von dem ein grobmaschiger Schleier über ihr Gesicht fiel.

Der Bedienstete deutete wortlos auf den Sessel ihr gegenüber und verließ den Raum. Erst als Jan Platz genommen hatte, wandte sich die Frau ihm zu.

»Zuerst möchte ich mein Beileid zu Ihrem Verlust ausdrücken, Frau Comberg«, begann Jan und nahm seinen Notizblock aus der Tasche.

Sie nickte ihm zu. Ihr Gesicht war regungslos. Ohne das Blinzeln ihrer Augen hätte sie auch eine Statue sein können. Jan schätzte sie auf Anfang vierzig, mit faltenloser Stirn, aber auffällig straffer Haut an den Wangen.

»Wie schon mit Ihrem Anwalt besprochen, geht es bei dieser Befragung nur darum, die Todesumstände Ihres Mannes Ruben zu klären und seinen Mörder zu finden«, fuhr Jan fort. »Das ist kein Verhör und Sie sind nicht verdächtig.«

Wieder ein Nicken.

»Wann haben Sie Ihren Mann das letzte Mal gesehen?«

»Gestern Mittag zum Essen.« Sie sprach hart und präzise, wie ein preußischer General.

»Die Leiche Ihres Mannes wurde um 19.21 Uhr gefunden«, sagte Jan. »Was hat er bis dahin gemacht?«

»Das weiß ich nicht. Ich war bei einem Treffen des Förderkreises Kunsthalle und bin erst gegen 22 Uhr nach Hause gekommen.«

In diesen Momenten fragte Jan immer nach Namen, um das Alibi zu bestätigen, aber es war schon schwierig genug gewesen, überhaupt einen Termin mit der Witwe zu bekommen, daher würde er andere Wege finden, um das zu überprüfen.

»Hat sich Ihr Mann an diesem Tag anders verhalten als sonst? Wirkte er besonders nervös, verärgert oder aufgeregt?«

Comberg schüttelte leicht den Kopf, teilnahmslos und starr. Die Hände lagen auf dem Schoß, die Beine waren geschlossen, die Schultern durchgedrückt.

»War Ihr Mann Drohungen ausgesetzt?«, fragte Jan. »Gab es besorgniserregende Anrufe, Briefe oder Anfeindungen?«

»Menschen wie wir sind anderen ein Dorn im Auge«, sagte sie. »Anfeindungen gehören zu unserem Alltag.«

»Was meinen Sie mit Menschen wie wir?«

»Wohlhabende Personen, die sich ihres Reichtums nicht schämen.« Sie presste ihre Lippen im Unmut zusammen.

»Die Familie meines Mannes hat ihr Vermögen mit klugen Investitionen und Anlagen erarbeitet. Wir beuten niemanden aus und bezahlen unsere Angestellten gut. Das ist keine Schande.«

»Gab es in letzter Zeit eine Morddrohung, derzufolge Ihr Mann totgeschlagen werden sollte?«

»Nicht mehr als sonst auch«, sagte sie. »Aber ich habe unsere Anwälte schon angewiesen, der Kripo alle Informationen mit Schreiben, Anrufen und persönlichen Beschimpfungen weiterzuleiten. Bis zum Abend müssten diese bei Ihnen sein.«

»Dass Reichtum Neider hervorruft, ist nichts Neues und sicherlich sind Sie ein begehrtes Ziel von Einbrechern«, bestätigte Jan. »Aber Ihr Mann trug sowohl noch seinen Ehering als auch seine Smartwatch, sodass wir nicht von einem Überfall wegen Geldgier ausgehen. Das Motiv muss persönlicher Natur sein.«

Comberg sagte nichts, sondern sah Jan mit einem emotionslosen Blick an. Er wusste nicht, ob dies die Folgen der Trauer waren oder ob sie generell so gefühllos war.

»Wie regelmäßig ging Ihr Mann joggen?«, fragte Jan, nachdem sie auf seine letzte Bemerkung nicht reagiert hatte. »Und ist er immer die gleiche Strecke gelaufen?«

»Ruben hasste jegliche Form von Unordnung«, antwortete sie. »Alles hatte seine Zeit und seinen Platz, daher gab es auch für Sport einen festen Termin. Ob er immer den gleichen Weg gelaufen ist, kann ich Ihnen nicht sagen, aber Spontanität und Abwechslung waren nicht das Seine.«

»Ihr Mann hat noch eine Tochter aus erster Ehe. Können Sie mir sagen, wo Mina gerade ist?«

»Woher soll ich das wissen?« Das erste Mal wurde Combergs Stimme schärfer. »Sie hat mit neunzehn dieses Haus verlassen und kommt nur noch gelegentlich vorbei.«

»Wissen Sie, wo sie wohnt?«

»Letztes Jahr hat sie in London studiert.« Sie hob die Hand und machte eine ungeduldige Bewegung mit den Fingern.

»Irgendetwas mit Musik oder so.« Man konnte ihren Worten entnehmen, dass sie nicht viel von der Studienwahl ihrer Stieftochter hielt.

»Wurde Mina über den Tod ihres Vaters informiert?«

»Ich habe ihre Nummer nicht. Das Personal wird sich darum gekümmert haben.«

»Apropos Angestellte«, sagte Jan. »Darf ich mit denjenigen sprechen, die gestern im Haus waren? Vielleicht hat jemand etwas gesehen, das unsere Ermittlungen weiterbringen kann.«

»Meine Anwälte haben mir empfohlen, diesbezüglich mit der Polizei zusammenzuarbeiten. Das Personal wurde entsprechend von mir instruiert.« Comberg drehte das linke Handgelenk und sah auf die Uhr. »Ich möchte Sie aber bitten, meine Angestellten nicht länger als eine Stunde aufzuhalten, damit der Ablauf im Haus nicht zu sehr gestört wird.«

»Ich verspreche, mich kurzzufassen.«

Combergs rechte Hand ging an die Lehne des Stuhls. Dort drückte sie einen Knopf, den Jan erst jetzt bemerkte. Einen Moment später kam der Mann in der Livree wieder in den Raum und stellte sich neben seinen Sessel. Offensichtlich war das Gespräch beendet.

»Vielen Dank für Ihre Zeit, Frau Comberg«, sagte Jan beim Hinausgehen, doch der Blick der Frau war wieder auf die Wand gerichtet.

Zurück im großen Empfangsraum, unterdrückte Jan ein lautes Seufzen, fühlte sich irgendwie befreit. Er hoffte nur, dass die Angestellten mehr zu sagen hatten, sonst wäre der Besuch Zeitverschwendung gewesen.

* * *

Schon bevor er die erste Frage gestellt hatte, hatte Jan bemerkt, wie sehr die junge Köchin eingeschüchtert war. Für viele

Menschen war es irritierend, mit der Kripo zusammenzuarbeiten und zu einem Mord befragt zu werden, aber hier gab es noch mehr. Linus, so lautete der Name des Mannes in der Livree, hatte all seine Fragen so allgemein beantwortet, dass sich Jan nicht eine Notiz gemacht hatte. Die Reinigungskraft hatte vor Angst kaum ein Wort herausbekommen und auch die Köchin hielt ihre Antworten knapp.

»Wie stand es um die Ehe von Herrn und Frau Comberg?«, fragte Jan.

»Gut.«

»Also haben Sie sich nicht gestritten?«

»Nicht in den vier Jahren, in denen ich hier angestellt bin.« Der Blick der Köchin ging dabei kurz zum Mann in der Livree, der zwar zehn Meter entfernt stand, aber seine Augen unvermindert auf Jan gerichtet hielt, wie eine Gouvernante, die auf die Einhaltung der Sitten achtete.

»Haben Herr und Frau Comberg viel gemeinsam unternommen?«

»Sie haben immer zusammen gefrühstückt«, erklärte die Köchin. Sie fuhr sich nervös über die hellbraunen Haare, die mit Spangen und einem Band streng zurückgebunden waren. Danach rieb sie die Hände an ihrer Kochschürze ab. »Aber Herr Comberg hat viel gearbeitet, sodass er wenig Zeit für anderes hatte.«

Linus hüstelte. Anscheinend war diese Information schon zu persönlich gewesen. Die Rüge hatte ihren gewünschten Effekt, denn die Köchin zuckte kurz zusammen, als wäre sie geschlagen worden.

Obwohl Jan die genehmigte Stunde bei Weitem noch nicht ausgereizt hatte, würde er nichts Interessantes von den Angestellten erfahren, egal wen oder was er fragen würde.

»Vielen Dank für Ihre Zeit.« Jan lächelte die Köchin freundlich an.

Sie umfasste seine Finger mit beiden Händen und drückte sie. »Viel Glück bei der Suche nach Herrn Combergs Mörder.« Dann ließ sie ihn wieder los und ging zurück in die Küche.

»Ich habe keine weiteren Fragen an die Angestellten«, wandte er sich dem Mann in der Livree zu. »Danke für Ihre Zeit.«

Linus nickte und deutete nach draußen. »Ich führe Sie zu Ihrem Wagen.«

Auf dem Weg dorthin hielt Jan die linke Hand fest geschlossen, denn darin befand sich ein kleiner Zettel, den ihm die Köchin bei der Verabschiedung heimlich zugesteckt hatte. Er war gespannt, was darauf stehen würde.

* * *

Cora kam gerade von ihrem Spaziergang durch den Garten, als sie Linus am Rande der Terrasse bemerkte. Offensichtlich waren die Befragungen der Angestellten vorüber.

Wie immer hatte er die Hände vor dem Bauch gefaltet. Seine schwarzen Haare bekamen die ersten weißen Strähnen, aber für einen Mann mit Ende vierzig sah er noch überraschend jung aus. Einzig die Falten um seine Augen deuteten auf sein Alter hin.

»Sie wollten mich sprechen?«, sagte er mit unterwürfigem Nicken.

»Ich habe einen Freund zu diesem Polizisten befragt«, begann sie, während sie die Stufen zur Terrasse hochging.

»Hauptkommissar Tommen«, erklärte Linus.

»Anscheinend ist er so was wie der Bluthund der Kripo.«

»Man liest hin und wieder von seinen Fahndungserfolgen in der Presse«, stimmte er zu.

»Das gefällt mir nicht«, sagte Cora. »Durch Rubens Tod haben sich sehr viele Dinge verkompliziert. Ich brauche nicht noch einen neugierigen Schnüffler.«

»Von unserer Seite wird er nichts erfahren.«

»Ich weiß, was ich an Ihnen habe, Linus, aber ich wäre nicht in dieser Position, wenn ich irgendetwas dem Zufall überlassen hätte.«

»Normalerweise würde ich mir keine Sorgen machen, da alle Angestellten instruiert wurden und meinen strengen Anweisungen gefolgt sind«, erklärte er. »Auch ist Ihr Mann das Opfer, daher werden sich die Ermittlungen mehr auf den Täter konzentrieren. Andererseits mag Hauptkommissar Tommen zwar vordergründig wie ein einfacher Mann wirken, doch wegen seiner Erfolge sollte man ihn ernst nehmen.«

»Wir benötigen jemanden, der ihn im Auge behält.«

»Das wäre auch mein Vorschlag.«

»Und ihn in die Schranken weist, wenn er zu weit geht.«

»Sehr wohl, Frau Comberg. Allerdings muss ich darauf hinweisen, dass Herr Tommen ein Kriminalbeamter ist, was mögliche Maßnahmen gegen ihn erschweren dürfte.«

»Solange er nicht zu weit geht, müssen wir nicht eingreifen«, erklärte sie. »Fragen Sie unseren Helfer, ob überhaupt etwas zu erpressen vorliegt. Falls nicht, darf er zu anderen Methoden greifen, um diesen aufdringlichen Kerl zu stoppen.« Sie griff sich an die Schläfe. Die Aufregung war Gift für ihre Migräne.

»Sehr wohl, Frau Comberg. Ich befürchte nur, dass unser Geschäftspartner für diese Gefälligkeit eine hohe Summe verlangen wird, die wir nicht von den Offshore-Konten begleichen können.«

»Wegen eines einfachen Polizisten?«, wunderte sie sich.

»Wegen eines überregional bekannten Kripobeamten mit einem beeindruckenden Lebenslauf.«

Sie stöhnte genervt. »Verkaufen Sie das Haus in Marbella«, entgegnete sie abwinkend. »Die Lage hat mir nie gefallen und bei den momentanen Immobilienpreisen dürfte eine ausreichende Menge an Geld zusammenkommen.«

»Wenn wir dafür unsere Konten auf den Inseln nutzen …«, erklärte Linus.

»Natürlich«, fuhr sie auf. »Oder glauben Sie, dass ich noch mehr Steuern bezahlen möchte?«

Linus nickte.

»Ich muss mich etwas ausruhen.« Cora ging an dem Butler vorbei. »Kontaktieren Sie unseren Helfer möglichst schnell, damit er sich um diesen Tommen kümmert.«

»Sehr wohl, Frau Comberg«, hörte sie Linus noch beim Hineingehen sagen. Ärgerlich rieb sie sich die schmerzende Stirn. Bald würde es ihr wieder besser gehen, wenn sich das Problem mit dem neugierigen Polizisten erledigt hatte.

* * *

Auf dem Weg zurück zur Dienststelle wählte Jan die Nummer von Max.

»Yo, Alter«, meldete sich sein Freund. »Was gibt's Neues?«

»Die Befragung von Combergs Frau und der Angestellten war Zeitverschwendung«, antwortete er. »Aber die Köchin hat mir heimlich einen Zettel zugesteckt, auf dem der Name Carlos Jubart steht.«

»Einen Moment.« Max tippte etwas. »Dr. Jubart ist ein Allgemeinmediziner mit einer Praxis in Köpenick.«

»Der Hinweis nützt uns nichts, da uns der Arzt keine Informationen geben darf und im Falle einer einflussreichen Familie wie den Combergs auch nicht geben würde.«

»Ich kann mich auf deren System ja mal … umsehen.«

»Max, wir sind die Kripo«, bemerkte Jan. »Kein Hackerkonsortium.«

»War nur ein Vorschlag«, wiegelte er ab.

»Besorge mir lieber eine Nummer oder die Adresse von Combergs Tochter aus erster Ehe. Ihr Name ist Mina.«

»Wird gemacht. Ich melde mich, wenn ich etwas habe«, sagte Max und legte auf.

Jan hoffte, dass zumindest Combergs Tochter mehr zu erzählen hatte als seine Frau und die Angestellten. Er musste verstehen, was den Täter zu einem solchen Gewaltausbruch gebracht hatte. Und außer Neid auf Reichtum hatte er noch nichts.

Zwei Minuten später erhielt Jan eine SMS mit Minas Telefonnummer. Er schaltete sein Handy auf die Freisprechanlage und wählte.

Sie nahm schon nach dem ersten Klingeln ab. »Hallo?«, meldete sie sich mit zaghafter Stimme.

»Frau Comberg, mein Name ist Tommen von der Kripo Berlin«, stellte Jan sich vor. »Zuerst möchte ich Ihnen mein Beileid zum Tod Ihres Vaters ausdrücken.«

»Mein Erzeuger«, korrigierte sie ihn. »Ein Vater war er nicht für mich.« Ihre Stimme war unverändert ruhig, ohne Wut oder Traurigkeit. »Aber danke.«

»Darf ich fragen, wann Sie … Herrn Comberg das letzte Mal gesehen haben?« Ihre Eröffnung hatte Jan etwas aus dem Konzept gebracht.

»Das war an Weihnachten letztes Jahr«, antwortete sie. »Am zweiten Feiertag mache ich immer meinen Pflichtbesuch, dann habe ich auch schon wieder genug für die restlichen Wochen.«

»Was für ein Mensch war Ihr Vater?«

»Vordergründig strebsam, ehrgeizig und erfolgreich.«

»Und sonst?«

»Tatsächlich war er ein besessener Egomane, ohne Skrupel, nicht nur gegenüber seinen Geschäftspartnern und Konkurrenten, sondern auch gegenüber seiner Familie«, erklärte Mina. »Er hatte von meiner Geburt an einen Plan für mein Leben. Wenn ich diesem gefolgt bin, war alles gut, aber hatte ich eine andere Vorstellung, wurde es schlimm.«

»Inwiefern schlimm?«

»Das überlasse ich Ihrer Fantasie. Ich war ab meinem neunten Lebensjahr in psychiatrischer Behandlung, nahm Psychopharmaka wegen Angststörungen, habe mit fünfzehn das erste Mal versucht, mich umzubringen, und war danach vier Jahre lang drogensüchtig.«

»Das tut mir leid …« Jan hatte nicht erwartet, dass das Gespräch in eine solche Richtung gehen würde. Vor allem wunderte er sich über Minas Offenheit.

»Es ist nicht Ihre Schuld«, wiegelte sie ab. »Seit ich mich von meinem Erzeuger und seiner Frau gelöst habe, geht es mir viel besser. Ich muss noch eine Handvoll Dämonen der Vergangenheit niederringen, aber die Musik und meine Freunde helfen mir dabei.«

»War Ihr Erzeuger zu allen Menschen so?«

»Sie wollen wissen, wer einen Grund hatte, ihn zu töten?«

»Darauf zielt meine Frage ab.«

»Ich kann mir nur schwer vorstellen, dass ihn jemand nicht töten wollte, nachdem er mit ihm zu tun hatte«, erklärte sie. »Mein Erzeuger war reich, mit viel Einfluss und auch mit einer gewissen Klugheit, um zu wissen, wann er den Bogen überspannte, aber im Grunde war er nicht minder kriminell als all die anderen, mit denen Sie zu tun haben.«

»Können Sie mir Leute nennen, die es besonders hart getroffen hat?«

»Im Detail weiß ich es nicht, aber schon als ich ein kleines Mädchen war, hat er beim Essen davon geprahlt, wen er bei einem Geschäft ausgestochen oder in den Ruin getrieben hat«, antwortete sie. »Im Grunde ist es verwunderlich, dass er so lange von Attacken verschont geblieben ist.«

»War diese Art des Gebarens auf Geschäftspartner beschränkt oder traf es auch engere Familienmitglieder?«

»Mein Vater hat jede Gelegenheit genutzt, um jemanden zu betrügen, zu hintergehen oder zu demütigen. Das reichte von

Geschäftspartnern und angeblichen Freunden bis hin zur Familie oder den Nutten, mit denen er sich getroffen hat.«

»Nutten?«, wunderte sich Jan. »Sie meinen Prostituierte?«

»Es ist schwer zu sagen, welche von denen sich freiwillig hat flachlegen lassen und welche dafür Geld bekommen hat.«

»Wie ging es Ihrer Mutter dabei?«

Mina schwieg einen Moment, sodass Jan befürchtete, dass er zu weit gegangen war.

»Meine Mutter hat das alles für mich ertragen.« Das erste Mal vermeinte Jan Traurigkeit in ihrer Stimme zu hören. »Und als ich mein Abitur bestanden und die Zusage der Universität in den Händen hatte, hat sie am nächsten Morgen ihre Tasche gepackt und ist zurück in ihre Heimat nach Brasilien.«

»Deshalb ist Herr Comberg wieder verheiratet?«

»Diese Trennungen waren mehr, als sein Ego ertragen konnte«, erklärte Mina. »Die Tochter geht aus dem Haus mit dem Wunsch, nie mehr zurückzukehren, und seine Frau haut ab, nur mit einer Tasche und gerade genug Geld für ein Flugticket.«

»Wie geht es Ihrer Mutter?«

»Sie ist tot.«

»Auch dazu möchte ich Ihnen mein …«

»Es ist in Ordnung, Herr Tommen«, unterbrach sie. »Aber es wühlt mich zu sehr auf, von diesem Mann zu reden. Und bevor Sie fragen, ich habe ihn nicht ermordet, aber Sie werden nicht tief graben müssen, um mögliche Täter zu finden.«

Dann legte sie auf.

Jan seufzte. Offensichtlich gab es genug Motive für Combergs Tod, aber keines davon war so ungewöhnlich, dass er ihm folgen konnte. Und wenn der Unternehmer schon zu Minas Kindertagen mit seinen Geschäftspraktiken geprahlt hatte, würde die Liste der Geschädigten mehrere Seiten lang werden.

Also war es sinnvoller, dem Hinweis der Köchin nachzugehen. Er sah auf seine Uhr. An diesem Freitag war die Praxis noch eine Stunde geöffnet.

Vielleicht würde der Hausarzt doch redseliger sein, als er erwartete.

* * *

Neben seinem privaten Handy hatte Linus noch ein geschäftliches Telefon, dessen Nummer alle Handwerker, Zulieferer und Angestellten besaßen. Diese waren sorgfältig in seinem Adressbuch gespeichert, damit er jederzeit wusste, mit wem er es zu tun hatte, sollte der Klingelton ertönen.

Doch als es jetzt klingelte, zeigte das Display nur eine unterdrückte Nummer. Eigentlich hätte Linus das Gespräch nicht entgegengenommen, war die Unterdrückung doch eine Unhöflichkeit, aber unter den momentanen Umständen wusste er, wer der Anrufer war.

»Ja, bitte?«, meldete er sich.

»Er war heute in der Hausarztpraxis Ihrer Chefin«, hörte er die Stimme eines Mannes. Wie immer vermied er am Telefon Namen.

»Das sind keine guten Nachrichten«, erwiderte Linus.

»Er war nur kurz dort, daher werden die Mitarbeiter ihm nichts gesagt haben, aber allein die Tatsache, dass er in der Praxis war, halte ich für beunruhigend.«

»Wie ist er auf diesen Zusammenhang gekommen?«

»Kann ich Ihnen nicht sagen, aber wie Sie schon bemerkt haben, ist er sehr gut in seinem Fach.«

»Haben Sie etwas, das ihn davon überzeugen könnte, seine Neugier in eine andere Richtung zu lenken?«

»Bedauerlicherweise nein«, antwortete der Mann. »Dafür konnte ich Privates über ihn herausfinden, was mir Möglichkeiten verschafft, ihn zu bedrohen.«

»Müssen Sie dazu persönlich vorstellig werden?«, fragte Linus.

»Das halte ich für die einzig sinnvolle Vorgehensweise, um die Ermittlungen schnell zu beenden.«

Linus seufzte. »Wie hoch ist das Risiko?«

»Gering«, antwortete er. »Auch er ist nur ein Mann, und wenn wir ihn in einem günstigen Moment abpassen, benötigen wir nicht lange. Da er weder bewacht wird noch über größere Geldsummen verfügt, wird er wenig gegen unsere Wünsche unternehmen können.«

»Er ist Angestellter einer Strafverfolgungsbehörde«, mahnte Linus.

»Das schreckt uns nicht«, erwiderte der Mann gelassen. »Tatsächlich macht es das sogar einfacher, denn diese Seite muss sich an Regeln und Gesetze halten, auch in einem solchen Fall.«

»Meine Chefin will das schnell aus der Welt geschafft haben«, drängte Linus. »Daher tun Sie, was Sie für richtig halten.«

»Sie hören von mir«, sagte der Mann noch. Dann beendete er das Gespräch.

* * *

Eigentlich baute ihn das Treffen mit seinen Freunden immer auf, selbst wenn sie über einen Mordfall sprachen, aber heute hatte Jan nicht einmal die Minestrone mit selbst gebackener Focaccia erfreuen können.

»Offenbar laufen die Ermittlungen nicht gut«, bemerkte auch Chandu seinen Frust, als er die Spülmaschine schloss und ins Wohnzimmer ging.

»Es ist schwer, einen Mordfall aufzuklären, bei dem es keine Zeugen und nur wenige Spuren gibt.« Jan setzte sich mit einem Bier in der Hand auf die Couch. »Wenn aber das Umfeld des Opfers noch gegen einen arbeitet, wird es frustrierend.«

»Hat die Familie kein Interesse, den Fall aufzuklären?«, fragte Zoe, während sie sich eine Zigarette ansteckte.

»Die Frau wirkte so teilnahmslos, als hätte ich ihr einen Strafzettel für Falschparken überreicht.« Jan trank einen Schluck. »Offensichtlich wurden die Angestellten instruiert, nichts zu sagen oder mich mit allgemeinen Floskeln abzuspeisen. Manchen von ihnen war die Angst regelrecht anzusehen, als sie mit mir redeten.«

»Dahinter steckt Combergs Frau«, vermutete Chandu.

»Ich habe im Laufe meines Berufslebens schon einige Frauen getroffen, die ihren Lebenspartner umgebracht haben, aber Cora passt nicht in dieses Schema. Sie wirkte eher beleidigt, dass ihr Mann sie in eine solche Situation gebracht hat und sein Bild die Titelseiten der Zeitungen schmückt.«

»Vielleicht der Reihe nach«, sagte Chandu. »Lege alles auf den Tisch, was ihr bisher habt, und wir schauen, wo wir ansetzen können.«

Jan stellte die Flasche ab und erhob sich. »Am Donnerstagabend wurde die Leiche von Ruben Comberg im Lesser-Park von Frohnau von einer unbeteiligten Spaziergängerin gefunden. Nach ersten Erkenntnissen hat man ihn zwei Stunden zuvor auf einem Weg im südlichen Drittel des Parks erschlagen.«

Max blendete eine Satellitenaufnahme ein. Darauf waren zwei Pfeile zu sehen, die mit »Ort des Angriffs« und »Fundort der Leiche« beschriftet waren.

Jan ging zum projizierten Bild an der Wand. »Comberg wurde ungefähr um siebzehn Uhr ermordet. Das Wetter war nicht sonderlich gut, weswegen der Lesser-Park wenig besucht war. Von den Blutspuren her zu schließen ist das Opfer auf dem Weg attackiert und dann an den Füßen ins Unterholz gezogen worden. Die Obduktion steht noch aus.«

»Morgen früh«, sagte Zoe. »Nach den Aufnahmen des Kopfes zu schließen, ist die Todesursache keine Überraschung.«

»Die Mordwaffe war der armlange Ast einer Eiche.« Max blendete das Bild des Stocks ein. An einer Seite war die Rinde weggeplatzt und voller Blut.

»Das Blut hat ziemlich gespritzt, daher wird der Angreifer einiges abbekommen haben«, sagte Chandu. »Das ist niemandem aufgefallen?«

»Der Täter hat den Ast von einem nahen Baum gerissen und die kleineren Äste daran abgetrennt«, erklärte Jan. »Somit war es keine spontane Tat. Weiterhin sind auf der Waffe keine Fingerabdrücke oder DNS einer anderen Person, also hat der Angreifer Handschuhe angehabt.«

»Comberg war das Ziel des Täters, genauso wie Gehder letzten Samstag«, schloss Chandu.

»Was die Ermittlungen einerseits leichter macht, denn es gibt eine Verbindung zwischen Opfer und Täter«, stimmte Jan zu. »Aber für den Angriff gab es keine Zeugen und niemand hat eine verdächtige Person herumschleichen sehen. Einen Raubmord können wir ausschließen, denn Comberg hatte noch eine teure Smartwatch am Handgelenk, und selbst seine neuwertigen Laufschuhe hätten noch ein paar Euro gebracht. Dafür hat die Familie des Opfers Drohmails, Briefe und Anrufe erhalten, in denen auch von Mord gesprochen wird. Da sind die Kollegen noch dran, doch nichts davon ist so verdächtig, dass wir unsere Fahndung darauf konzentrieren werden. Die Drohungen sind einerseits dem Reichtum der Familie Comberg geschuldet, andererseits war das Opfer auch kein netter Mensch.«

»Wenn jeder nicht nette Mensch in Berlin totgeprügelt werden würde, würde sich die Einwohnerzahl drastisch reduzieren«, bemerkte Chandu.

»Die Art des Todes erinnert an den Mord an Natalja Gehder«, sagte Jan. »Nur haben wir bisher keinen Zusammenhang zwischen beiden gefunden.«

»Während Gehder noch in den sozialen Medien aktiv war, gibt es von der Familie Comberg nichts Privates, nur Zeitungsartikel von Empfängen, Symposien oder anderen offiziellen Veranstaltungen«, sagte Max. »Ebenfalls keine Verbindungen über Schulen, Vereine oder andere Freizeitaktivitäten.«

»Die Kollegen haben Bahls Alibi überprüft, das jedoch einigermaßen wasserfest ist.«

»Nur einigermaßen?«

»Sie war während der Tatzeit mit einer Freundin zusammen. In deren Wohnung in Charlottenburg«, sagte Jan. »Kann man jetzt glauben oder nicht, aber wie schon bei Gehder gibt es kein offensichtliches Motiv für Bahl.«

»Obwohl die beiden Taten ähnlich wirken, kann es trotzdem Zufall sein, dass die Opfer brutal erschlagen wurden«, gab Chandu zu bedenken.

»Es gibt wirkungsvollere Waffen als Schlagstöcke und Äste, daher frage ich mich, warum die Angreifer diese gewählt haben und nicht Messer oder Pistolen.« Jan zuckte die Achseln. »Es hilft nichts. Die Ermittlungen sind noch nicht abgeschlossen und daher behalte ich die Möglichkeit einer Verbindung im Hinterkopf.« Er nickte Max zu, der ein Bild von Cora einblendete. »Schauen wir uns die Familie Comberg näher an.« Das Foto schien von einem Empfang zu sein, denn in ihre Haare waren Perlenketten geflochten. Sie trug ein rotes Abendkleid und um ihren Hals lag ein Diamantcollier.

»Das ist Cora Comberg. Rubens zweite Frau, nachdem ihn die erste vor sechs Jahren hat sitzenlassen.«

Zoe stieß einen leisen Pfiff aus. »Das wird ihm nicht gefallen haben.«

»Nach den Worten der gemeinsamen Tochter Mina ist ihre Mutter Lydia regelrecht aus dem Haus geflohen, nachdem sie ausgezogen ist«, erklärte Jan. »Die Ehe war wohl alles andere als harmonisch, denn Lydia hat ihre Tasche gepackt und ist zurück in ihre Heimat Brasilien, ohne Geld und Ansprüche. Nach Minas Worten hatte Comberg zahlreiche Affären und hat auch Dienste von Prostituierten in Anspruch genommen.«

»Dass die Ehefrau deswegen die Flucht ergreift, ist nicht überraschend«, bemerkte Chandu.

»Was auch immer in ihrem goldenen Käfig passiert ist, vor sechs Monaten hat sie ihrem Leben ein Ende gesetzt.« Max blendete eine Todesanzeige aus einer brasilianischen Zeitung ein. Neben einem Text war das Foto einer attraktiven südländischen Frau mit einem offenen, herzlichen Lachen zu sehen. Ihre Augen strahlten, als wäre sie der glücklichste Mensch der Welt.

»Was ist das für ein Text in der Traueranzeige?«, wollte Chandu wissen.

»Das Übersetzungsprogramm war etwas undeutlich, aber schließlich konnte ich es als Worte von Alfred Delp identifizieren«, sagte Max.

Wenn durch einen Menschen ein wenig mehr
Liebe und Güte, ein wenig mehr Licht und
Wahrheit in der Welt war, dann hat sein Leben
einen Sinn gehabt,

las er vor.

»Unterschrieben ist die Todesanzeige von Mina«, sagte Jan.

»Schwer zu glauben, dass diese Frau so verzweifelt gewesen ist, dass sie sich selbst getötet hat«, sagte Zoe bedauernd. »Oder war es vielleicht doch Rubens späte Rache für die Schmach des Verlassenwerdens?«

»Viel haben die Kollegen in Südamerika nicht herausbekommen können, aber laut dem ermittelnden Polizisten gab es keine Anzeichen für eine Fremdbeteiligung«, sagte Jan. »Außerdem war Lydia in psychiatrischer Behandlung. Zusammen mit mehreren Abschiedsbriefen deutet alles auf Suizid hin.«

»Wenn man die Anzahl der täglichen Morde in Brasilien bedenkt, muss man sich dort allerdings nicht viel Mühe geben, um einen Mord zu vertuschen, weil es zum Alltag gehört«, sagte Chandu.

»Die Mordrate liegt dort bei ungefähr 30 pro 100 000 Einwohner«, stimmte Jan zu. »In Deutschland ist sie bei 0,7.«

»Also nur ein Vierzigstel«, ergänzte Max.

»Der Selbstmord ihrer Mutter ist ein Mordmotiv, um den Vater zu töten«, gab Zoe zu bedenken.

»Mina macht aus ihrer Verachtung gegenüber ihrem Vater keinen Hehl«, sagte Jan. »Sie nennt ihn sogar nur Erzeuger, aber auch sie hat ein wasserfestes Alibi. Zur Tatzeit war sie in der Uni Potsdam bei einer Bandprobe.«

»Bleibt noch das alte Motiv Gier«, sagte Zoe. »Denn reich waren die Combergs offensichtlich.«

»Eine Lebensversicherung hatte Ruben nicht, dennoch wird seine zweite Frau Cora natürlich weiterhin gut versorgt sein, obwohl ich keine Details kenne. Jedenfalls ist das Testament noch nicht eröffnet worden«, erläuterte Jan. »Sie lebten beide in einer großen Villa, mit Bediensteten, einem Privatjet und vier Autos, von denen jedes mehr kostet, als ich im Jahr verdiene.« Er setzte sich wieder auf die Couch und griff nach seinem Bier. »Im Gegensatz zu Gehder gibt es offensichtlich Leute, die das Opfer gehasst haben und es tot sehen wollten. Zusammen mit der Geheimniskrämerei der Frau und der Angestellten ergeben sich einige Ansatzpunkte, aber nichts springt mich wirklich an. Ähnlich wie bei Gehder habe ich das Gefühl, dass wir nicht die ganze Geschichte kennen.«

»Dann sollten wir uns den Arzt genauer ansehen«, schlug Max vor.

»Welchen Arzt?«, wollte Zoe wissen.

»Eine der Angestellten hat mir einen Zettel mit dem Namen des Allgemeinmediziners Dr. Jubart in die Hand gedrückt«, erklärte Jan. »Vordergründig eine Praxis für die Bessergestellten; als ich dort vorbeigegangen bin und die Situation erklärt habe, hat man mich höflich an die Schweigepflicht erinnert und mich nach draußen begleitet.«

»Bekommst du nach einem Mord keinen richterlichen Beschluss für Combergs Krankenakte?«, fragte Chandu.

»Dazu ist die Verbindung zu dünn«, antwortete Jan. »Comberg war das Opfer. Was immer er bei einem Arzt für Allgemeinmedizin gemacht oder dieser ihm verschrieben hat, hat nichts mit dem Angriff auf ihn zu tun.«

»Wissen wir nicht«, widersprach Max. »Könnten wir aber erfahren.«

»Wir sind nicht Anonymous«, sagte Jan. »Wir müssen uns an die Gesetze halten.«

»Man könnte ja nach deiner und Max' Arbeitszeit aktiv werden«, schlug Chandu vor.

»Und es wäre nicht das erste Mal«, ergänzte Zoe.

»Bisher hatten wir selten ein Opfer, das so einflussreich war«, warnte Jan. »Wie schon erwähnt, legt die Witwe großen Wert auf Diskretion. Und wenn eine solche Aktion durchsickert, werden ihre Anwälte keinen Spaß verstehen und uns auseinandernehmen.« Er trank einen Schluck Bier. »Außerdem wären die Beweise sowieso wertlos, weil sie illegal beschafft worden wären.«

»Aber sie könnten den Ermittlungen einen Stoß in die richtige Richtung versetzen«, sagte Chandu. »Und momentan ist die Suche nach dem Täter nicht erfolgreich.«

»In Ordnung«, erwiderte Jan genervt. »Mach, was du willst, aber ich weiß von nichts«, wandte er sich an Max.

»In den Akten der Praxis finden sich nicht nur Informationen zu Ruben«, erwiderte dieser.

»Hast du den Server schon gehackt?«, fragte Jan. »Ich habe um Zurückhaltung gebeten.«

»Ich wollte etwas Eigeninitiative zeigen.«

Jan seufzte und rieb sich müde über das Gesicht. »Es wäre schön, wenn zur Abwechslung auch jemand auf mich hört«, murmelte er.

»Das haben wir noch nie«, bemerkte Zoe verwundert. »Warum ärgert es dich ausgerechnet heute?«

»Schon gut«, winkte Jan ab. »Man wird ja noch träumen dürfen.«

»Zuerst brauche ich noch einen Löffel Ovomaltine für meine Cola.« Max stand auf. »Denn das dauert länger, aber ich verspreche, dass es interessant werden wird.«

* * *

»Anfänglich wollte ich nur nach Ruben suchen, aber als ich seinen Nachnamen eingegeben habe, erhielt ich vier Treffer«, erklärte Max. »Ruben, seine Tochter Mina, seine erste Frau Lydia und seine aktuelle Frau Cora.«

»Klingt nach einem klassischen Hausarzt«, sagte Zoe.

»Als ich die Suche ausgedehnt habe, bin ich aber auf einen weiteren Namen gestoßen. Den einer gewissen Sina Ponath.«

»Den höre ich zum ersten Mal«, wunderte sich Jan.

»Ponath ist eine ehemalige Angestellte von Ruben, die sich angeblich bei Reinigungsarbeiten den Arm gebrochen hat.«

»Wieso angeblich?«

»Sie ist die Treppe hinuntergefallen«, fuhr Max fort. »Aber in ihrer Akte war außer dem Röntgenbild noch eine zweite Aufnahme.« Max blendete das Bild einer hochgezogenen Oberlippe ein. Die Haut war blutig und aufgerissen. Ein Zahn fehlte.

»Das ist die Folge eines Faustschlages«, sagte Zoe. »Der Zahnabdruck ist deutlich zu sehen, ebenso die Schleimhautunterblutung im Oberlippenbereich. Außerdem ist die Lippe aufgeplatzt.«

»Kann das nicht vom Sturz kommen?«, fragte Jan.

»Dann wäre das Verletzungsschema ein anderes«, sagte Zoe kopfschüttelnd.

»Ruben hat Ponath mit der Faust ins Gesicht geschlagen und sie ist daraufhin die Treppe hinuntergefallen«, schloss Chandu.

»Das ist auch meine Vermutung«, sagte Max.

»Wann ist das passiert?«, fragte Jan.

»Vor fünf Jahren.«

»Wie alt war Ponath zu diesem Zeitpunkt?«

»Dreiundvierzig. Wieso?«

»Weil Ponath nicht mehr zu den Angestellten im Haushalt gehört, was aber nicht an ihrem Alter liegen kann.«

»Vielleicht konnte sie danach nicht mehr arbeiten«, vermutete Chandu.

»Blende mal das Röntgenbild ein«, bat Zoe.

Max tippte kurz auf den Laptop, dann erschien die Aufnahme an der Wand.

»Klassischer Bruch des Unterarms«, sagte Zoe nach kurzer Betrachtung. »Sie hat wahrscheinlich versucht, den Sturz mit der Hand abzufangen, und ist damit auf eine Stufenkante geknallt. Ansonsten ist der Armbruch kein Beinbruch. Nach der Genesung hätte sie weiterarbeiten können.«

»Das ist noch nicht das einzige Interessante«, fuhr Max fort. »Ich bin kein Arzt und ich gehe nicht oft zu einem, aber in den Akten der drei Comberg-Frauen sind auffällig viele Brüche und Verletzungen, die angeblich von Stürzen und Unfällen irgendeiner Art kommen.«

»Was haben die Combergs gemacht?«, fragte Jan. »Mixed Martial Arts?«

»Die beiden Ehefrauen vor allem Reiten und Mina Fußball«, sagte Max. »Cora war eine gute Dressurreiterin, die auf lokaler Ebene durchaus erfolgreich war.«

»Von einem Dressurpferd hinunterzufallen, kommt bei einer erfahrenen Reiterin kaum vor«, sagte Zoe. »Anders, wenn sie Bereiterin wäre oder bei einer Vielseitigkeitsprüfung im Gelände stürzt. Aber nicht in einem Parcours in der Halle.«

»Denken wir alle das Gleiche?«, fragte Chandu in die Runde.

»Die Verletzungen kommen nicht vom Sport«, schloss Jan.

»Schick mir alles«, wandte sich Zoe an Max. »Ich schaue mir das genauer an.«

»Ist in Ponaths Akte ihre Adresse hinterlegt?«

Max nickte.

»Dann werde ich ihr morgen einen Besuch abstatten und sie nach den Details zu ihrem angeblichen Unfall fragen«, sagte Jan. »Es könnte ein interessantes Gespräch werden und eine Erklärung liefern, warum die Witwe so sehr auf Diskretion achtet.«

* * *

Als Jan gegangen war, packte Max noch seinen Beamer weg und rollte das HDMI-Kabel auf. Dabei sah er ein Handy mit einer abgegriffenen Hülle, das seitlich in die Couch gerutscht war.

»Das gehört Jan«, sagte Max und zeigte das Gerät Chandu.

»Er ist gerade weggefahren«, bemerkte dieser mit Blick aus dem Fenster.

»Kein Problem«, winkte Max ab. »Ich bin mit dem E-Roller unterwegs. Da kann ich einen kleinen Umweg zu ihm machen.«

»Laut Wetterbericht soll es gleich regnen«, sagte Chandu. »Und auf dem Weg zu Jan gibt es einige Straßen mit Kopfsteinpflaster.«

»Ich weiche auf den Gehweg aus.« Max steckte Beamer und Laptop in seinen Rucksack und verstaute das Handy in seiner Jackentasche. »Außerdem nehme ich ein paar Abkürzungen, sodass ich wahrscheinlich vor Jan bei seinem Haus sein werde.«

Er hob den Daumen. »Bis demnächst«, sagte er zu seinem Freund und verließ die Wohnung.

* * *

Jan rieb sich gähnend die Augen, als er aus seinem Auto ausstieg. Fälle wie diese raubten ihm den Schlaf. Es gab zu viele Ungereimtheiten, die ihn nachts nicht zur Ruhe kommen ließen. Selbst wenn er die Augen schloss, arbeitete sein Verstand weiter, suchte nach neuen Verknüpfungen oder betrachtete Indizien aus einem anderen Blickwinkel. Während seine Kollegen zu Medikamenten griffen, verzichtete er lieber auf Schlaf, als dass er sich mehrere Stunden in eine Art Bewusstlosigkeit begab.

Kurz bevor er die Gestalt sah, hörte er das Klicken der Pistole. Der Waffenbesitzer war einen Kopf größer als er, durchtrainiert und trug eine Skimaske über dem Gesicht. Mit der Glock 17 in seiner Hand konnte er aus kurzer Entfernung nicht danebenschießen, selbst wenn er blind war. Die Art, wie er sich vor ihm aufgebaut hatte und wie er die Pistole auf ihn richtete, zeigte Jan, dass er mit Waffen Erfahrung hatte. Außerdem trug er Tarnhosen in einer Art, die man nicht um die Ecke kaufen konnte. Wahrscheinlich war er beim Militär gewesen.

Jans Waffe lag in seiner Wohnung. Außerdem war der Gegner zu weit entfernt, um ihn in einen Nahkampf zu verwickeln. Der Fremde deutete mit der Pistole auf Jans Hände, der daraufhin die Arme nach oben streckte.

»Ich möchte nur mit Ihnen reden, Hauptkommissar Tommen«, hörte er eine Stimme hinter sich.

»Jeder darf mit mir reden«, sagte Jan, während er den Kopf drehte. »Dazu muss man mich nicht mit der Waffe bedrohen.« Der zweite Mann war etwas kleiner als er, schlank und wenig durchtrainiert. Statt einer Militärhose trug er einen dunklen Anzug, aber er hatte die gleiche Skimaske auf.

»Lassen Sie uns doch ein Stück von der Straße weggehen.« Der Mann stellte sich neben ihn und deutete in eine Nebengasse. »Aber bitte lassen Sie die Hände hinter dem Kopf.«

Obwohl Jan den Großen mit der Pistole im Rücken hatte, konnte er seine schweren Stiefel auf dem Asphalt hören. Den Anzugträger hätte er ausschalten können, aber unbewaffnet war dem anderen nicht beizukommen, also verschränkte er die Hände hinter dem Hals und lehnte sich an die Wand eines Hauses.

Er nahm den Duft eines Aftershaves wahr, nur ganz leicht, aber in Situationen wie dieser funktionierten seine Sinne mit äußerster Präzision. Der Anzug war von feiner Machart und offensichtlich eine Maßanfertigung, ebenso wie die dunkelbraunen Budapester. Wegen der Handschuhe konnte er die Hände nicht sehen, daher würde eine Altersschätzung schwer werden. Von der Stimme her war es ein Mann in den mittleren Jahren.

»Sie ermitteln im Fall von Ruben Comberg«, begann der Anzugträger.

»Wie bei jedem Mord.«

»Es war ein offensichtlicher Mord«, stimmte dieser zu. »Aber mein Auftraggeber möchte Sie bitten, sich nicht weiter in diesem Fall anzustrengen.«

»Wir haben noch nicht einmal den Mörder …«

»Was Herrn Comberg auch nicht mehr hilft«, unterbrach der Mann. »Und was man so hört, interessiert dies die noch lebenden Mitglieder der Familie nicht. Ganz im Gegenteil. Die aktuelle mediale Aufmerksamkeit ist ihnen sehr unangenehm.«

»Ich arbeite bei der Kripo. Für die Medien kann ich nichts.«

»Wenn Sie den Fall abschließen, schon. Dann gibt es noch eine Schlagzeile und die Journalisten werden sich etwas anderes suchen.« Er sprach das Wort Journalisten mit einem abfälligen Unterton aus, als wären sie ihm zuwider.

»Sie stellen sich das zu leicht vor.«

»Tue ich nicht«, entgegnete der Mann in ruhigem Ton. »Sie sind der Superheld der Kripo Berlin. Wenn Sie sagen, dass es auf der Opferseite nichts mehr zu ermitteln gibt, wird Ihnen niemand widersprechen. Selbst Ihr Vorgesetzter Bergman nicht.«

»Um was geht es hier überhaupt?«

»Um viel Geld.« Jan vermeinte ein Lächeln unter der Maske zu erkennen. »Dieses Geld erhalte ich, wenn der Fall schnell eingestellt wird. Aber die Zahlungen werden mit jedem Tag weniger, daher bin ich bereit, zu allen Maßnahmen zu greifen, um Ihre Motivation zu bändigen. Und mit allen meine ich wirklich alle, egal ob es Sie persönlich betrifft, Ihre Kollegen, Ihre Frau …«

»Droh mir nicht, Arschloch«, unterbrach ihn Jan. »Und wenn ich dich in der Nähe meiner Frau …«

Der große Mann kam mit einem schnellen Schritt nach vorne und schlug ihm die Pistole ins Gesicht. Jan spürte, wie seine Nase brach, aber er würde dem Drecksack nicht den Gefallen tun, zu Boden zu gehen. Er stützte sich kurz an der Wand ab, bevor er sich wieder aufrichtete. Seine Nase schmerzte, doch er ließ seine Hand hinter dem Kopf und streckte sich nur ein wenig vor, damit das Blut nicht auf seine Schuhe tropfte.

»Ich bin kein Kleinkrimineller, sondern verfüge über ein Netzwerk an Menschen, die für Geld alles tun, auch Kripobeamte töten. Oder unschuldige Frauen, wobei das Töten in dem Fall eher ein Gnadenakt ist.«

»Ich kenne diese Art von Menschen.« Jan sah zu, wie das Blut auf den Boden tropfte. »Ich habe schon viele von ihnen ins Gefängnis gebracht.« Er lächelte grimmig, ohne den Blick zu heben.

»Ich gebe Ihnen sechsunddreißig Stunden.« Der Mann sah auf die Uhr. Es war eine Rolex Daytona. Teuer und etwas für Leute, die Wert auf Understatement legten, weniger auf billige

Angeberei. Auch das war eine Information, die ihm nützlich sein konnte. »Dann erwarte ich eine Pressemitteilung, dass der Fall eingestellt wurde.«

Der Große kam wieder nach vorne und schlug Jan zweimal in den Bauch. Die Faust trieb Jan die Luft aus der Lunge und ließ ihn keuchend zu Boden sinken. Sterne tanzten vor seinen Augen.

»Sechsunddreißig Stunden, Hauptkommissar Tommen«, hörte er den Anzugträger sagen. »Keine Minute länger.«

Dann entfernten sich die Schritte und kurz darauf fuhr ein Auto weg.

»So lange benötige ich nicht, um dich zu kriegen«, presste Jan hervor, während er sich langsam erhob. Er streckte die Hände und versuchte, wieder zu Atem zu kommen.

»Alles in Ordnung, Jan?«, hörte er Max' Stimme. Der junge Hacker kam hinter einem Auto hervor.

»Was machst du hier?«, wunderte er sich.

»Du hast dein Handy bei Chandu vergessen und ich wollte es dir bringen.«

»Dann hast du Glück, dass du gerade erst gekommen bist.«

»Ich war fast gleichzeitig mit dir hier.« Max reichte ihm ein Taschentuch. »Ich wollte dich gerade warnen, aber da hatte der Schrank schon die Waffe gezogen und auf dich gerichtet. Ich habe mich hinter dem Auto verborgen und wollte Hilfe rufen, aber mein Handy war zu tief in meinem Rucksack, sodass ich es nicht herauskramen wollte, und für deines habe ich keine PIN.«

»Nicht schlimm.« Jan nahm das Taschentuch und presste es sich auf die blutende Nase. »Die Polizei wäre sowieso nicht rechtzeitig hier gewesen.«

»Was waren das für Typen?«

»Weiß ich noch nicht, aber wenn ich es herausfinde, werde ich mich für die Behandlung bedanken.« Er atmete langsam durch den Mund ein. »Eigentlich wollte ich mich ins Bett legen, aber der Drecksack hat Lan gedroht und das lasse ich nicht durchgehen.«

»Wir können nachsehen, wo sie hingefahren sind«, sagte Max.

»Wie willst du das anstellen?«, fragte Jan. »So viele Kameras sind in Berlin nicht.«

»Als der Typ dich mit der Waffe bedroht hat, bin ich zu deren Auto geschlichen und habe dein Handy in die Stoßstange geklemmt.« Er grinste breit. »Und da darauf eine GPS-App installiert ist, kann ich das Gerät bis auf den Meter genau verfolgen.«

Jan erwiderte das Lächeln. Was hätte er ohne seine Freunde nur tun sollen? »Gib mir eine Minute, um meine Dienstwaffe zu holen. Dann statten wir dem Großmaul einen Besuch ab.«

Kapitel 5

Der Wagen stand vor einem Bürogebäude in Mitte, fußläufig zum Brandenburger Tor, aber weit genug von den Hauptstraßen entfernt, damit es auch tagsüber einigermaßen ruhig war. Um diese Nachtzeit wirkte die Gegend wie ausgestorben, nur vereinzelt fuhren Autos vorbei. Bis auf einen einsamen Spaziergänger, der seinen Labrador ausführte, war auch der Gehweg verlassen.

Jan fuhr langsam an dem Auto vorbei, die rechte Hand auf die Pistole in seinem Holster gelegt, aber er konnte niemanden auf den Sitzen sehen.

»Das Nummernschild ist gefälscht«, sagte Max mit dem Laptop auf dem Schoß.

»Nicht überraschend.« Jan fuhr in eine Parklücke und stellte den Motor ab.

»Was hast du vor?«, fragte sein Freund, als er die Tür öffnete und ausstieg. »Du willst doch nicht ohne Unterstützung dort hinein?«

»Es würde mich reizen, etwas von der freundlichen Behandlung zurückzugeben«, antwortete Jan. »Aber aus Ermittlungssicht kann ich das nur schwer rechtfertigen und am Ende kommen die Drecksäcke ungeschoren davon.« Er deutete zu einem erhellten Fenster. »Nur im dritten Stock ist Licht, daher werden unsere Freunde dort sein.«

Max tippte etwas auf dem Laptop. »Im Gebäude finden sich drei IT-Firmen, ein Architekt, ein Zahnarzt, eine Praxis für Physiotherapie und zwei Anwaltskanzleien.« Er fuhr mit dem Finger den Bildschirm entlang. »Eine der Kanzleien belegt den dritten Stock vollständig.«

»Das werden sie sein.«

»Kannst du nicht unter einem Vorwand eine Streife rufen und höflich bei ihnen anklopfen lassen?«

Jan schüttelte den Kopf. »Damit würden wir unseren Vorteil aufgeben, dass wir wissen, wer sie sind«, erklärte er. »Außerdem will ich das auf nicht offizielle Art klären.«

»Im Alleingang?«, fragte Max.

»Sie haben es geschafft, meine Adresse herauszubekommen, und wenn man bedenkt, dass Lan und ich vor vier Monaten umgezogen sind, müssen sie irgendwie Verbindungen zur Kripo haben, weil selbst am Klingelschild nicht mein Name steht«, erklärte Jan. »Also behalte ich das Geschehen erst einmal für mich, aber ich weihe Bergman ein und berede das weitere Vorgehen mit ihm.« Jan stieg aus, ging zum Auto der Angreifer, nahm sein eingeklemmtes Handy von der Stoßstange und kam wieder zurück. »Das ist auch erledigt.«

»Bring mich nach Hause, dann setze ich mich an meine große Kiste und versuche, so viel wie möglich über die Anwaltskanzlei herauszufinden.«

»Aber sei vorsichtig«, mahnte Jan. »Solange wir nicht mehr wissen, gehe ich davon aus, dass die Jungs ganz oben mitspielen. Und die werden auch auf digitaler Ebene keinen Spaß verstehen.«

»Tue ich auch nicht«, erwiderte Max grimmig. »Denn ich habe gerade wieder aufgerüstet.«

* * *

Selbst ohne Koffeintabletten hatte es Jan geschafft, die ganze Nacht wach zu bleiben, zu sehr hatten ihn die Ereignisse aufgewühlt. Es war sieben Uhr, und wie jeden Tag kam Bergman pünktlich auf die Dienststelle, auch an diesem Sonntag. Er trug einen dunklen Anzug mit roter Krawatte und schwarze Lederschuhe.

Als er Jans gebrochene Nase bemerkte, hob er die Augenbrauen und betrachtete die Hämatome, die er provisorisch mit einem Abdeckstift überschminkt hatte.

»Tommen.« Der Kripochef öffnete die Tür zu seinem Büro und winkte ihn hinein.

»Danke.« Jan sah sich um, aber noch war die Dienststelle wenig besucht.

»Was ist passiert?«, fragte der Kripochef, als er seinen Mantel an die Garderobe hängte.

»Gestern Nacht haben mir zwei Vermummte aufgelauert«, erklärte Jan. »Abgesehen von einer gebrochenen Nase, haben sie verlangt, dass die Ermittlungen im Fall Comberg eingestellt werden.«

»Ach, lügen Sie mich nicht so an«, winkte Bergman ab. »Sicherlich haben Sie wieder eine Schlägerei angefangen und spinnen eine wilde Fantasie, um Ihre gebrochene Nase zu erklären.« Er griff nach einem Block und einem Stift.

»Ich verstehe nicht, was …«, stotterte Jan.

»Sie müssen Ihre Aggressionen in den Griff kriegen.« Er kritzelte etwas.

»Hörst du mir überhaupt zu?«

»Schon lange nicht mehr.« Bergman riss das Papier ab, faltete es einmal und reichte es Jan. »Ich habe wahrlich Besseres zu tun.« Er legte den Finger auf den Mund und winkte ihn hinaus.

»Ich verstehe«, sagte Jan, obwohl er nicht wusste, was er von Bergmans ungewöhnlichem Benehmen halten sollte.

Der Kripochef öffnete die Tür und deutete nach draußen. »Einen erfolgreichen Arbeitstag, Hauptkommissar Tommen«, verabschiedete er ihn laut. »Bitte belästigen Sie mich heute nicht mehr.« Dann knallte er die Tür zu.

Jan schüttelte verwirrt den Kopf. Glücklicherweise war heute Sonntag, daher würden nicht viele Kollegen dieses Schauspiel mitbekommen haben.

Schließlich nahm er das Papier, steckte es unauffällig in seine Hosentasche und ging zur Toilette. Dort sperrte er sich in eine Kabine ein und kramte die Notiz hervor.

Darauf standen die Adresse eines italienischen Restaurants und eine Uhrzeit, ergänzt mit der Bemerkung, den Hintereingang zu nehmen.

»Was ist hier nur los?«, wunderte er sich. Er zerknüllte das Papier und spülte es die Toilette hinunter.

Er war gespannt, was ihm Bergman heute beim Mittagessen zu erzählen hatte.

* * *

Im ersten Moment hatte er Jans Frau Lan nicht erkannt. Sie trug eine Baseballmütze, einen Bart und eine Ray-Ban-Sonnenbrille. Mit nur einer Sporttasche als Gepäck sprang sie auf die Rückbank und knallte die Tür zu.

»Gott sei Dank bin ich kein Mann«, sagte sie und riss sich den Bart ab. »Ich kann mir nicht vorstellen, mit so etwas herumlaufen zu müssen.«

»Man gewöhnt sich daran.« Chandu fuhr sich über das unrasierte Kinn. »Geht es dir gut?«, fragte er, nachdem sie sich im Verkehr in Richtung Stadtautobahn eingefädelt hatten.

»Ich wusste, auf was ich mich einlasse, als ich einen Kripobeamten geheiratet habe.« Sie nahm die Mütze ab und lockerte ihre langen schwarzen Haare. »Untertauchen ist allerdings neu für mich.«

»Dank unseres cleveren Nerds haben wir eine erste Spur zu den Angreifern. Mit etwas Glück fassen wir die Typen in ein paar Tagen.«

»Wie gefährlich sind diese … Personen?«, fragte sie besorgt.

»Ich weiß es nicht«, antwortete Chandu ehrlich. »Aber nur Verrückte oder sehr einflussreiche Leute legen sich mit einem Kripobeamten in der Liga von Jan an. Und was dein Mann von ihnen erzählt hat, machten sie keinen verrückten Eindruck.«

Lan sah aus dem Fenster und betrachtete den fließenden Verkehr. Man musste kein Psychiater sein, um die Sorge in ihrem Gesicht zu erkennen, aber es gab nichts, was Chandu hätte sagen können, um sie zu beruhigen. Und anlügen würde er sie nicht.

»Max hat dir zwei Geschenke besorgt«, wechselte er das Thema. »Das erste ist ein Handy, das auf einen falschen Namen läuft.« Er deutete mit dem Daumen hinter sich auf eine Papiertüte. »Das zweite ist ein Tablet mit voreingestelltem TLS, was immer das ist.«

»Es bedeutet Transport Layer Security und ist ein Verschlüsselungsprogramm, mit dem man anonym durch das Internet surfen kann.« Sie lächelte. »So kann niemand feststellen, wo ich mich befinde.«

»Unter den Umständen keine schlechte Idee.«

»Ich bin auf meiner Arbeitsstelle krankgemeldet, daher werde ich dem Internet sowieso fernbleiben und vielleicht ein Buch lesen.«

»Der Spreewald soll um diese Jahreszeit sehr idyllisch sein«, sagte Chandu. »Und die Ferienwohnung, die wir dir unter falschem Namen gebucht haben, liegt mittendrin.«

»Das wird schön«, sagte sie und wischte sich eine Träne von der Wange.

»Es ist bald vorbei«, versprach Chandu. »Noch heute treffe ich mich mit einem Informanten, der mir etwas über die Unbekannten sagen kann.«

Sie nickte, aber ihr Gesichtsausdruck war unverändert traurig, als sie mit abwesendem Blick aus dem Fenster sah.

»Ich passe auf ihn auf«, versuchte er, Lan zu beruhigen. »Ich passe auf ihn auf«, murmelte er, als müsste er sich selbst davon überzeugen, dass alles gut werden würde.

* * *

Der Hintereingang des Restaurants führte durch einen Hof, vorbei an einem alten Corsa und zwei Mülltonnen, durch einen Unterstand voller alter Reifen. Über eine rutschige Treppe gelangte man in eine Küche, wo sich ein Italiener mit einer älteren Dame stritt und dabei immer wieder auf die Pfanne deutete, in der ein großes Stück Fleisch briet. Jan verstand kein Wort, und von der großen Nase der Frau zu schließen, war sie die Mutter des fluchenden Kochs, doch anstatt auf die Diskussion einzugehen, nahm sie einen großen Löffel und schlug mehrmals auf den Mann ein, was anhand ihrer fehlenden Kraft zwar nicht gefährlich war, aber den Koch zurückweichen ließ. Es wäre interessant gewesen, wer aus diesem Kampf als Sieger hervorgehen würde, aber dafür war keine Zeit, daher beeilte sich Jan, aus der Küche zu kommen.

Er gelangte in den Speiseraum, der einfach, aber gemütlich eingerichtet war. Der weinrote Teppichboden schien frisch gereinigt, die Möbel waren aus dunklem Kastanienholz und die wenigen Tische mit weißen Läufern bedeckt. An der Wand hingen Landschaftsaufnahmen der italienischen Riviera, ein Bild des römischen Kolosseums und ein Mannschaftsfoto der Fußballweltmeister 1982. Selbst hinter dem Bilderrahmen waren die Fotos schon vergilbt, aber alles war staubfrei, daher schienen die Erinnerungen dem Restaurantbesitzer wichtig zu sein.

In der Ecke hinter einer Bar saß Bergman und blätterte durch die Karte. Es war der einzige Platz ohne Fenster und daher von der

Straße aus nicht einzusehen. Vonseiten des Restaurants war die Sicht durch eine Grünpflanze eingeschränkt, sodass man schon bewusst in diese Richtung blicken musste, um den Kripochef zu bemerken. Die Bedienung nahm an einem anderen Tisch die Bestellung auf, also ging Jan an der schmalen Theke vorbei und setzte sich Bergman gegenüber.

»Ich habe dich schon oft seltsam erlebt, aber das heute Morgen hat alles in den Schatten gestellt«, sagte Jan. »Was soll die Geheimniskrämerei?«

»Es geht um den Fall Comberg.« Bergman klappte die Karte zu.

»Bist du auch bedroht worden?«

»Nicht so direkt wie du«, antwortete er. »Aber es haben erschreckend viele Einflussträger bei mir angerufen und mich um absolute Diskretion gebeten.«

»Der Mord in Frohnau ist seit zwei Tagen in den Medien. Jeder in Berlin weiß, dass Ruben Comberg erschlagen worden ist und dass es kein Raubüberfall war. Wie soll man dabei diskret bleiben?«, wunderte sich Jan. »Und es kann doch niemand wollen, dass wir die Ermittlungen einstellen und einen Mörder frei herumlaufen lassen.«

»Es geht den Anrufern um die Opferseite«, erklärte Bergman. »Wir sollen unverändert den Täter suchen, aber nicht mehr zu Comberg recherchieren.«

»Wer verlangt so etwas?«

»Das reicht von Leuten aus der Politik und der Verwaltung bis hin zu einflussreichen Mäzenen, ohne die in Berlin nicht viel laufen würde, sei es durch Spenden oder die Schaffung von Arbeitsplätzen.«

»Das ist ein Grund mehr, sich Comberg näher anzusehen«, beharrte Jan.

»Sehe ich genauso, daher habe ich versprochen, dich vom Fall abzuziehen und in Kurzurlaub zu schicken, weil dein Fahrradsturz dich doch mehr behindert als anfänglich angenommen.« Er nahm sich ein Brot aus einem Korb und biss hinein. »So lange übernimmt Patrick die Leitung der Mordkommission.«

»Bin ich hier bei der versteckten Kamera oder habe ich ein Hörproblem?«, fuhr Jan auf. »Hast du gerade gesagt, dass ich vom Fall abgezogen bin?«

Bergman reagierte auf Jans Empörung mit einer hochgezogenen Augenbraue. »Erst denken, dann reden.«

Jan nahm sich mürrisch ein Stück Brot und kaute darauf herum. »Du willst mich aus der Schusslinie nehmen, damit ich verdeckt ermitteln kann«, sagte er schließlich.

Bergman lächelte zur Antwort. Als die Bedienung an den Tisch kam, bestellte er für sich und Jan die hausgemachten Ravioli, dazu zwei Gläser Wein.

»Ich kenne einige der Anrufer schon mein halbes Berufsleben und manche von ihnen haben das nicht freiwillig gemacht.«

»Sie wurden auch erpresst?«

»Wie schon gesagt, sind die Leute einflussreich. Nicht alle haben Rückgrat, aber einige schon, was mir viel über unseren Gegner sagt.«

»Meine beiden Angreifer waren keine Amateure«, bestätigte Jan. »Ich frage mich, wer hinter dieser Aktion steckt.«

»Entweder die Witwe oder ein Geschäftspartner von Comberg, dessen Machenschaften auffliegen würden, wenn wir tiefer graben.«

»Vom Charakter her tippe ich auf die Witwe, aber dazu weiß ich zu wenig über sie und wie sie in die Geschäfte ihres Mannes involviert war.«

»Momentan ist es unwichtig, wer dahintersteckt, weil wir zuerst unsere Verteidigung aufbauen müssen.«

»Meine Verteidigung ist eigentlich gut, wenn man mich nicht in einem müden und unkonzentrierten Moment erwischt.« Jan rieb mit der Linken über seine geballte Faust.

»Das ist ernst, Jan.« Bergman griff nach seinem Handgelenk. »Also nimm es ernst, denn die Leute werden sich bald wieder blicken lassen.«

»Meine Frist läuft heute Nacht ab, daher ist Lan schon in Brandenburg untergetaucht. Max hat mir ein sicheres Handy gegeben und ich habe mir Kopien aller Unterlagen auf einen USB-Stick gezogen, damit ich auch ohne Kriposerver lesen kann.«

»Das genügt nicht«, sagte Bergman. »Du lässt den Wagen stehen, mit deinem alten Telefon in der Ablage. Außerdem möchte ich dich nicht mehr auf der Dienststelle sehen, und du fragst Chandu, ob er dich irgendwo unterbringen kann. Deine Wohnung ist nicht mehr sicher.«

»Ich halte meinen Kopf unten«, versprach Jan. »Aber ich bin nicht der Einzige hier, der potenziell in Gefahr schwebt.«

»Meine Frau ist mit meiner Tochter an die Nordsee gefahren. Wenn die Wellen gut sind, werden sie dort eine Weile bleiben.« Bergman wollte weiterreden, aber die Bedienung kam mit zwei Weingläsern, daher plauderten sie etwas Belangloses, bis diese wieder gegangen war.

»Jetzt sage ich dir, wer alles darauf gedrängt hat, den Fall schleifen zu lassen, damit du vordergründig um diese Leute einen großen Bogen machst«, fuhr der Kripochef fort.

»Ich bin gespannt«, erwiderte Jan. »Denn das werden die Ersten sein, deren Verbindungen zu Comberg ich mit der Lupe ansehen werde.«

* * *

Wenn man Zugang zur Unterwelt Berlins hatte, war es nicht schwer, an Informationen zu kommen. Ein Waffendealer konnte etwas über seine Konkurrenz sagen. Die Zuhälter kannten die anderen Luden besser als ihre eigenen Mädchen, ähnlich war es mit Drogendealern, Fälschern und Schmugglern. Selbst wenn man nicht genau wusste, wonach man suchen sollte, gab es dafür Spezialisten: Menschen, die jeden kannten und ihre Ohren überall hatten. Einer davon war Tim.

Die Hälfte aller Kriminellen in Berlin kannte seinen Unterschlupf, und ebenso viele wussten, dass er den Hintereingang nahm, um in den Plattenbau zu kommen, aber der kleine Mann gab sich wie jeden Abend viel Mühe, heimlich ins Haus zu gelangen.

Chandu durchschaute die Varianten von Billigperücken, die bestenfalls für Karneval taugten, die schlecht angeklebten Bärte und schließlich Sonnenbrille, Schal und Wollmütze, die Tim allerdings eher wie einen gewaltbereiten Autonomen als wie einen harmlosen Bewohner aussehen ließen.

Die heutige Idee des kleinen Mannes war ein Trenchcoat, der ihm drei Nummern zu groß war und auf dem Boden schleifte. Dazu ein breitkrempiger Hut und eine markante Brille, deren Gläser so dick waren, dass man mit ihnen ein Außenaquarium reparieren konnte.

Chandu hatte sich auf eine Bank nahe des Hintereingangs gesetzt. Eigentlich war es amüsant zu sehen, wie Tim versuchte, den Lichtschein der Straßenlampe zu meiden, und dabei über schlecht verlegte Pflastersteine stolperte, während sein Blick ängstlich nach hinten gerichtet war. Doch leider hatte er heute keine Zeit für dieses Schauspiel, daher stand Chandu auf und stellte sich Tim in den Weg, sodass dieser schließlich an seinen Bauch stieß.

»Guten Abend«, begrüßte er ihn, was den kleinen Mann mit einem Schrei zurückspringen ließ. »Du bist heute aber nervös«, fuhr Chandu fort. »Hast du wieder Probleme?«

»Alles nur ein Missverständnis«, rechtfertigte sich Tim. Er wollte gerade mit einer seiner Erzählungen beginnen, aber erfahrungsgemäß waren diese sehr ausschweifend, daher hob Chandu die Hand und zog einen Fünfzigeuroschein aus der Tasche.

»Ich brauche eine Information«, unterbrach er.

»Das sind meine liebsten Geschäfte.« Ein breites Grinsen erschien auf Tims Gesicht.

Chandu erzählte ihm von dem Überfall auf Jan und wo die Kanzlei angesiedelt war. »Hast du eine Ahnung, was das für Typen sind?«

»Nicht die geringste«, antwortete Tim knapp und zog ihm den Geldschein aus der Hand.

»Willst du mich verarschen?« Chandu nahm ihm die fünfzig Euro wieder ab.

»Nein. Ich weiß nicht alles und kenne nicht jeden.«

»Bisher konntest du mir immer einen Tipp geben. Wie bei Tessa Bahl.«

»In Berlin gibt es genug verrückte Erpresser, aber niemand von denen hat seine Basis in einer Anwaltskanzlei.«

»Dann höre dich um.«

»Kann ich machen, aber ohne Erfolgsgarantie.« Er riss ihm den Schein aus den Händen.

»Keine Info, kein Geld«, sagte Chandu, als er ihm die fünfzig Euro wieder abnahm.

Tim stöhnte. »Wenn die Typen einen Kripobeamten bedrohen, sind sie entweder irre oder sehr einflussreich. Und Irre haben keine Kanzlei in Mitte.«

»Aber du bist mein bester Informant«, bemerkte Chandu. »Meine anderen Kontakte sind im Waffen- oder Drogengeschäft. Ich kenne noch den einen oder anderen Zuhälter, aber keiner davon kann mich zu Erpressern dieser Art führen.«

»Berlin ist ein Dorf. Irgendeiner weiß immer irgendetwas von jemandem. Man muss nur die richtigen Leute fragen. Du beschreibst Spieler der Oberliga. Da komme ich nicht so leicht ran. Das dauert eine Weile.«

»Was ist eine Weile?«

»Zwei Wochen.«

»Zu lange.«

Tim zuckte die Achseln. »Wenn du es schnell haben willst, bleibt nur Viola.«

»Meinst du *die* Viola?«

Tim nickte.

»Keiner weiß, wie sie aussieht und wo sie sich herumtreibt«, sagte Chandu. Viola war eine der schillernden Gestalten der Unterwelt, und niemand hatte eine Ahnung, woher sie kam und womit sie eigentlich Geschäfte machte, aber sie hatte sich ihren Platz unter den Großen erkämpft und sich im Laufe der Jahre so viele Verbündete herangezogen, dass niemand sie anzugreifen wagte. »Manche glauben sogar, dass sie nicht existiert. Wie soll ich an die herankommen?«

»Ich kenne einen Kontaktmann.« Tim grinste breit.

»Wie gut kennst du ihn?«

»Leider zu gut, und er würde sich nicht freuen, mich zu sehen, aber du bist ihm schon begegnet. Es ist Mirko Tiem.«

»Mik ist wieder in Berlin?«

»Die Fehde mit den Albanern scheint vorbei zu sein und jetzt steht er in Violas Diensten.«

»Ein guter Kämpfer, vertraut mit allen Waffen«, gab Chandu zu. »Wenn ich einen Mann bräuchte, der meinen Rücken deckt, wäre Mik die richtige Wahl.«

»Das hat sich auch Viola gedacht und ihn deswegen eingestellt.«

»Und wo finde ich ihn?«

»Nichts leichter als das.« Tim riss Chandu den Geldschein aus den Fingern und hielt ihn fest. »Ich beschreibe dir den Weg.«

* * *

Das Wetter und der Stau passten zur schlechten Verbindung seines Handys. Jan musste die Freisprechanlage auf maximale Lautstärke stellen, um seine Freunde zu verstehen.

»Ich habe die ganze Nacht alles über die Kanzlei gesammelt und nicht einen Hinweis auf einen Erpresserring gefunden«, sagte Max. »Die Homepage ist harmlos, ebenso die Struktur dahinter. Entweder ist es überragend gut versteckt oder es gibt nichts.«

»Die Männer sind nach dem Überfall auf mich nicht zufällig dort gewesen.«

»Im dritten Stock ist nur die Kanzlei ansässig«, erklärte Max. »Kein Import/Export oder eine andere dubiose Firma.«

»Ich habe meine Kontakte befragt, ohne einen Hinweis zu erhalten«, sagte Chandu. »Selbst Tim hatte keine Ahnung, wovon ich geredet habe, und wenn die Ratte keine Informationen hat, weiß die andere Seite, wie sie im Verborgenen bleibt.«

»Wir müssen den Laden überwachen«, sagte Zoe.

»Die Zeit bleibt uns nicht«, entgegnete Max.

Jans Handy vibrierte.

»Ich habe euch gerade etwas geschickt«, sagte Max.

Jan öffnete die Nachricht. Ein Bild zeigte einen vermummten, kräftigen Mann in einem Treppenhaus, der sich an einem Türschloss zu schaffen machte.

»Das ist eine Aufnahme der Überwachungskamera von Jans Wohnung, nachdem die 36-Stunden-Frist abgelaufen ist«, fuhr er fort. »Er hat das Schloss in einer Minute geknackt und wenn der Vermummte dich noch angetroffen hätte, wäre es vermutlich nicht gut ausgegangen.«

»Wenn man die Qualität meines Türschlosses bedenkt, ist das ziemlich schnell«, sagte Jan.

»Irgendwann kriegen sie dich oder sonst jemanden, der mit dem Fall zu tun hat«, bemerkte Max besorgt. »Also sollten wir uns das Beobachten der Kanzlei sparen und Wege finden, wie wir möglichst schnell an Informationen kommen.«

»Über die offizielle Schiene funktioniert nichts und die Sicherheitsvorkehrungen könnten selbst für uns zu viel sein«, sagte Jan. »Die Kanzlei sitzt in einem Bürokomplex, der von einer Sicherheitsfirma dauerüberwacht wird. Wenn man kein Angestellter ist, kommt man nur mit einem Termin nach oben, und momentan nehmen die Anwälte keine neuen Mandanten.«

»Dann gehen wir zu der Praxis für Physiotherapie darüber«, schlug Max vor. »Wenn man erst einmal im Fahrstuhl ist, kann man auch ein Stockwerk darunter aussteigen.«

»Zu viele Unwägbarkeiten«, widersprach Jan. »Wir wissen nicht, nach was wir suchen und warum die Erpresser darauf drängen, die Ermittlungen einzustellen.«

»Es gibt vielleicht eine Möglichkeit, an mehr Informationen zu gelangen«, sagte Chandu. »Aber der Preis könnte hoch sein.«

»Wie hoch?«, fragte Jan.

»Schwer einzuschätzen, weil wir niemanden zu etwas anstiften, sondern eine Quelle befragen«, erklärte Chandu. »Nur ist diese Quelle eine große Nummer in der Unterwelt und könnte Dinge verlangen, die du nicht zu zahlen bereit bist.«

»Von wem reden wir?«

»Einer Frau namens Viola.«

»Der Streitschlichterin?«, fragte Jan. »Ich dachte, die ist ein Mythos.«

»Es gibt sie wirklich und die Schlichtung zwischen zwei verfeindeten Lagern ist nur eine der Sachen, mit denen sie sich beschäftigt, aber Viola ist außergewöhnlich vernetzt, was sie quasi unantastbar macht, weil jeder irgendwann ihre Dienste gebrauchen könnte.«

»Und sie kennt die Typen, die Jan angegriffen haben?«, fragte Zoe.

»Kann ich nicht sagen, aber es ist das Einzige, was ich anbieten kann.«

»Wenn ich mir unsere Optionen ansehe, bleiben keine Alternativen«, stellte sie fest.

»Den Kontakt kann ich herstellen, aber noch mal: Viola wird sich nicht mit Geld oder einer Flasche Schampus abspeisen lassen«, warnte Chandu.

»Du musst ihr ja nicht sagen, dass Jan bei der Kripo arbeitet«, warf Max ein.

»Anders werden wir nicht an sie herankommen«, erklärte Chandu. »Sie ist Geschäftsfrau und nur wenn wir ihr etwas Wertvolles anbieten, hilft sie uns. Und in ihren Kreisen ist ein Kontakt zur Kripo viel wert.«

Jan kratzte sich am Kopf. »Ehrlich gesagt gefällt mir das gar nicht, aber wenn sie auch ein Nein akzeptiert, ohne mich zu erschießen, rede ich mit ihr.«

»Mir gefällt das auch nicht«, sagte Chandu. »Trotzdem ist es besser, du gibst Interna an Viola weiter, als dass dich die zwei Typen zusammenschlagen oder Schlimmeres mit dir anstellen.«

»Arrangiere einen Termin«, sagte Jan schließlich. »Vielleicht können wir uns einigen.«

* * *

Das kleine Café war eigentlich mehr für seinen selbst gebackenen Kuchen und den guten Espresso bekannt, nicht als Kontaktpunkt für eine Unterweltgröße. Es war vielleicht etwas sauberer als die umliegenden Kneipen und auch das Publikum war gemäßigter, aber niemand hätte eine Verbindung zu Viola vermutet.

Wenn man sich genauer umsah, bemerkte man jedoch einen kräftigen Mann in der Ecke, der ungewöhnlich lange hier verweilte. Er trug ein weißes Hemd mit nach oben gerollten Ärmeln, sodass man die münzgroßen Totenköpfe auf seinen Unterarmen erkennen konnte. Manche behaupteten, dass jeder von ihnen für einen im Kampf besiegten Gegner im Boxring stand. Andere Gerüchte besagten, dass der Mann bei der Fremdenlegion gewesen war und seine Opfer auf dem Arm verewigt hatte. Chandu glaubte, dass Mik einfach nur das Totenkopf-Motiv mochte.

Vor seinem Bekannten standen eine Tasse Kaffee, ein halb aufgegessenes Stück Käsekuchen und ein Glas Wasser. Er schien in eine Zeitung vertieft zu sein, aber Chandu wusste, dass er das Café im Blick hatte und auch seine Anwesenheit längst bemerkt hatte.

»Guten Abend, Mik«, begrüßte er den großen Mann und setzte sich ihm gegenüber.

»Chandu.« Er nickte ihm zu. Seit dem letzten Mal hatte Mik ein paar Kilo zugenommen, die schwarzen Haare an der Schläfe waren grau geworden, und die Narbe über der Augenbraue war früher nicht da gewesen, aber er war noch immer eine beeindruckende Gestalt. »Kaffee?«, fragte er.

Chandu nickte.

Mik hob die Hand und kurz darauf brachte die Bedienung eine Tasse Kaffee, stellte ein Kännchen Milch daneben und verließ den Tisch wortlos wieder.

»Wie ist es dir ergangen?«, fragte Chandu.

»Bin viel herumgekommen, aber irgendwann hatte ich keine Lust mehr und wollte zurück nach Berlin.«

»Und die Albaner halten still?«

»Jemand hat Blutgeld für die beiden Typen bezahlt, denen ich eine Kugel verpasst habe.«

Chandu nickte. Es war ein durchaus übliches Arrangement. Die Albaner erhielten Geld, um die Toten zu ersetzen, dafür musste sich Mik verpflichten, bis die Schuld abgegolten war.

»Wie lange?«

»Fünf Jahre.« Er schloss die Zeitung. »Um was geht es?«

Mik war kein Mann langer Gespräche, aber er war cleverer, als es sein raues Äußeres vermuten ließ. Es war offensichtlich, dass Chandu nicht zu einem netten Plausch vorbeigekommen war.

»Ich habe einen Kontakt bei der Kripo, der mich regelmäßig mit Informationen versorgt«, begann er. »Er ist so etwas wie mein Goldesel. Irgendwelche Typen haben ihm zu Hause aufgelauert und machen Ärger. Und ich will wissen, wer das ist, damit ich das wieder geradeziehen kann.«

»Was hast du anzubieten?«

»Das Wissen des Kontakts.«

»Interna von der Kripo?«, fragte Mik.

Chandu nickte. »Besser ein Verräter als tot. Aber das soll sie selbst mit ihm verhandeln.« Er vermied es bewusst, Violas Namen zu sagen, denn ihre Anonymität war ihr heilig und wahrscheinlich auch ein Grund, warum sie noch am Leben war.

Mik griff in seine Tasche, nahm ein Handy heraus und wählte eine Nummer.

»Ich habe einen Kunden«, begann er ohne Begrüßung.

Die Gesprächspartnerin schien etwas zu sagen.

»Ja, ich kenne ihn. Und er hat ein Angebot.«

Er reichte das Telefon an Chandu. »Alles Weitere kannst du mit ihr persönlich bereden.« Mik stand auf. »Ich bin an der Theke.«

Als Chandu die Kneipe verließ, hatten sie ein Treffen vereinbart. Das mulmige Gefühl, einen Pakt mit dem Teufel eingegangen zu sein, ließ ihn nicht mehr los.

Kapitel 6

Nachdem Jan von zwei Männern durchsucht und nach Mikrofonen abgetastet worden war, deutete einer von ihnen in einen langen Gang, an dessen Ende Licht zu erkennen war. Der Boden war mit Linoleum ausgelegt und es roch wie in einer alten Turnhalle. Er ging an zwei weiteren Wachen vorbei, die nur gelangweilt auf ihre Handys starrten, und war schließlich beim Licht angekommen.

Von außen hatte das Gebäude wie einer der zahllosen heruntergekommenen Altbauten in Wedding gewirkt, dem eine Komplettsanierung gutgetan hätte, sodass der Kontrast zu innen nicht extremer hätte sein können. Der große Raum erinnerte an einen Ballsaal, mit dunklem Parkett, weiß gestrichenen Wänden und einer leicht abgerundeten Holzdecke. Drei prachtvolle Kronleuchter erhellten den Raum mit einem warmen Licht. An den beiden langen Enden des rechteckigen Raums hingen schwere rote Vorhänge, mit goldenen Kordeln zurückgebunden, um den Blick auf zwei eindrucksvolle Kristallspiegel freizugeben. An den Seiten waren Stehtische angeordnet, mit weißen Hussen umhüllt, darauf silberfarbene Kandelaber mit gelben Kerzen.

Der Raum war voller Tänzer, die sich anmutig zu Tangomusik bewegten. Es war ein eigenartiges Publikum, Frauen und

Männer, alt und jung, manche in Anzügen, andere trugen Jeans und Hemden, aber jeder von ihnen schien den Tanz in vollen Zügen zu genießen. Sie alle trugen Masken, manche bedeckten nur die Augen, andere verbargen das Gesicht vollständig und ließen mit zwei Schlitzen nur die Augen frei. Während Jan ein älteres Paar mit gefederten Brillen beobachtete und seine graziösen Schritte bewunderte, kam eine Frau durch die Tanzenden hindurch auf ihn zu. Sie trug ein schwarzes Kleid mit einer kurzen Schleppe, das sich eng um ihren sportlichen Körper schlang. Die braunen Haare waren zu einem aufwendigen Zopf geflochten, der über ihre rechte Schulter fiel. Eine dünne Perlenkette und diamantene Ohrringe glitzerten im Licht. Ihr Gang hatte etwas Majestätisches wie der einer Königin, die würdevoll durch ihren Hofstaat marschierte.

»Herr Tommen«, begrüßte sie ihn mit warmer Stimme. »Schön, Sie kennenzulernen.« Sie faltete die Hände vor der Brust und verneigte sich kurz. Ihre Maske erinnerte Jan an den Karneval in Venedig, in strahlendem Weiß, mit aufwendigen Goldfäden um die Augen. Sie bedeckte Stirn, Nase und Wangen. Einzig der Mund und das Kinn waren zu erkennen.

»Frau … Viola.« Jan verneigte sich ebenfalls. Er hatte in seinem Leben schon mit vielen Unterweltgrößen zu tun gehabt. Jede von ihnen war auf ihre Art exzentrisch oder verrückt gewesen, aber dieser Ballsaal stellte alles in den Schatten, was Jan sich vorstellen konnte.

»Bitte nur Viola«, sagte sie mit einem breiten Lächeln. Auch ihre Zähne waren von strahlendem Weiß und standen in Kontrast zu dem dunkelroten Lippenstift.

»Danke, dass Sie mich empfangen«, sagte er. »Und verzeihen Sie meine Verkleidung.« Er deutete auf sein unrasiertes Gesicht mit Beanie auf dem Kopf und einer Brille mit Fensterglas. »Aber in meiner Position ist es ratsam, sich nicht offen in diesen … Kreisen zu zeigen.«

»Ihr Freund hat mich darauf vorbereitet.« Sie deutete auf einen Stehtisch mit zwei bauchigen Gläsern Rotwein. »Aber Sie brauchen sich keine Sorgen zu machen. Nur ich weiß, wer Sie wirklich sind.«

Sie nippte an dem Wein. »Entschuldigen Sie diese ungewöhnliche Umgebung für ein Gespräch, aber dies ist mein Lieblingsort und ich suche ihn auf, sooft es geht.«

»Das verstehe ich«, erwiderte Jan. »Es ist wirklich zauberhaft. Wie in einem barocken Märchenschloss.«

Sie nahm das Kompliment mit einem Kopfnicken entgegen und stellte ihr Glas wieder ab.

»Ich wünschte, alle Ihre Kollegen hätten so viel Stil und Benehmen«, fuhr Jan fort. »Das würde manches erleichtern.«

»Unterschätzen Sie mich nicht«, bemerkte Viola. »Ich bin eine Geschäftsfrau, und die Informationen, die Sie wollen, haben mich sehr viel gekostet. Es wird nicht billig und ich rede nicht von Geld.«

»Ich werde Sie angemessen entlohnen«, versprach Jan. »Aber auch ich habe Grenzen, wie Sie sicherlich verstehen werden.«

»Fangen wir mit dem ersten Teil der Bezahlung an.« Sie griff nach seiner Hand und zog ihn auf die Tanzfläche. »Wie gut können Sie Tango tanzen?«

»Gar nicht«, gab Jan zu.

»Hervorragend. Denn der Tango Argentino hat mit dem europäischen Tango nur wenig gemein.« Sie griff nach seiner Rechten und legte sie auf ihren Rücken. Dann schloss sie ihre Finger um seine linke Hand. »Zuerst müssen Sie lockerer werden, Herr Tommen«, sagte sie lächelnd. »Das ist kein Verhör. Bewegen Sie sich einfach im Takt der sanften Musik.«

Jan kam sich ausgesprochen dämlich vor, wie er mit steifen Bewegungen versuchte, mit Viola Schritt zu halten, die sie beide langsam hin und her schob. »Lockerheit auf der Tanzfläche ist nicht meine Stärke«, sagte er. Vor allem ohne die ausreichende Menge an Alkohol, fügte er in Gedanken hinzu.

»Ihr gesuchter Mann wird in meinen Kreisen der ›Käufer‹ genannt«, sagte sie. »Wer immer eine schmutzige Geschichte von jemandem mit Einfluss hat und sie in irgendeiner Weise belegen kann, kann sich an den Käufer wenden. Je schmutziger die Geschichte, umso mehr Geld ist er bereit zu bezahlen.«

»Ein Erpresser«, stellt Jan fest.

»Keiner dieser billigen Gangster, die reiche Menschen mit Sexbildchen unter Druck setzen, sondern klug, vorausschauend, skrupellos und mit einer neuen Klientel.«

»Welcher Art?«

»Die Wohlhabenden, Schönen und die Einflussreichen dieser Welt.«

»Das sind seine Kunden?«

Viola vollführte eine schnelle Drehung. »Das Geld erhält der Käufer nicht von den Opfern, sondern von Menschen, die seine Informationen zur Erpressung verwenden, um an Aufträge zu kommen oder bessere Geschäftsabschlüsse herauszuschlagen.«

»Und Ruben Comberg hat sich der Dienste des Käufers bedient.«

Viola nickte.

»Und wer ist für die Angriffe auf mich verantwortlich?«

»Da kann ich nur vermuten, aber ich tippe auf die Witwe des Verstorbenen.«

»Alles, was ich über Ruben erfahren habe, deutet auf einen arroganten, patriarchalischen Egomanen hin, der alles kontrollieren wollte und niemandem traute, nicht einmal seiner Frau.«

»Cora hat sich nicht in seine Geschäfte eingemischt, sondern ihm nur einen Weg gezeigt, wie er bessere Abschlüsse erzielen und neue Kunden gewinnen konnte.«

»Sie ist die Verbindung zum Käufer?«, wunderte sich Jan. »Aber sie hat einen völlig harmlosen Lebenslauf. Abitur mit zwanzig. Danach Studium der Sozialwissenschaften mit späterem

Wechsel in die Psychologie, wo sie mit neunundzwanzig ihren Abschluss gemacht hat. Vier Jahre später die Hochzeit mit Ruben Comberg. Beruflich war sie nur in Stiftungen tätig, in denen sich die Reichen ihre Langeweile vertreiben.«

»Cora hat schon immer den Luxus geliebt«, erklärte Viola. »Und ihre Schönheit hat ihr dabei geholfen, während des Studiums die richtigen Männer kennenzulernen.«

»Sie hat als Prostituierte gearbeitet?«

»Sie würde es als gehobenen Escortservice bezeichnen, aber ja.«

»So hat sie mit Ruben Comberg Bekanntschaft geschlossen?«

»Sie verstehen schnell«, antwortete Viola. »Ihr Ruf ist nicht unbegründet.«

»Und über diese Kreise ist Cora an den Käufer gekommen, den sie ihrem Mann vorgestellt hat«, schloss Jan.

Sie nickte wieder.

»Wenn wir im Rahmen der Ermittlungen diesen Zusammenhang aufdecken, würden nicht nur die Geschäfte von Ruben Comberg untersucht werden, sondern Cora könnte mit den Erpressungen in Zusammenhang gebracht werden.«

»Obwohl diese schwer nachzuweisen sind, wäre zumindest Coras Ruf in den gehobenen Kreisen ruiniert.«

»Also hat sie den Käufer engagiert, um mich zu erpressen.«

»Offensichtlich hat der Käufer nicht genug belastendes Material, um Sie zum Aufhören zu bewegen …«

»… also hat er zwei Schläger losgeschickt.«

Sie schüttelte den Kopf. »Laut den Gerüchten scheint der Käufer ein sehr misstrauischer Mann zu sein, der nur wenigen Mitarbeitern vertraut.«

»Was in seiner Position nicht überraschend ist.«

»Daher bevorzugt er es, solche Dinge allein zu erledigen.«

»Also war einer meiner Angreifer der Käufer selbst?«

»Sehr wahrscheinlich.«

»In der Kanzlei, zu der ich das Auto verfolgt habe, arbeiten viele Leute. Wie kann ich seine Identität aufdecken?«

»Obwohl ich ein großes Interesse daran habe, den Käufer zu identifizieren, kann ich Ihnen diesbezüglich nicht weiterhelfen«, sagte Viola. »Ich darf mich nicht zu weit aus der Deckung wagen.«

»Der Käufer hat auch Material über Sie?«

»Bedauerlicherweise ja.« Die Musik endete. Viola ließ Jan los und ging einen Schritt von ihm zurück. »Aber ich habe genug Informationen, wie ein Mann mit Ihren Fähigkeiten an die Unterlagen des Käufers kommen könnte.«

»Und was verlangen Sie als Gegenleistung?«

»Das besprechen wir bei einem Glas Wein.« Sie deutete zum Stehtisch zurück. »Und meine Forderung ist unbedeutend, wenn man Ihren möglichen Gewinn betrachtet.«

* * *

»Vielleicht liegt es am Alter und mein Gehör lässt nach, aber du willst was?«, fragte Bergman und sah verwundert auf das Handy, als suchte er nach einem technischen Defekt.

»Eine Einladung zum Empfang in der Botschaft der Vereinigten Arabischen Emirate«, wiederholte Jan. »Der ist heute Abend.«

»Du hasst jede Form von offiziellen Empfängen«, entgegnete der Kripochef verwundert. »Und noch formeller als in einer Botschaft geht es nicht.«

»Das ist die Bedingung, damit mir Viola Informationen zu der Kanzlei gibt«, antwortete Jan. »Das und noch ein paar Infos zu einem Diebstahl im letzten Jahr.«

»Und das macht dich nicht misstrauisch?«

»Völlig blöde bin ich nicht«, erwiderte Jan. »Ich werde die Frau vorher nach Waffen durchsuchen lassen, ihr heimlich einen Fingerabdruck nehmen und die Kollegen anweisen, sofort zuzugreifen, wenn es sich um eine gesuchte Verbrecherin handelt.«

»Da ist irgendetwas faul.«

»Die Botschaft der Vereinigten Arabischen Emirate gehört zu den am besten gesicherten in ganz Berlin. Was soll eine unbewaffnete Frau in Begleitung eines Kripobeamten anstellen?«, fragte Jan.

»Und wer ist sie?«

»Eine gewisse Pia Nisters. Und bevor du fragst, es gibt keine Einträge zu ihr in unserer Datenbank. Und ja, ich glaube nicht, dass dies ihr richtiger Name ist.« Er seufzte. »Außerdem ist es alternativlos. Das war Violas Bedingung, kannst du mir also eine Einladung beschaffen?«

»Das ist kein Problem«, wiegelte der Kripochef ab. »Aber vorher überprüfe ich noch die Gästeliste, ob sich darauf eine hochgefährdete Person befindet.«

»Von mir aus kannst du Pia mit einer elektronischen Fußfessel ausstatten. Viola hat mir eine Menge interessanter Informationen in Aussicht gestellt, wenn ich mit ihrer Bekannten auf den Empfang gehe. Also wäre es hilfreich, wenn du deine Verbindungen spielen lässt.«

»Ja, ja«, bemerkte Bergman mürrisch. »Sieh es als erledigt an.«

»Derweil leihe ich mir einen Smoking und überlege, was Viola damit bezwecken will«, sagte Jan. »Hoffen wir, dass es wirklich nur eine Verrücktheit ist.«

Als Jan das Gespräch beendet hatte, setzte sich Bergman an den Schreibtisch. Sein Instinkt sagte ihm, dass irgendetwas an dem Wunsch faul war, aber ihnen fehlte die Zeit, um alles genau zu überprüfen, was wahrscheinlich Violas Kalkül war. »Das kann nur schiefgehen«, murmelte er, als er die Nummer des Auswärtigen Amts wählte.

* * *

Als sie mit dem Taxi zur Botschaft der Emirate fuhren, hatte Jan Mühe, die Frau nicht anzustarren, denn nichts an ihr war verdächtig, außer dass sie mit Viola befreundet war. Eine Kollegin hatte sie durchsucht und weder Waffen noch irgendwelche eigenartigen Dinge bei ihr gefunden. Nicht einmal ein Handy hatte sie dabei. Dieses zu verstecken, wäre in dem engen roten Dress auch wahrlich schwer gewesen. Das Kleid hatte Stil, war nicht so sexy, dass es auf einem solchen Empfang der Diplomaten anstößig gewesen wäre, überließ aber nur wenig der Fantasie. Weiterhin hatten sie im Streifenwagen ausgiebig ihre schwarzen Pumps nach Sprengstoff untersucht und zudem die Fingerabdrücke abgenommen. Sollten diese einen Treffer ergeben, würden ihn die Kollegen warnen und Jan konnte alles noch abbrechen, aber das Telefon in seinem Jackett blieb ruhig.

Die Frau war etwa dreißig Jahre alt, mit wallenden blonden Locken und leicht gebräuntem Gesicht, das einen angenehmen Kontrast zu dem hellroten Lippenstift und dem dezenten Augen-Make-up bildete. Zusammen mit ihrer schlanken Figur würde sie heute Abend viele Blicke auf sich ziehen. Sie sah zufrieden aus dem Fenster, als freute sie sich auf den kommenden Abend.

»Entschuldigung, Pia«, begann Jan. »Darf ich dich fragen, wie du an eine Frau wie Viola gekommen bist?«

»Ich bin Immobilienmaklerin und habe ihr ein Grundstück an der Côte d'Azur besorgt«, erwiderte sie mit einem zauberhaften Lächeln. »Und sie war damit so zufrieden, dass sie mir versprochen hat, ihre Kontakte spielen zu lassen, um mir neue zahlungsfähige Kunden zu besorgen. Und ich kann mir kaum mehr wohlhabende Leute vorstellen als auf einem Empfang dieser Art, daher werde ich versuchen, herumzukommen und möglichst viele Gäste kennenzulernen.«

Jan hatte keine Ahnung, ob die Frau log, aber der Grund für den Besuch auf diesem verstockten formellen Event klang einleuchtend.

Sie tätschelte ihm die Hand. »Keine Sorge, Jan. Viola hat mir erzählt, dass du verheiratet bist, daher werde ich mich benehmen und mein Kleid anbehalten.«

Jan hüstelte verlegen. »Weißt du, welcher Art … Geschäfte Viola betreibt?«

»Natürlich hört man so einiges, aber da sie weder von Interpol gesucht wird, noch aus dem Gefängnis geflohen ist, ist mir das egal«, erwiderte sie. »Sie hat Stil und man kann toll mit ihr feiern, und das ist mir wichtiger als die Frage, wie sie ihr Geld verdient.«

Das Taxi fuhr in die Einfahrt der Botschaft. Der Platz vor dem Gebäude war hell erleuchtet und mit roten Teppichen ausgelegt. Die Botschaft selbst erinnerte an ein orientalisches Schloss aus hellem Sandstein, mit hohen Fenstern und Goldverzierungen. Der vollständig verglaste Eingangsbereich wurde von hohen Säulen getragen. Als Jan seine Einladung gezeigt hatte, wurde das Taxi weitergewunken. Ein Angestellter öffnete die Autotür und begrüßte sie beide mit einer tiefen Verbeugung.

Auf der breiten Treppe hatte sich eine kleine Schlange gebildet, einige von ihnen trugen traditionelle arabische Kleidung, andere wiederum Uniformen, die meisten jedoch einen Smoking. Jan erkannte offizielle Vertreter der Stadt, aber die meisten Leute waren ihm unbekannt.

Pia kam zu ihm, richtete seine Fliege und hakte sich bei ihm ein. »Hinein ins Vergnügen«, sagte sie lächelnd. Gemeinsam betraten sie das Gebäude.

Sie erreichten die große Empfangshalle, die ebenso prachtvoll wie der Eingangsbereich geschmückt war. Von der Empore hingen Blumengirlanden aus weißen Rosen. Stehtische mit zahllosen Champagnerfontänen waren kreisförmig um eine kleine Bühne am Ende des Raums aufgebaut, auf der ein Streichquartett klassische Musik spielte.

Während Pia interessiert ihren Blick über die Menge streifen ließ, wäre Jan am liebsten wieder umgedreht und nach

Hause gegangen. Dies war nicht seine Welt. Er fühlte sich in Jeans wohler als im Anzug, war schlecht in belanglosem Small Talk und verstand nicht, warum man Champagner einem kühlen Bier vorzog.

Gern wäre er den ganzen Abend am Rand des Raums stehen geblieben, aber Pia zog ihn weiter hinein. »Wir sind nicht zum Spaß hier«, sagte sie fröhlich, während sie einem General zunickte, der ihr auffällig auf den Hintern gestarrt hatte. Es dauerte nicht lange, dann waren sie mit einem älteren Ehepaar ins Gespräch gekommen, das dem Diplomatencorps von Guatemala angehörte.

Während Pia von den Vorzügen der Côte d'Azur schwärmte, ging Jan zu einem Stehtisch und nahm sich ein Glas Champagner, denn obwohl er Pia nicht aus den Augen lassen durfte, würde er den Abend nüchtern nicht überstehen.

* * *

Als Jans Handy klingelte, schreckte er aus dem Bett hoch. Einen Moment lang wusste er nicht, wo er sich befand, bis er realisierte, dass er in Chandus Dachwohnung untergetaucht war. Stöhnend rieb er sich den Nacken, war die Matratze doch viel zu hart und das Kissen zu weich. Jan blickte auf das Display des Handys. Es war kurz nach sieben Uhr, also viel zu früh, um nach einer langen Nacht wie der gestrigen aufzustehen, aber offensichtlich konnte es Bergman nicht erwarten, die neusten Geschichten vom Empfang zu hören.

»Moin, Chef«, sagte Jan gähnend.

»Was ist in der Botschaft passiert?« Bergman klang aufgebracht.

»Was soll passiert sein?«, gab sich Jan verwundert. »Ich habe auf einem langweiligen Empfang den Aufpasser für Violas Freundin gespielt, die sich prächtig amüsiert hat, ganz im Gegensatz zu mir.«

»Das meine ich nicht.«

»Mein Gott. Ich bin um zwei Uhr nach Hause gekommen und hatte auch in den Nächten davor nur wenig Schlaf. Kann ich die langweiligen Details nach dem Kaffee erzählen?«

»Gestern Nacht wurde in die Botschaft der Vereinigten Arabischen Emirate eingebrochen«, erklärte Bergman. »Und zwar nur wenige Minuten, nachdem die Veranstaltung beendet gewesen ist.«

»Oh, Scheiße!«, sagte Jan.

»Und jetzt werden alle Gäste geprüft, also auch du und deine Begleitung, die zufällig zu einer bekannten Unterweltgröße gehört. Wenn das rauskommt, haben wir ein richtiges Problem.«

»Ich mache mich gleich zur Dienststelle auf.« Jan sprang aus dem Bett.

»Du bist beurlaubt«, erinnerte ihn Bergman. »Also komm zu mir nach Hause.«

»Stimmt«, sagte Jan, der immer noch im Halbschlaf war. »Ich bin in dreißig Minuten da.«

»Und kaufe vorher Croissants«, sagte der Kripochef. »Seit meine Frau im Urlaub ist, habe ich kein gutes Frühstück mehr gehabt.«

Dann legte er auf.

* * *

»Die Ermittlungen laufen noch, aber offensichtlich hat sich ein Einbrecher Zutritt in die obersten Stockwerke verschafft, in denen die Büros der Botschaft sind.« Bergman schnitt ein Croissant auf und schmierte Butter darauf. »Diese Räumlichkeiten waren für den Empfang gesperrt. Man benötigte eine Sicherheitskarte, um auf das Stockwerk zu gelangen.«

»Und der Einbrecher hatte so eine Karte?« Jan nippte an seinem Kaffee.

»Nicht irgendeine, sondern die des Botschafters.«

»Das ist heikel.«

»Der Botschafter hat die Karte während des Empfangs bei sich getragen. Ihm ist erst nach dem Einbruch aufgefallen, dass sie weg war.«

»Er wurde bestohlen?«

Bergman nickte, während er in das Croissant biss. »Habt du und deine Begleitung den Botschafter getroffen?«

»Nur kurz. Er war ein zuvorkommender Mann und hat jeden Besucher persönlich begrüßt, aber außer ein paar Höflichkeitsfloskeln haben wir nicht viel geredet.«

»Hat sich deine Begleitung irgendwie verdächtig verhalten?«

»Sie war erpicht darauf, möglichst viele Gäste kennenzulernen, daher sind wir ständig umhergelaufen und haben wildfremde Leute angesprochen, aber ich habe sie fast nie aus den Augen gelassen.«

»Was bedeutet fast nie?«

»Zwei Mal«, erklärte Jan. »Ein Mal war sie auf Toilette, ein anderes Mal war ich dort.«

»Genug Zeit, um eine Karte zu stehlen.«

»Als der Empfang vorbei war, sind wir zusammen vom Gelände und gemeinsam in ein Taxi. Ich habe sie in der Nähe der Museumsinsel herausgelassen, genau an dem Ort, an dem wir uns getroffen haben.«

»Was haben die Überprüfungen ergeben?«

»Nichts. Es gab keine Einträge zu Pia Nisters und auch die Fingerabdrücke waren nicht in der Datenbank.«

»Wir hätten sie mehr durchleuchten müssen«, ärgerte sich Bergman.

»Das waren die Vorgaben von Viola«, rechtfertigte sich Jan. »Begleite eine Freundin auf den Empfang zur Botschaft der Vereinigten Arabischen Emirate.« Er trank einen Schluck Kaffee. »Was wurde überhaupt gestohlen?«

»Darüber schweigen sich die Diplomaten aus. Offensichtlich wurde ein Computer mit sehr sensiblen Daten gehackt und das hat heute Morgen zu hektischen Reaktionen in der Berliner Politik geführt.« Er wischte sich die Hände an einer Serviette ab. »Gott sei Dank war die Nachricht zu spät für die Tagespresse, daher haben wir noch ein paar Stunden Ruhe.«

»Was soll ich machen?«

»Wir sprechen den Grund für deinen Besuch beim Empfang ab«, sagte Bergman, während er wieder in sein Croissant biss. »Mir ist aufgefallen, dass einige meiner Mitarbeiter sich nicht standesgemäß auf diplomatischem Parkett bewegen können, daher habe ich Berater engagiert, die ihnen Manieren beibringen sollen.«

»Du hast Berater eingekauft?«

»Vor einer halben Stunde«, erwiderte Bergman kauend. »Und um diese Maßnahmen zu unterstützen, müssen einige Hauptkommissare eben auf solche Empfänge gehen, quasi als Übung.«

»Das ist nicht dein Ernst.«

»Doch«, erwiderte er mit einem freudlosen Lächeln. »Das liefert uns eine Erklärung für deinen Besuch und ich kann diese ganzen langweiligen Empfänge auf Leute wie dich abschieben.«

»Und wenn wir uns nicht entsprechend benehmen?«

»Dann gebe ich die Schuld den Beratern«, winkte Bergman ab. »Und jetzt trink deinen Kaffee aus und bewege deinen Hintern zurück auf die Straße. Ich will mehr Informationen über deine Begleitung, denn ich glaube nicht, dass dies alles Zufall war.«

* * *

Jan spazierte durch die leere Halle. Die Kronleuchter waren abgehängt, die Tische abgebaut und niemand bewegte sich zu

Musik. Von der Pracht des Ballsaals war nichts mehr erhalten, als hätte Jan nur einen verrückten Traum gehabt. Seine Schritte hallten laut in dem großen Raum, als sein Handy klingelte.

»Mik ist nicht mehr an seinem Platz«, sagte Chandu, als Jan das Gespräch angenommen hatte. »Seit dem Treffen mit dir und Viola ist er nicht mehr dort erschienen.«

»Der Tanzsaal ist ebenfalls ausgeräumt.«

»Viola ist weitergezogen«, vermutete Chandu. »Und in Mik die einzige Verbindung, die wir zu ihr hatten.«

»Ich fühle mich wie eine dumme kleine Marionette«, sagte Jan kopfschüttelnd. »Ich habe mich von Violas exzentrischem Gehabe blenden lassen und eine Diebin in eine der am besten gesicherten Botschaften Berlins geführt. Das war perfekt inszeniert.«

»Wenn es inszeniert war, dann hätte Viola den Käufer engagieren und auf dich hetzen müssen. Außerdem hätte sie vorhersehen müssen, dass ich daraufhin zu Tim gehe und er mir einen Tipp zu Mik gibt. Und das in der kurzen Zeit bis zum Empfang der Botschaft, ganz abgesehen davon, dass du dich hättest weigern können, dorthin zu gehen.«

»Zugegeben etwas viel Verschwörungstheorie«, sagte Jan nach einem Moment. »Aber ich bin mir sicher, dass Pia hinter dem Einbruch steckt.«

»Und wie soll sie das geschafft haben, obwohl du sie nach dem Empfang an der Museumsinsel herausgelassen hast? Sie wird kaum zurückgegangen sein.«

»Sie war wahrscheinlich nur die Trickdiebin, die dem Botschafter die Karte aus der Tasche gezogen hat«, vermutete Jan. »Diese hat sie einem Angestellten übergeben, der bei der Unübersichtlichkeit des Aufräumens in das Büro gegangen ist, wo um diese Zeit niemand war.«

»Oder es war wirklich ein unglücklicher Zufall und Pia war genau das, was sie vorgegeben hat.«

»Das glaube ich nicht, obwohl ich nicht den Hauch eines Beweises für ihre Mittäterschaft habe.«

»Was hast du jetzt vor?«

»Viola war unsere letzte Möglichkeit, mehr über die Angreifer herauszufinden, daher mache ich weiter, wo wir beim letzten Mal aufgehört haben. Ich befrage die Angestellte, die angeblich gestürzt ist und von Combergs Hausarzt behandelt wurde.«

»Sei vorsichtig, Jan«, mahnte Chandu. »Die Typen sind noch da draußen und suchen dich.«

»Mit Brille, Mütze und unrasiert erkennt man mich nicht und solange ich von der Dienststelle und meinem Zuhause wegbleibe, findet mich niemand.«

»Ich höre mich weiter um, ob ich noch irgendwie anders an Viola herankomme«, sagte Chandu. »Und bis dahin halte den Kopf unten, denn wenn die Schläger von der Witwe Comberg engagiert wurden, werden sie dein Herumschnüffeln nicht mögen.«

* * *

Mit einem Glas Ovomaltine-Cola in der Linken browste Max gerade durch seine Mails, als eine neue Nachricht bei ihm eintraf. Der Versender war generisch. Im Betreff stand nur »Information«. Dann ein Link zu einem Filehosting-Dienst sowie zwei Worte. »Wie vereinbart«. Darunter ein kurzes »V«.

Max kontrollierte noch einmal seine Firewall und seine Antiviren-Programme, bevor er auf den Link klickte. Auf dem Monitor erschien eine große gepackte Datei mit zahllosen Bildern und Dokumenten. Als Max das erste geöffnet hatte, weiteten sich seine Augen. Es war ein Grundriss der Kanzlei, in dessen Ecke ein rotes Kreuz war.

»Heilige Scheiße«, entfuhr es ihm. Er stellte das Glas zur Seite und öffnete die nächste Datei. Das Bild eines Serverraums. Mit zittrigen Fingern griff er nach seinem Handy und öffnete seine Kontakte.

»Viola hat geliefert«, schrieb Max in die SMS an Jan. »Ruf! Mich! An!«

* * *

Obwohl es schon Mittag war, wirkte Sina Ponath müde, als hätte sie die Nacht nicht gut geschlafen. Ihre Augen waren gerötet und ihre blonden kurzen Haare standen ungekämmt vom Kopf ab. Sie trug einen hellen Pyjama unter ihrem verwaschenen Bademantel und hatte eine selbst gedrehte Zigarette in der Hand. Jan wunderte sich, dass eine Frau wie Ponath eine Anstellung bei den Combergs gehabt hatte, legte die Familie doch sehr viel Wert auf Stil und ein gepflegtes Äußeres.

»Tommen von der Kripo Berlin«, sagte Jan lächelnd und zeigte seine Marke. »Danke, dass Sie so kurzfristig Zeit für mich haben.«

Sie sah auf das Hämatom, das sich um Jans Nase und die Augen gebildet hatte, dann schlurfte sie wieder hinein, ließ aber die Tür einen Spaltbreit offen. Jan folgte ihr in die Wohnung. Die Luft war verbraucht und es roch nach Zigarettenrauch, aber soweit es die heruntergelassenen Rollläden erkennen ließen, war die Wohnung sauber. Statt in das weiter hinten liegende Wohnzimmer ging Ponath in eine kleine Küche, links neben der Tür. Sie nahm auf einem Schemel Platz und drückte die Zigarette in einem Aschenbecher aus.

»Was wollen Sie?« Ihre raue Stimme passte zu ihrem Aussehen.

»Sie haben es sicherlich schon in der Zeitung gelesen, Ihr ehemaliger Arbeitgeber Ruben Comberg ist getötet worden.«

»Ich war es nicht.«

»Deswegen bin ich nicht hier«, erklärte Jan. »Ich versuche nur, den Grund für seine Ermordung zu verstehen.«

»Fragen Sie seine Angestellten oder Geschäftspartner. Die werden Ihnen genug Gründe liefern.« Sie öffnete eine Schublade und nahm eine Dose mit Tabak heraus.

»Mit den Angestellten habe ich geredet, aber niemand hat sich beschwert.« Jan vermied bewusst, den Hinweis zu dem Hausarzt zu erwähnen.

»Weil Linus sie entsprechend instruiert hat.« Ponath sprach den Namen mit einem verächtlichen Unterton aus.

»Was meinen Sie?«

»Linus ist der verlängerte Arm der Combergs.« Sie nahm eine fertig gedrehte Zigarette aus der Box und steckte sie mit einem billigen Feuerzeug an. »Er sorgt dafür, dass sich alle benehmen.«

»Und wie stellt er dies an?«

»Mit Drohungen und Beleidigungen.« Sie atmete den Rauch hörbar aus.

»Nicht mit Gewalt?«

Ponath sah zu ihm auf. »Warum sind Sie wirklich hier, Herr Tommen?« Einen Moment lang war die Müdigkeit aus ihren Augen verschwunden.

»Haben Sie sich damals wirklich den Arm bei einem Unfall gebrochen oder hatte diese Verletzung einen anderen Grund?«, fragte Jan direkt.

»Sie kennen die Antwort«, entgegnete sie und zog an ihrer Zigarette. »Aber solange Cora am Leben ist, werde ich dazu nichts sagen.« Sie fiel wieder in ihre Müdigkeit zurück.

»Werden Sie erpresst?«, fragte Jan. »Benötigen Sie Hilfe?«

»Sie haben nicht geantwortet«, ignorierte sie die Frage. »Warum sind Sie hier?«

»Ich suche nach einem Motiv für den Mord an Ruben Comberg«, wiederholte Jan. »Zu seinen Geschäftspartnern war er nicht nett und vermutlich war er das auch nicht zu seinen Angestellten. Und wenn das so weit ging, dass er sich an ihnen vergangen hat, muss ich in eine andere Richtung ermitteln.«

»Wenn Sie die Combergs kennen, wissen Sie, dass sie eine Ermittlung dieser Art nicht zulassen werden.« Sie zog wieder an ihrer Zigarette. »Ihr Ruf ist heilig, und um diesen zu bewahren, ist ihnen jedes Mittel recht.«

»Das weiß ich.« Jan deutete auf seine Nase.

Einen Augenblick erstarrte sie in der Bewegung. Dabei fixierte sie ihn mit den Augen, als würde sie den Wahrheitsgehalt der Bemerkung abwägen.

Er zog ein Blatt aus einer mitgebrachten Akte. »Hier ist eine Auflistung aller Angestellten, die bei der Familie Comberg gearbeitet haben oder noch bei ihr sind«, erklärte er. »Sagen Sie mir, wen ich noch dazu befragen kann. Wer hat besonders unter Ruben Comberg gelitten?« Er legte das Papier vor sie.

Ponath überflog die Liste kurz. Dann zog sie einen Kugelschreiber aus einer Schublade und machte einen großen Kreis um alle Namen.

»Ich kenne mich mit der Arbeit der Kriminalpolizei nicht aus«, sagte sie, als sie Jan das Papier zurückgab. »Aber wahrscheinlich werden Sie selten so viele Verdächtige mit einem Mordmotiv gehabt haben.«

* * *

Als ihr Helfer nach dem Frühstück bei ihr anrief, hatte sie auf gute Nachrichten gehofft, aber schon die ersten Worte ließen den stechenden Schmerz in ihrem Kopf zurückkehren.

»Wie kann das sein?«, empörte sich Cora. »Woher weiß dieser widerliche Schnüffler von Sina? Wozu bezahle ich Ihnen ein solches Vermögen?«

»Weil Sie ohne mich nicht wüssten, dass Tommen Ihre ehemalige Angestellte besucht hat«, rechtfertigte sich der Mann. »Obwohl uns Ihr Hausarzt versichert hat, dass die Kripo keine Informationen erhalten hat, habe ich Ponaths Wohnung beschatten lassen. Und wie sich zeigt, nicht ohne Grund.«

»Und woher weiß er überhaupt von dieser … Person?«, fragte Cora. »Es ist nie angezeigt worden.«

»Das ist mir noch ein Rätsel«, gab der Mann zu. »Offiziell wurde Tommen vom Fall abgezogen und die anderen Ermittlungen verlaufen schleppend. Bis zu seinem Besuch bei Ponath dachte ich, dass sich das Problem erledigt hat, aber offensichtlich ist sein Ruf nicht unbegründet.«

»Es kann nicht sein, dass eine einzelne Person mir so viele Probleme bereitet«, fuhr sie auf. »Weisen Sie diesen Widerling endlich in seine Schranken.«

»Wir arbeiten daran«, erklärte der Mann. »Leider hat mein Mitarbeiter Tommen nach dem Gespräch in der U-Bahn verloren, aber wir haben seine Privatadresse und werden ihn befragen. Oder auch gern Ponath, wenn Sie möchten.«

»Lassen Sie diese unbedeutende Schlampe in Ruhe«, sagte Cora. »Aber ich verlange ein unmissverständliches Zeichen an diesen Tommen, dass er seine Nase woanders hinstecken soll. Und wenn Sie ihn nicht fassen können, dann jemand anders. Aber ich gedenke, nicht länger zu warten.«

»Ich kümmere mich darum«, versprach der Mann. »Noch heute.«

Dann legte er auf.

Kapitel 7

Als Jan die Treppe zu Chandus Wohnung hinaufging, drehte er sich auf jedem Stockwerk einmal um und sah nach unten, um sicherzugehen, dass er nicht verfolgt wurde. Er hatte die U-Bahn genommen, war in ein Taxi gestiegen und die letzten Kilometer zu Fuß gelaufen, damit er etwaige Verfolger aufspüren konnte, aber er hatte niemanden bemerkt. Auch im Treppenhaus war es ruhig, daher hastete er die letzten Stufen nach oben, denn er konnte es kaum erwarten, seinen Beanie und die bescheuerte Brille loszuwerden.

Sein Freund öffnete die Tür nur einen Spaltbreit, sodass er gerade hineingelangen konnte. Auf den ersten Blick war alles wie früher, nur waren die schweren Vorhänge im Wohnzimmer zugezogen, die Fenster geschlossen und die Rollläden in der Küche heruntergelassen.

Chandu umarmte ihn. »Wie geht es dir?«, fragte er. »Und wie geht es deiner Frau?«

»Lan genießt die Abgeschiedenheit des Ferienhauses«, erwiderte Jan. »Mir stinkt es, dass sie nicht bei mir ist, dass ich nicht mehr nach Hause kann, sondern quasi aus dem Koffer lebe.«

»Die Dachwohnung in Tempelhof ist gut verborgen und die Tür praktisch nicht zu knacken«, sagte sein Freund. »Wenn du den Querriegel schließt, kann sich niemand einschleichen.«

»Ich bin dir dankbar für den Unterschlupf, aber ich komme nicht wirklich zur Ruhe, weil ich mich ständig umdrehe.«

»Dem wollen wir heute ein Ende setzen«, sagte Chandu und deutete auf die Couch. »Was machen die Ermittlungen zur Botschaft?«

»Bergman ist es gelungen, mich weitgehend rauszuhalten, aber der Einbrecher ist immer noch nicht gefasst. Auch von meiner Begleitung gibt es keine Spur mehr.« Er winkte ab. »Obwohl ich vielleicht daran schuld sein könnte, ist mir die Entwicklung egal. Ich habe wirklich größere Probleme.«

Es läutete an der Tür. »Fast pünktlich.« Chandu ließ den jungen Hacker herein. Ihm folgte die rauchende Zoe, die sich wie immer nicht mit Begrüßungsfloskeln aufhielt, sondern direkt in die Küche lief, um das Essen zu inspizieren.

»Heute gibt es Sushi auf meine Kosten«, sagte Jan von der Couch aus. »Das ist das Mindeste, was ich euch Gutes tun kann.«

»Es ist dein Hintern, der bedroht wird.« Mit der rauchenden Zigarette zwischen den Lippen öffnete Zoe den großen Kühlschrank, griff nach einem Bier und zog mit der anderen Hand eine silberne Servierplatte heraus, die sie daneben auf den Herd stellte. Sie nahm ein Stück und drehte sich suchend um. »Sojasoße?«, fragte sie vorwurfsvoll, an Chandu gerichtet, und legte ihre Zigarette in einen Aschenbecher.

Der große Mann ging an einen Schrank, nahm ein Schälchen heraus und füllte es mit einer dunkelbraunen Flüssigkeit aus einer Flasche. Dann legte er es auf seine Handfläche und reichte es der Rechtsmedizinerin mit einer tiefen Verneigung. *»Dou itashimashite.«*

»Dōmo arigatō«, erwiderte Zoe mit einem Kopfnicken und tunkte das Stück Sushi in die Soße. Sie nahm die Sojasoße und setzte sich auf einen Sessel.

Zwei Minuten später hatte Chandu die Platten auf den Couchtisch gestellt, Jan ein Bier gegeben und Max ein Glas

Cola hingestellt samt Löffel, mit dem er seine Ovomaltine einrühren konnte.

»Die Informationen von Viola waren äußerst ergiebig«, begann Max. »Ich habe so viele Informationen über den Käufer bekommen, dass ich den heutigen Tag gebraucht habe, um das alles zu sortieren.«

»Wenn es so viel über den Typen gibt, warum hat ihn nicht längst jemand plattgemacht?«, fragte Zoe.

»Niemand kennt die Identität des Käufers«, erklärte Max. »Auch Viola konnte ihn bis zu der Kanzlei verfolgen, aber dort arbeiten insgesamt sechs Anwälte und doppelt so viele Angestellte, daher ist die Anzahl der möglichen Verdächtigen sehr hoch.«

»Vielleicht ist das ein kriminelles Konglomerat und alle hängen mit drin«, sprach Zoe ihre Vermutung aus.

»Mehrere Gründe sprechen dagegen«, erklärte Jan. »Erstens scheint der Käufer ein sehr vorsichtiger Mann zu sein, daher würde er niemals fünfzehn weitere Leute in alles einweihen. Zweitens ist die Kanzlei keine Tarnfirma. Alle sechs Anwälte vertreten Mandanten zu unterschiedlichen Fällen.«

»Und drittens hat ein Erpressungsopfer schon einmal eine Angestellte der Kanzlei namens Fadime Adyin entführt und befragt«, sagte Chandu.

»Das klingt nicht gut«, bemerkte Max.

»Ist auch nicht gut ausgegangen«, fuhr er fort. »Adyin ist zwei Tage später neben einer wilden Müllhalde gefunden worden. Und nach der Anzahl der gebrochenen Knochen zu schließen, war es kein schöner Tod.«

»Der Fall ist drei Jahre her und immer noch nicht ganz aufgeklärt«, ergänzte Jan. »Hauptverdächtiger war ein gewisser Xaver Muhr, ein mieser kleiner Immobilienhai, der an neue Häuser kommt, indem er die Bewohner so lange schikaniert, bis sie verzweifelt aufgeben.«

»Und was hatte er mit dem Käufer zu tun?«, fragte Zoe.

»Vielleicht wollte jemand ein Haus, das in Muhrs Besitz war«, vermutete Jan. »Wie auch immer, die Sache ging nach hinten los, denn eine Woche nach dem Leichenfund kam es zu einer Großrazzia der Finanzbehörden, die Muhrs Geschäftsräume durchsucht und einiges gefunden haben. Vor allem versteckte Unterlagen, die in einem geheimen Nebenraum lagerten.«

»Muhr hat nicht mehr viel davon mitbekommen, denn am Tag danach wurde er auf seinem Motorrad von der Straße gedrängt«, sagte Chandu. »Und das bei Tempo 160.«

»Die Rache des Käufers«, vermutete Max.

»Diese Geschichte hat mit zur Legendenbildung beigetragen«, sagte Chandu. »Und da Muhr in der Woche bis zu seinem Tod offensichtlich nichts gegen den Käufer in der Hand hatte, wusste die bedauernswerte Angestellte nichts von den Machenschaften in der Kanzlei. Daher hat das mit der Entführung auch niemand mehr versucht.«

»Klingt nach einem cleveren Drecksack.« Zoe nahm eine Sushirolle von einer Platte und tunkte sie in die Sojasoße.

»Genau den Eindruck habe ich nach dem Gespräch mit Viola auch«, sagte Jan.

»Aber der Käufer ist immer noch aktiv, daher reicht ihr Wissen nicht aus, um ihn zu Fall zu bringen«, schloss Zoe.

»Es ist kompliziert«, sagte Max. »Fangen wir ganz vorne an.« Er drückte eine Taste auf dem Laptop und der Beamer projizierte den Grundriss einer Wohnung an die weiße Wand. »Die Kanzlei erstreckt sich über das ganze Stockwerk. Sechs Büros für die Anwälte, zwei Besprechungsräume, drei Zimmer für die Angestellten, eine Küche, ein Materialraum und ein Serverraum.«

»Die Kanzlei hat einen eigenen Serverraum?«, erwiderte Chandu verwundert.

»Und dazu noch einen ziemlich großen.« Max deutete mit einem Laserpointer auf den Raum in der rechten Ecke. »Und wenn ich mir die Stromabrechnung ansehe, stehen da eine Menge Computer herum, mit weit mehr Rechenpower, als man für eine Kanzlei benötigen würde.«

»Dort hat der Käufer alle seine verfänglichen Daten verstaut«, vermutete Chandu.

»Hacke dich ein und dann ist die Sache erledigt«, sagte Zoe.

»Auf die Idee sind schon andere gekommen«, sagte Max. »Leider mit wenig Erfolg.«

»Es gibt einen Computer, in den der incredible Maximum nicht hineinkommt?«, fragte Zoe.

»Der incredible Maximum kann nur Computer hacken, die in irgendeiner Form mit der Außenwelt verbunden sind«, erklärte er. »Das ist eine Insellösung und man kommt nur mit einem Workplace innerhalb der Kanzlei an die Daten.«

»Es wäre nicht unser erster Einbruch«, sagte Zoe.

»Da sind wir beim nächsten Problem«, erklärte Jan. »Denn das ist eine verdammte Festung. Wir würden vielleicht vors Büro kommen, aber sobald sich jemand an den Türen zu schaffen macht, rückt der Wachdienst an.«

»Die Eingangstür zur Kanzlei hat ein elektronisches und ein physisches Schloss«, sagte Max. »Wir benötigen einen Sicherheitsschlüssel für den Querbalken und eine elektronische Ident-Karte. In der Kanzlei sind außerdem Bewegungsmelder und Kameras installiert. Weiterhin ist der Serverraum eigenständig geschützt, ebenso wie die Server selbst.«

»Maximale Paranoia«, sagte Chandu.

»Dafür, dass der Käufer so vorsichtig ist, habt ihr ziemlich viele Informationen bekommen«, wunderte sich Zoe.

»Als ich Viola bei unserem Treffen nach der Quelle gefragt habe, wurde sie verschlossen«, sagte Jan. »Anscheinend haben sie und andere Betroffene ordentlich Geld zusammengelegt, die besten Einbrecher der Branche engagiert und einen Angestellten der Wachfirma dazu gebracht, eine Stunde in die andere Richtung zu sehen. Doch selbst das hat nicht genügt. Sie kamen zwar in den Serverraum, aber nach der Türöffnung ist ein weiterer Alarm losgegangen, der die Polizei auf den Plan gerufen hat.«

»Zwei unterschiedliche Sicherheitssysteme«, schloss Chandu.

»Wenn man das weiß, warum startet man keinen weiteren Versuch?«, wollte Zoe wissen.

»Weil hineinzukommen alleine nicht genügt«, erklärte Max. »Die Server sind in einem abgeschlossenen Raum, umgeben von einer hochwertigen Panzerwand, die einbruchssicher sowie feuerfest ist und sogar einem Tsunami standhalten könnte. Und da haben wir noch nicht einmal versucht, die ganze Sicherheitssoftware zu umgehen.«

»Laut deiner Aussage kann alles gehackt werden«, erwähnte Chandu.

»Es gibt kein perfektes System«, stimmte Max zu. »Aber hier spielt der Zeitfaktor eine Rolle. Wegtragen können wir die Server nicht und vor Ort müssten wir insgesamt drei physische Sicherheitssysteme knacken, nämlich die Tür zum Büro, die Tür zum Serverraum und den Schutz des Servers selbst. Selbst wenn wir das mit einem Wunder alles überbrücken, habe ich noch immer keinen Zugriff auf die Daten.«

»Dann mache die Daten unbrauchbar«, schlug Chandu vor. »Stell einen großen Magneten auf und alles ist platt.«

»Die Zeiten der magnetischen Datenträger sind vorbei«, sagte Max. »Das funktioniert jetzt nach dem Prinzip der Flash-Speicherung. Bis zu einem gewissen Maß halten die selbst Wasser und Beschädigung aus.«

»Und was machen wir jetzt?«, fragte Zoe.

»Ich weiß es nicht«, antwortete Max frustriert. »Wenn wir den Käufer nicht überführen können, kommen wir nicht weiter.«

»Wir können ja Cora Comberg höflich fragen«, schlug Chandu vor.

»Erstens sind wir uns nicht vollkommen sicher, dass sie dahintersteckt«, sagte Jan. »Zweitens kann ich mir nicht vorstellen, dass die Vereinbarungen von Angesicht zu Angesicht getroffen werden. Mehr als eine schwer nachzuverfolgende E-Mail oder Telefonnummer sowie die Daten zu einem Offshore-Konto werden wir selbst im besten Fall nicht herausbekommen.«

»Dann müssen wir das Gebäude mit der Kanzlei dauerüberwachen, bis wir etwas haben«, sagte Chandu.

Jan wollte gerade eine Erwiderung geben, als sein Handy vibrierte. »Das ist Patrick«, sagte er mit Blick auf das Display und nahm das Gespräch an.

»Ich bin auf dem Weg zu Bergmans Haus«, begann Patrick ohne Begrüßung. Man konnte die Sirene im Hintergrund hören. »Die Nachbarn haben eine Schießerei gemeldet.«

»Jemand hat auf Bergman geschossen?« Jan sprang von der Couch auf.

»Weiß ich noch nicht, aber die Polizisten vor Ort haben den Notarzt gerufen«, antwortete sein Kollege. »Du kommst besser sofort vorbei, denn ich habe kein gutes Gefühl bei der Sache.«

* * *

Da Chandu ihn direkt zum Tatort gefahren hatte, musste Jan keine Zeit damit verschwenden, seinen Beanie samt Brille aufzuziehen und den Kopf unten zu halten. Schon die Kreuzung vor Bergmans Haus war von zahllosen Fahrzeugen abgesperrt, deren Blaulicht die Nacht taghell erscheinen ließ. Überall zogen schwer bewaffnete Polizisten durch die Straßen. Das Motorengeräusch eines Hubschraubers dröhnte laut und Scheinwerfer erhellten das Haus des Kripochefs.

Jan rannte an den Polizisten vorbei, sprang über eine Absperrung und lief auf das Grundstück. Die Tür zum Haus war offen und ein Kollege vom KDD sah besorgt nach innen, als zwei Sanitäter mit einer Trage herauskamen.

»Dr. Bergman!«, rief Jan, als er den Kripochef darauf liegen sah. Eigentlich duzten sie sich, aber in der Öffentlichkeit hielten sie die Formalien ein. »Wie geht es ihm?«, wandte er sich an den Notarzt neben der Trage.

»Ein Schuss durch den Arm mit entsprechendem Blutverlust«, antwortete dieser. »Wir checken ihn im Krankenhaus durch, röntgen die Verletzung und geben ihm eine Transfusion, wenn nötig.«

»Hallo, ich bin hier«, sagte Bergman von der Trage. »Und offensichtlich nicht tot.«

»Alles wird gut«, sagte Jan und drückte seine Hand. »Die Ärzte werden ihr Bestes geben.«

»Ich habe einen durchschossenen Arm«, erwiderte der Kripochef launig. »Keinen Kopftreffer.«

»Wir stehen das mit Ihnen durch.«

»Kannst du mit dem melancholischen Gerede aufhören«, empörte Bergman sich. »Ich liege nicht im Sterben, daher ist dieser Zirkus übertrieben.« Er deutete auf seinen Arm. »Verbindet die Wunde und gebt mir einen Scotch.«

»Sie haben viel Blut verloren«, erwiderte der Notarzt. »Außerdem muss ich nachsehen, ob der Knochen im Arm getroffen wurde.«

»Und warum kann ich nicht zum Krankenwagen laufen?«

»Wie schon erwähnt, kann es aufgrund des Blutverlustes zu Schwindel oder sogar zur Ohnmacht kommen«, erklärte der Mann geduldig. »Und es wäre unvorteilhaft, wenn zur Schusswunde noch eine Kopfverletzung hinzukommt.« Er nickte den Männern mit der Trage zu.

»Das ist Schikane«, beschwerte sich Bergman, als die Sanitäter weitergingen.

Eine Zeit lang verfolgte Jan die Diskussion zwischen dem Notarzt und dem Kripochef, bis sich die Tür des Krankenwagens schloss und dieser mit Blaulicht davonraste.

Patrick kam aus dem Haus und fuhr sich über das Gesicht. Er wirkte sichtlich angespannt. »Was für ein Irrsinn. Ich habe beinahe einen Herzinfarkt bekommen, als mich eine Streife informiert hat, dass eine Schießerei auf Bergmans Grundstück gemeldet wurde. Aber nach seinem Fluchen zu schließen, geht es ihm doch besser als befürchtet.«

»Was ist passiert?«

»Laut Bergman sind zwei Männer auf das Gelände gekommen und haben ihn mit einer Waffe bedroht«, berichtete Patrick. »Das hat ihm gar nicht gefallen, daher hat er seine Pistole gezogen, was schließlich zu einem Schusswechsel geführt hat.« Er kratzte sich am Kopf. »Ich habe nicht gewusst, dass Bergman überhaupt noch eine Dienstpistole hat.«

»Das wundert mich auch«, erwiderte Jan, der ahnte, warum sein Chef diese eingesteckt hatte. Es fiel ihm sichtlich schwer, seinen Kollegen nicht einzuweihen, doch je weniger Personen von den wahren Hintergründen wussten, umso besser war es für die Sicherheit aller. Auch für die von Patrick. »Konnten die Angreifer ermittelt werden?«

»Sie trugen Skimasken.« Er stellte sich neben die Tür. »Bergman wollte gerade ins Haus gehen, als die beiden Männer hinter der Eibe hervorkamen.« Er deutete nach rechts zu einem mannshohen Gebüsch mit roten Beeren. »Da einer von ihnen bewaffnet war, ist Bergman in die Wohnung gesprungen und hat seine Pistole gezogen. Daraufhin hat der Eindringling das Feuer eröffnet.« Patrick deutete auf das gesplitterte Holz am Türrahmen. »Dann hat Bergman zweimal geschossen. Die erste Kugel traf einen etwa zwei Meter großen, muskulösen Mann in die Brust. Da dieser anscheinend eine Kevlar-Weste getragen hat, wurde er nur zurückgeworfen. Der nächste Schuss traf den zweiten unbewaffneten Mann ins Bein, der schreiend zu Boden gefallen und in Deckung gekrochen ist.« Patrick deutete auf eine Blutspur auf dem Weg, die von ihrer Position bis zur Einfahrt ging.

»Gibt es eine Beschreibung zu ihm?«

»Er trug wohl einen Anzug und einen Mantel, aber wegen der Skimaske und der Dunkelheit konnte Bergman nicht mehr sagen.«

Jan nickte. Er wusste genau, wer die Männer waren und was sie hier gewollt hatten.

»Der Waffenlose hat ziemlich geschrien, als ihn die Kugel getroffen hat, was unseren Chef mit großer Zufriedenheit erfüllt hat.«

»Es würde mich auch wütend machen, wenn mir jemand zu Hause auflauert.«

Einen Augenblick betrachtete Patrick nachdenklich Jans gebrochene Nase.

Sein Kollege war eigentlich viel zu clever, als dass Jan das Lügengebäude noch lange aufrechterhalten könnte. »Meinem Zinken geht es schon besser«, lenkte er ab. »Wenn ich in Zukunft aufs Fahrradfahren verzichte, bleibe ich unverletzt.«

»Der Beinschuss hat die Angreifer dazu gebracht, sich zurückzuziehen«, fuhr Patrick fort. »Dabei hat der Große sein Magazin in Richtung des Hauses leer geschossen, wahrscheinlich um ihren Rückzug zu decken. Eine der Kugeln ist auf dem Stein abgeprallt und hat Bergman am Arm getroffen.«

»Wie sind die Männer entkommen?«

»Mit einem Auto, das Bergman aber nur davonrasen gehört hat. Ein Nummernschild konnte er aus seiner Deckung nicht erkennen.«

»Vielleicht hat einer der Nachbarn etwas bemerkt, denn die Schießerei wird in dieser ruhigen Gegend jeder gehört haben«, sagte Jan.

»Der KDD und die Kollegen von der Polizei sind schon bei der Befragung.«

»Straßensperren?«

»Dazu ist es zu spät«, sagte Patrick. »Um diese Nachtzeit könnten die Angreifer überall hingefahren sein.«

»Hat Bergman gesagt, was die Männer von ihm wollten?«, fragte Jan, obwohl er die Antwort schon kannte. »Wie ein typischer Raubüberfall hört sich das nicht an.«

»Kein Wort«, sagte Patrick. »Sie wollten ihn ins Haus drängen, aber da hatte Bergman seine Waffe schon gezogen. Mit so wenig Auskunft wage ich keine Prognose. Wir befragen ihn morgen dazu.«

»Ich schließe mich mit Max kurz. Er soll sich an seinen Computer setzen. Vielleicht finden sich irgendwo Aufnahmen von einem Auto, das sich mit hoher Geschwindigkeit von hier entfernt hat.« Er nahm sein Handy aus der Tasche und ging ein paar Schritte vom Tatort weg.

»Bist du noch bei Chandu?«, fragte Jan, als sein Freund abgenommen hatte.

»Ja. Wir sind alle noch hier«, antwortete Max. »Wie geht es Bergman?«

»Ein Schuss durch den Arm, ansonsten in Ordnung. Aber die Angreifer waren dieselben Drecksäcke, die mich vor meiner Wohnung abgefangen haben.«

»Das geht nicht lange gut«, hörte er Chandus Stimme im Hintergrund. »Wir müssen den Käufer aus dem Verkehr ziehen.«

»Wenn wir nicht an die Daten in der Kanzlei kommen, weiß ich nicht, wie uns das gelingen soll.«

»Wir sprengen das ganze Gebäude in die Luft und schieben es auf den Gasversorger«, sagte Zoe.

»Bei der massiven Bauweise müsste es schon ein ziemlicher Badabumm sein«, bemerkte Chandu.

»Außerdem wird der Käufer irgendwo eine Sicherheitskopie der Daten haben«, ergänzte Jan. »Dann sind wir auch nicht weiter.«

»Das mit dem Back-up glaube ich aus zwei Gründen nicht«, widersprach Max. »Erstens müsste eine Kopie genauso gut gesichert sein wie die Server und zweitens kann man die Menge an Daten nicht einfach auf einen USB-Stick aufspielen und in einen Tresor stecken. Dazu benötigt es einen Spiegelserver und der ist ähnlich groß wie die Computer im Büro.«

»Die Männer arbeiten ohne Sicherheitskopie?«, wunderte sich Chandu.

»Wahrscheinlich ist der Spiegelserver in dem Raum integriert, falls es mit einer Festplatte technische Probleme gibt, denn bei der Menge an Sicherheitsvorkehrungen müssen sich die Betreiber keine Sorgen um physische Beschädigung machen. Daher können die beiden Server nebeneinander stehen.«

»Also wären die Daten weg, wenn man die Server zerstören würde?«, fragte Chandu.

»Höchstwahrscheinlich.«

»Ich sage doch, sprengen«, bemerkte Zoe.

»Gibt es vielleicht eine weniger radikale Idee?«, wollte Jan wissen.

»Spontan fallen mir nur Dinge ein, die laut sind und lange dauern«, sagte Chandu.

»Kann man nicht von den Stockwerken darüber eingreifen?«, fragte Zoe. »In den Filmen klappt das auch immer und in einer Praxis für Physiotherapie werden die Sicherheitsmaßnahmen nicht so extrem sein.«

»Besorge mir einen Bohrer, mit dem man sich lautlos durch eine Decke arbeiten kann, dann ist das kein Problem«, sagte Chandu. »Aber bis ich mit konventionellen Mitteln durch bin, sind die Schläger in der Kanzlei, und vor der Tür wartet die Polizei, weil dort zwanzig Anrufe wegen Lärmbelästigung eingegangen sind.«

»Vielleicht gibt es da etwas«, sagte Max nachdenklich. Dann hörte man seine Finger über die Tastatur fliegen.

»Von einem lautlosen Bohrer hätte ich gehört«, sagte Chandu.

»Mein Problem bisher war, dass in unseren Überlegungen die Server unversehrt bleiben mussten, damit die Daten ausgelesen werden konnten«, erklärte Max. »Wenn es aber darum geht, alles unwiederbringlich zu löschen, muss ich weniger Rücksicht nehmen.«

»Es geht darum, die Server zu zerstören, nicht den Häuserblock«, stellte Jan noch einmal klar.

»Spielverderber«, murrte Zoe.

»Lasst mich kurz mit meinem Freund Becker telefonieren«, sagte Max.

»Wir sollten keine Unbeteiligten mit in diese Sache ziehen«, mahnte Jan.

»Ich muss nur in sein Chemielabor. Den Grund braucht er nicht zu erfahren.«

»Was willst du in einem Chemielabor?«, fragte Jan.

»Aluminiumgranulat besorgen«, erwiderte Max. »Und irgendwo finde ich noch eine rostige Eisenstange.«

»Ich habe keine Ahnung, wovon du redest«, entgegnete Jan verwundert.

»Kümmert ihr euch darum, dass ich ohne Probleme in die Praxis für Physiotherapie im Stockwerk darüber komme, dann mache ich die Server platt«, sagte Max. »Und wenn dies der einzige Wissenspool des Käufers ist, wacht er am nächsten Morgen auf und hat nichts mehr.«

* * *

Es war schwierig für Jan, in seinem Versteck zu bleiben und die Akten allein durchlesen zu müssen. Ihm fehlten der morgendliche Plausch mit den Kollegen an der Kaffeemaschine und die Frotzeleien der Union-Fans, wenn die Hertha verloren hatte, eben all die Kleinigkeiten, die ihn sein Büro vermissen ließen. Er konnte nichts mehr spontan im Internet zu essen bestellen und zu sich kommen lassen. Das Einloggen ins Sportforum war ein ebenso großes Risiko wie das Abrufen seiner privaten Mails, wusste er doch nicht, ob der Käufer ihm irgendeinen Trojaner aufspielen konnte, der seinen Standort verraten würde.

Vor allem vermisste er Lan, ihre Stimme, ihr Lächeln und den Geruch ihrer Haare, wenn sie morgens aus der Dusche kam. Ihm fehlte ihre Berührung, wenn sie neben ihm im Bett lag, den Kopf in seinem Arm und leise atmend. Dank Max' Spezialhandys konnte er wenigstens mit ihr telefonieren, aber nach jedem Gespräch war er umso trauriger, konnte er doch nicht sagen, wann all das vorbei sein würde.

Frustriert schob er die Akten zur Seite, zog sich eine Mütze über und schlüpfte in seine warme Jacke. Auf dem Weg nach unten schob er noch seine Brille auf die Nase. Der Herbst war im Kommen, also zog er den Schlauchschal bis zum Kinn hoch, was seine Verkleidung komplett machte.

Er spazierte durch Charlottenburg, vorbei an Kneipen, in denen er schon gefeiert hatte, und Restaurants, deren Speisekarten zum Einkehren lockten, aber er musste alles meiden, was typisch für ihn war, also bog er nicht in den Kurfürstendamm ein, um über die Einkaufsstraße zu flanieren und sich eine Currywurst zu kaufen, sondern blieb in den Nebenstraßen. Einzig einen kurzen Spaziergang über den Savignyplatz gönnte er sich. Wie gern hätte er sich auf eine Parkbank gesetzt, aber es waren trotz des kühlen Wetters zu viele Leute unterwegs, also spazierte er weiter, an einem Klettergerüst vorbei und einer Schule mit einem großen Sportplatz, bis er einen kleinen Dönerladen nahe der Bismarckstraße gefunden hatte. Er wollte gerade hineingehen, als sein Handy klingelte.

»Hi, Alter«, meldete sich Chandu, nachdem er das Gespräch abgenommen hatte. »Alles okay bei dir?«

»Ich bin gerade an der frischen Luft«, sagte Jan. »So schön deine Wohnung auch eingerichtet ist, aber mir fällt vor lauter Akten die Decke auf den Kopf.«

»Bezüglich des Versteckens habe ich leider keine guten Nachrichten«, erklärte sein Freund. »Ich habe einen Bekannten darauf angesetzt, die Gegend um eure Wohnung zu beobachten, und er hat in den letzten beiden Tagen viermal einen Wagen herumfahren sehen, der dem aus deiner Beschreibung ähnelt. Nur mit einem anderen Kennzeichen.«

»Das werden meine Freunde sein.«

»Irgendwann merken auch die, dass du nicht mehr zu Hause bist, und werden die Suche erweitern.«

»Dann sollten wir froh sein, dass ich in Berlin wohne und nicht in einem oberbayrischen Dorf«, sagte Jan. »Denn zwischen drei Millionen Menschen lässt es sich leichter untertauchen.«

»Du weißt, über welche Ressourcen der Käufer verfügt«, mahnte Chandu.

»Solange ich mich anders kleide und von meinen vertrauten Orten fernhalte, kriegt er mich nicht.«

Jan sah mit Bedauern in den Dönerladen. Wie gern hätte er dort verweilt und etwas mit dem türkischen Besitzer geplaudert, der gerade die Stehtische abwischte.

»Nun, zumindest eine gute Nachricht habe ich, denn der Besitzer der Praxis für Physiotherapie ist sehr aktiv in den sozialen Medien, was es Max leicht gemacht hat, seine Gewohnheiten herauszufinden«, sagte Chandu. »Nick Lerner ist geschieden, Fußballfan und auf der Suche nach einer Frau.«

»Damit lässt sich schon was anfangen.«

»Jeden Freitag geht er nach der Arbeit zu seiner Lieblingskneipe, bevor er um zwanzig Uhr weiter zu einer Sportsbar läuft, um das Freitagsspiel anzusehen«, fuhr Chandu fort.

»Wir benötigen seine Sicherheitskarte, damit wir in das Gebäude kommen.«

»Dafür habe ich schon eine Idee, aber bei der Sache muss Zoe mitspielen.«

»Bei krummen Dingern muss man sie eigentlich nicht lange bitten.«

»Das ist auch mein Gedanke«, stimmte Chandu zu. »Aber für meinen Plan muss sie sich etwas … öffnen.«

»Was meinst du mit öffnen?«

»Vielleicht besser, du weißt es nicht«, erwiderte Chandu. »Alles andere erkläre ich dir, nachdem ich mit ihr geredet habe.«

* * *

»Warum muss ich immer solche Sachen machen?«, beschwerte sich Zoe.

»Weil du die einzige Frau von uns vieren bist und unser Ziel offensichtlich heterosexuell ist, sonst wäre es nicht bei einer Singlebörse und würde immer wieder Fotos mit freiem Oberkörper in seinem Profil einstellen.«

»Aber ich bin nicht hetero«, sagte Zoe. »Keine Ahnung, was man einem Mann sagen muss, um seine Aufmerksamkeit zu erregen.«

»Du sagst gar nichts, du lässt deine Brüste sprechen.«

Zoe zog eine Augenbraue hoch. »Ich will ja nicht die promovierte Ärztin heraushängen lassen, aber Brüste können nicht sprechen.«

»Das war im übertragenen Sinne gemeint«, erwiderte Chandu. »Wenn suchende Männer wie Nick Lerner Brüste sehen, verändert sich etwas in ihrem Gehirn, was an der Wanderung des Blutes von dort in andere Körperregionen liegen soll.«

»Etwas vereinfacht ausgedrückt, aber ich weiß, worauf du hinauswillst.« Zoe zog an ihrer Zigarette.

»Dafür trägst du diesen großzügigen Ausschnitt.« Er deutete auf ihre tiefgeschnittene Bluse, was Zoe mit einem mürrischen Brummen quittierte.

»Beschwer dich nicht«, fuhr er fort. »Du wolltest doch immer unter die Taschendiebe gehen.«

»Aber nicht, indem ich jeden Spongo zum Gaffen einlade.«

»Für unser Ziel ist das die perfekte Ablenkung, die du nutzen kannst, um ihm den Geldbeutel aus der Tasche zu klauen. Und wie das funktioniert, haben wir zwei Stunden lang geübt.«

»Die Aufmerksamkeit auf etwas anderes ziehen und ihn irgendwo mit der Linken berühren, damit er die Rechte nicht bemerkt, die das Portemonnaie klaut.«

Chandu hob lächelnd den Daumen. »Außerdem habe ich ihm bis dahin schon ein paar K.-o.-Tropfen in sein Getränk getan, daher wird er nicht besonders aufmerksam sein.« Er deutete in die Bar.

»Wenn du der Spezialist für Taschendiebstahl bist, warum klaust du nicht die Sachen?«

»Hast du mal meine Hände gesehen?« Er hob seine Rechte. »Die sind so groß, dass ich maßgefertigte Handschuhe benötige und mir nichts in die Hosentasche stecken darf, weil ich die Hand sonst nicht mehr herausbekomme. Wie soll ich damit etwas klauen?«

Zur Antwort brummte Zoe missgelaunt, warf ihre Zigarette weg und ging in die Kneipe. Chandu kam einen Moment später hinzu.

Für Berliner Verhältnisse war die Bar unspektakulär, ein langer Raum mit einer Theke, die fast die ganze Wand entlang reichte. Gegenüber standen einige schmale Tische, an denen kaum Platz zum Sitzen war. Aus alten Lautsprechern klang Rockmusik der Siebziger, was gut zu dem Publikum aus meist älteren, unrasierten Männern in verwaschenen Band-T-Shirts passte.

»Oh, verdammt«, sagte Zoe. »Ich werde echt zu schlecht bezahlt für so einen Mist.« Einige Männer drehten sich interessiert um, aber sie ignorierte die Blicke, ging zur Bar und bestellte drei Tequila.

Währenddessen drängte sich Chandu durch die schmale Lücke zwischen Theke und Tischen, bis er den gesuchten Mann erreicht hatte. Der Physiotherapeut hatte einen zotteligen Vollbart und kurze graue Haare, deren ungleicher Schnitt entweder auf einen schlechten Friseur oder einen gescheiterten Selbstversuch mit einer Schneidemaschine hindeutete. Er nippte an einem Bier und war in sein Handy vertieft, auf dem irgendein Sport-Livestream lief.

Chandu griff in die Jackentasche und nahm das Fläschchen mit den K.-o.-Tropfen in die Hand. Er drückte mit dem Daumen den Verschluss ab und klemmte sie zwischen Zeige- und Mittelfinger.

»Herr Lerner?« Chandu blieb vor dem Tisch stehen. »Sind Sie nicht Nick Lerner?«

Der Mann sah von seinem Handy auf und blickte unsicher zu ihm hoch. »Ja«, sagte er zögerlich, sichtlich eingeschüchtert von der muskulösen Gestalt vor ihm.

»Sie hatten vor einem Jahr meine Freundin Marie in Behandlung«, erklärte Chandu. »Und seitdem hat sie keine Probleme mehr mit dem Rücken.«

Lerner stand auf. »Das freut mich.« Nach seinem Gesichtsausdruck zu schließen, hatte er keine Ahnung, wovon der Fremde zu reden schien.

»Sie sind der Beste.« Chandu umarmte den Mann mit der Linken und drückte ihn fest an sich. Währenddessen zog er seine Rechte aus der Tasche und schüttete den Inhalt des Fläschchens in das Bierglas. Dann ließ er ihn wieder los. »Einen schönen Abend noch«, verabschiedete er sich und ging wieder zum Ausgang.

Auf dem Weg nach draußen nickte er Zoe unmerklich zu, die gerade ihren dritten Tequila in einem Zug austrank. Offensichtlich hatte sie keine Lust, aber die K.-o.-Tropfen zusammen mit ihrem guten Aussehen würden ihre Aktion zu einem Kinderspiel werden lassen.

Sicherheitshalber stellte sich Chandu neben den Eingang und sah verstohlen durch ein Fenster. Bei Zoe wusste man nie, was schiefgehen konnte. Und es wäre das erste Mal gewesen, dass alles glatt gelaufen wäre.

* * *

Als Chandu und Zoe um die Ecke kamen, atmete Jan erleichtert aus.

»Hat alles geklappt?«

»Natürlich«, antwortete sie.

»Und warum fährt ein Einsatzwagen mit Blaulicht in Richtung Kneipe?« Er deutete auf das vorbeirasende Auto.

»Das lag an einer Erziehungsmaßnahme auf dem Weg nach draußen.« Zoe zog ihr silbernes Etui aus der Handtasche und nahm eine Zigarette heraus.

»Welcher Erziehungsmaßnahme?«

»Nicht weiter wichtig.« Chandu reichte ihm einen dunkelbraunen Geldbeutel. »Wir haben alles bekommen. Da ist die Sicherheitskarte für das Bürogebäude drin.«

Ein weiterer Einsatzwagen rauschte vorbei, während drei Männer eilig aus Richtung der Kneipe gerannt kamen, als wären sie auf der Flucht.

»Könnte ich vielleicht etwas mehr Details zu diesem Einsatz bekommen?«, drängte Jan, was Zoe zu einem mürrischen Stöhnen verleitete.

»Unser Plan hat perfekt funktioniert«, begann Chandu. »Ich habe ihm eine kleine Menge K.-o.-Tropfen ins Bier getan und Zoe hat sich danach an Lerner herangeschmissen.«

»Trotz mangelnder Körperhygiene und kratzigem Bart«, ergänzte sie.

»Zwei Minuten später hatte sie seinen Geldbeutel aus der Tasche gezogen«, fuhr Chandu fort. »Während Lerner langsam in das Reich der Träume versank, ist Zoe wieder hinaus. Dabei hat sich ihr aber ein angetrunkener junger Mann in den Weg gestellt, auf ihre Brüste gedeutet und eine wenig charmante Bemerkung gemacht.«

»Also habe ich ihm in die Klöten getreten«, sagte Zoe achselzuckend.

»Was unter den Umständen ein angemessenes Verhalten war«, fügte Chandu hinzu.

Ein weiterer Einsatzwagen raste mit lauter Sirene an ihnen vorbei.

»Deswegen kommt es zu so einem Aufmarsch?«, fragte Jan ungläubig.

»Bedauerlicherweise ist in der Bar nicht viel Platz, daher ist der junge Mann nicht zu Boden gesunken, sondern ist auf einem Tisch gelandet und hat dort alle Gläser abgeräumt«, beschrieb Chandu. »Die betroffenen Biertrinker haben Zoes neuen Freund daraufhin weggestoßen, worauf dieser auf einer Gruppe älterer Biker gelandet ist, die gerade einen Geburtstag gefeiert hat.«

»Ich kann mir denken, wie es weiterging«, sagte Jan.

»Ich möchte nur darauf hinweisen, dass ich an der folgenden Meinungsverschiedenheit der Gäste nicht beteiligt war.« Chandu hob abwehrend die Hände. »Ganz im Gegenteil. Ich musste unsere Prinzessin sogar aus der Bar holen.«

»War doch lustig«, erwiderte sie. »Wir hätten ruhig noch etwas bleiben können.«

»Spätestens als der Tisch durch die Scheibe geflogen ist, war es Zeit zu gehen.«

»Darf ich euch erinnern, dass wir hier einen Einbruch durchführen wollen?«, fragte Jan.

»Vergessen Sie nicht die Sachbeschädigung und die Körperverletzung, Herr Hauptkommissar«, ergänzte Chandu lächelnd.

»Danke, dass du mich daran erinnerst«, erwiderte Jan verdrießlich. »Aber da unsere legalen Möglichkeiten ausgeschöpft sind und ich an meiner Gesundheit hänge, bleibt uns keine Wahl.«

»Ein gutes Argument, diesen höchst illegalen Einsatz zu rechtfertigen«, entgegnete Chandu.

»Lerner kriegt die nächsten Stunden sowieso nichts mehr mit und hat keine Erinnerung mehr an den Abend. Die zwei Minuten Zuschauen hätten keinen Unterschied gemacht«, beschwerte Zoe sich.

»Max sitzt im Auto und jammert unaufhörlich über den Bart in seinem Gesicht«, sagte Jan. »Außerdem wissen wir nicht, wie lange wir für diese Aktion benötigen, daher sollten wir früh anfangen, denn wenn die ersten Mitarbeiter in die Kanzlei kommen, muss alles gelaufen sein.«

»Der Bart ist wegen der Sicherheitsvorkehrungen im Gebäude«, erklärte Chandu. »Wenn der Nachtwächter die Karte mit dem Besucher vergleicht, sollte eine gewisse Übereinstimmung zu Lerner vorhanden sein.«

»Mir musst du das nicht erklären, sondern dem Hackergenie mit dem Chemiebaukasten und dem Diamantbohrer in der Tasche.«

Jan deutete hinter sich zum Auto. »Und jetzt ab nach Mitte. Es wird Zeit, eine Rechnung zu begleichen.«

* * *

In den Filmen sahen Einbrüche immer cool aus, dachte sich Max, als er das Bürogebäude betrat. Glücklicherweise war der Empfang nicht besetzt und die Drehtür auch in der Nacht offen. Aber schon nach fünf Metern kam das erste Hindernis in Form zweier Vereinzelungsanlagen. Statt einer einfachen Schranke in Hüfthöhe bestanden diese aus einer Kabine mit hohen Glasscheiben, die es unmöglich machte, ohne Sicherheitskarte hinein- oder herauszukommen. Wäre Max erst einmal drinnen, würde er auf diesem Weg nicht mehr entkommen können, sollte der Wachmann den Zugang sperren.

Zwei hochwertige Kameras waren direkt auf den Eingang gerichtet. Sie hatten eine hohe Auflösung und konnten selbst bei schlechten Lichtverhältnissen noch gute Ergebnisse erzielen. Mit den integrierten Bewegungssensoren würde die Sicherheitszentrale außerdem eine Nachricht erhalten, dass jemand das Gebäude betreten hatte; daher war es eine gute Idee gewesen, einen Bart zu tragen, obwohl dieser höllisch juckte.

Max senkte den Kopf tief genug, dass man seine Augen nicht sehen konnte, aber wiederum nicht so weit, dass es auffällig war. Als er die Karte an den Leser hielt, leuchtete ein grünes Licht auf und ein Klicken ertönte.

»Das erste Hindernis ist überwunden.« Er wischte sich die schweißigen Hände an der Hose ab. »Ich gehe zum Fahrstuhl.« Auch hier hielt er den Kopf leicht gesenkt, damit die Kameras ihn nicht voll erfassen konnten. Eine Minute später stand er vor Lerners Praxis für Physiotherapie. Drinnen angekommen, machte er kurz das Licht an und sah sich um, aber er konnte weder eine Kamera entdecken noch war eine Alarmanlage neben der Tür, die er ausschalten musste.

»Ich hatte recht«, sagte er erleichtert. »Lerner hat keine weiteren Sicherheitsmaßnahmen installiert.«

»Das Gebäude ist gut gesichert«, vernahm er Jans Stimme in seinem Ohrhörer. »Und in einer Praxis für Physiotherapie gibt es kaum leicht zu transportierende Dinge von Wert, im Vergleich zu einer IT-Firma oder eben einer Kanzlei.«

»Die Jalousien sind heruntergelassen, aber ich will so wenig wie möglich Verdacht erregen, daher bleibe ich unauffällig.« Max schaltete das Licht wieder aus und zog ein

Stirnband mit einer Halogenleuchte auf. Erleichtert stellte er seine schwere Tasche ab, nahm das Tablet aus seinem Rucksack und betrachtete den Grundriss der Kanzlei. »Der Serverraum ist unter einem Behandlungszimmer.« In dem Nebenraum schob er eine Liege unter das Fenster und begann das Glas abzukleben.

»Aktuell sind die Kollegen von der Polizei noch in Lerners Lieblingsbar«, sagte Jan. »Tatsächlich spielt uns das in die Karten, denn bei dem Chaos ist der Verlust seines Geldbeutels erst einmal nicht verdächtig.«

»Gern geschehen!«, rief Zoe aus dem Hintergrund.

»Ich beginne mit der Präparation«, erklärte Max. »Das benötigt fünf Minuten. Dann kommt mein Zauberbohrer ins Spiel.«

»Ist das eine Metapher für etwas, zu dem ich keine Details haben will?«, fragte Zoe.

»Ich erkläre es dir später«, erwiderte Max. »Von meiner Seite aus könnt ihr mit dem Projekt Ablenkung beginnen.«

»Nur noch die Jacke, dann gehe ich los«, hörte er Jans Stimme.

»Ich schaffe schon mal das schwere Gerät vor das Gebäude.« Chandu schien begeistert in die Hände zu klatschen. »Das wird ein Riesenspaß.«

* * *

Eigentlich mochte Götz die Nachtschicht. Nur wenige Mieter arbeiteten noch, niemand parkte vor der Feuerwehrzufahrt und er konnte sich die Krawatte sparen, weil er nicht am Empfang sitzen musste. Die kleine Sicherheitszentrale war an das lokale Internet angeschlossen, sodass er über sein Handy das Freitagsspiel ansehen konnte, während er ab und zu gelangweilt auf die Bildschirme starrte. Götz hatte die Füße auf das Kontrollpult mit der Tastatur gelegt, die Pizzaschachtel auf dem Schoß und die Flasche mit alkoholfreiem Bier in der Linken. Das Spiel war unterbrochen, weil der Schiedsrichter mit dem Videoassistenten diskutierte. Götz wollte gerade einen Schluck trinken, als er einen Mann in orangener Kleidung in das Bürogebäude hineingehen sah. Er sah sich hektisch um, ging dann zum Empfang und nahm das Telefon auf dem Tresen ab.

Noch bevor er die Pizzaschachtel und das Bier abgestellt hatte, klingelte der Anschluss auf seiner Seite.

»Hallo?«, sagte der Mann, während Götz seinen Hörer ans Ohr hielt. »Ist da jemand?« Der Besucher drückte hektisch auf die Gabel, was ein ständiges Klicken erzeugte.

»Einfach reden. Nicht draufhauen«, sagte Götz genervt. »Was gibt es?«

»Schumacher von der Kanalreinigung«, stellte sich der Mann vor und rückte seine Brille gerade. »Wir haben einen Rückstau im Kanal.«

»Ja, und?«

»Die Scheiße steht fast bis zur Bordsteinkante, wenn Sie mir diese Bemerkung erlauben«, sagte der Mann im breiten Berliner Dialekt und kratzte sich in seinem unrasierten Gesicht. »Wenn wir nicht in den Kanal vor dem Haus einsteigen, läuft die ganze Jauche über.«

»Warum kommen Sie damit zu mir?«, wunderte sich Götz.

»Der Kanaldeckel ist leider verzogen und wir müssen einen Teil der Straße aufbohren. Das wird ziemlich laut. Nur dass Sie die Bewohner des Hauses vorwarnen.«

»Das ist ein Bürogebäude. Die meisten Mieter sind schon weg.«

»Dann ist ja alles gut, Meister.« Er tippte sich an die Mütze. »Zehn Minuten und wir sind wieder weg.« Er legte den Hörer auf und verließ die Vorhalle.

»So laut wird es schon nicht werden«, murmelte Götz und nahm die Pizzaschachtel wieder auf den Schoß.

Doch er sollte sich täuschen.

* * *

Mit einem letzten Ruck durchbrach der Diamantbohrer die Decke. Vorsichtig legte Max die schwere Maschine zur Seite und blickte durch das faustdicke Loch. Direkt unter ihm leuchteten die zahllosen LEDs des Serverraums. Er nahm sein Handy und schrieb Zoe eine SMS, dass er mit dem Bohren fertig sei. Der Lärm von draußen war ohrenbetäubend. Obwohl er seine Freunde nicht sehen konnte, hörte er Chandus Presslufthammer und Jans kreischende Kreissäge, als wären sie einen Meter neben ihm.

Nachdem er die SMS abgeschickt hatte, dauerte es nicht lange, bis auch dieser Lärm aufhörte. Während Max den Bohrer einpackte, klang Chandus Stimme durch das Telefon.

»War das ein Spaß«, sagte der große Mann begeistert.

»Mein Respekt vor Bauarbeitern ist in den letzten zehn Minuten enorm gestiegen«, ergänzte Jan. »Ich hätte nicht geglaubt, dass das Bedienen einer großen Kreissäge so anstrengend sein kann.«

»Ich fahre auf die Rückseite des Gebäudes«, bemerkte Zoe. Max hörte das Auto starten. »Bei dem Lärm haben mindestens hundert Leute bei der Polizei angerufen und sich beschwert.«

»Wir haben fast nichts kaputt gemacht«, rechtfertigte sich Chandu. »Die Gehwegplatten waren schon vorher schief.«

Max sah zur Eingangstür und wischte sich den Schweiß von der Stirn. »Ich habe noch keinen Besuch bekommen, daher scheint der Wächter nicht gemerkt zu haben, dass auch im Gebäude gebohrt wurde.«

»Was ist mit der Sicherheitsanlage?«, fragte Jan.

»Ich höre nichts. Wenn es keinen stillen Alarm gegeben hat, ziehen wir das durch.«

»Ich habe mit dem Mann in der Sicherheitszentrale nur kurz telefoniert, aber besonders aufmerksam oder misstrauisch ist er mir nicht vorgekommen«, sagte Jan.

»Auf jeden Fall waren Violas Pläne richtig, denn ich bin direkt über dem Serverraum rausgekommen.«

»Und wie willst du durch die Schutzwand gelangen, die sogar eine explodierende Handgranate aushalten würde?«, fragte Jan.

Max nahm grinsend einen Behälter in der Größe eines Reagenzglases aus dem Rucksack. »Thermit.«

»Hui«, sagte Chandu. »Da wäre ich jetzt gern dabei.«

»Ein Hoch auf die Projektwoche Chemie in der neunten Klasse«, sagte Max.

»Was ist an Thermit so spektakulär?«, wollte Zoe wissen. »Anzünden und los geht's?«

»Bei der exothermen Reaktion entstehen Temperaturen von bis zu 2 400 Grad Celsius«, erklärte Max. »Wenn die Verbrennung zu groß wird, spritzt das heiße Metall unkontrolliert umher und steckt alles rundum in Brand. Dann bleibt nur noch rennen.« Er legte den Behälter auf den Boden neben dem Loch. »Deswegen habe ich auch nichtmagnetisches Hämatit durch magnetisches Magnetit ersetzt, damit die Mischung besser kontrollierbar bleibt. Aber der Erfolg dieser Sache ist davon abhängig, was in der Schutzverkleidung um die Server verbaut ist. Sollte sich darin irgendwas mit Aluminium befinden, hat sich unser Problem sowieso erledigt, weil dann das ganze Stockwerk abfackelt, da weder Wasser noch Sand oder irgendetwas anderes das Feuer löschen können.«

»Und du hältst das für eine gute Idee?«, fragte Jan.

»Ich habe nur kleine Mengen Thermit in mehreren Portionen vorbereitet, die sich einigermaßen kontrollieren lassen.«

»Wie lange brauchst du dafür?«, fragte Jan.

»In einer halben Stunde müsste alles bereit sein«, sagte Max. »Dann zünde ich die Ladungen, verlasse das Gebäude und wir können Lerners Geldbeutel in der Nähe einer Polizeiwache ablegen.«

»Wenn er morgen in die Praxis kommt, wird er andere Probleme haben«, bemerkte Zoe.

»Als Mieter wird das Loch nicht seine Sorge sein«, erklärte Chandu. »Und ein Alibi hat er außerdem.«

»Ich platziere die Ladungen«, sagte Max lächelnd und wickelte einen Draht um das Reagenzglas. »Und dann lassen wir das Feuerwerk beginnen.«

* * *

»Was soll das heißen, alles zerstört?«, schrie Benedikt in sein Telefon. »Die Schutzwände des Servers sind feuerfest.«

»Irgendjemand hat sich von oben durchgebrannt«, erklärte sein Mitarbeiter. »Die Computer sind geschmolzen.«

»Darin ist unser ganzes Wissen«, erwiderte Benedikt. »Wenn das kaputt ist, haben wir nichts mehr.«

»Weiß ich, Boss.«

»Für was zahle ich zweihunderttausend im Jahr?«

»Der Berater hat mir versprochen, dass die Server und die Schutzmechanismen das Neuste auf dem …«

»Dein Berater ist ein Arschloch!«, schrie Benedikt. »Nur, dass du es verstehst. Wenn die Server kaputt sind, haben wir keine Bilder, keine Videos und keine Telefonmitschnitte. Wir können die Zahlungen der Konten nicht mehr verwalten und unsere Lieferanten nicht mehr bezahlen.« Er schnippte mit dem Finger. »Wir sind einfach weg und alle auf unserer Liste werden hinter uns her sein.«

»Ich habe dir gleich gesagt, dass wir die Sicherheitskopien woandershin hätten auslagern sollen.«

»Wohin? Nach China? Oder auf die Philippinen?«, fragte er. »Wo ich keine Ahnung habe, was damit gemacht wird und wer sie einsehen kann? Und sich vielleicht noch irgendein Geheimdienst Zugriff verschafft?«

Benedikt verfluchte die Schmerzen in seinem Bein, aber mit der Schusswunde konnte er sich kaum von der Couch auf die Toilette begeben, also konnte er auch nicht schnell in die Kanzlei fahren, um sich einen Eindruck von dem Chaos zu verschaffen. Vor allem wenn die Polizei noch vor Ort war, wäre es verdächtig gewesen, wenn er sich dort nur mit einem Gehstock fortbewegt hätte.

»Ich rufe mal die Computerfuzzis an«, erklärte sein Gesprächspartner. »Vielleicht können die noch was retten.«

»Und bis dahin halten wir die Füße still und warten, bis die Kripo wieder abgezogen ist«, sagte Benedikt. »So lange verkaufen wir es als Einbruch und behaupten, dass jemand die Arbeit der Kanzlei sabotieren wollte.«

»In Ordnung, Boss. Wenn …«, hörte er noch, aber dann war das Gespräch weg.

Benedikt wählte die Nummer noch einmal, aber sein Handy fand kein Netz. »Was zum Teufel …?«, schrie er, als die Tür mit einem Knall aufflog.

Kapitel 8

»Sie haben recht, Herr Abgeordneter«, sagte Bergman besänftigend. »Ich finde auch, dass der Vandalismus in den letzten Jahren zugenommen hat.«

Der Mann am Telefon erwiderte etwas.

»Nein, wir hatten bisher noch keinen Fall, bei dem eine Bande Verrückter den Boden mit Presslufthammer und Kreissäge aufgerissen hat«, bemerkte er. »Und es tut mir leid, dass Sie um Ihren Nachtschlaf gebracht wurden.«

Bergman hielt kurz den Hörer von seinem Ohr, war ihm die Stimme des aufgebrachten Mannes doch zu laut.

»Nein. Ich glaube nicht, dass die Feuerwehr die Sirenen in der Nacht leiser stellen kann, aber ich verspreche, dass wir alles tun werden, um die Täter zu fassen.« Bergman unterdrückte ein Stöhnen. »Sobald die Feuerwehr den Bereich wieder freigegeben hat.«

Sein Gesprächspartner sagte wieder etwas.

»Nein, ich glaube nicht, dass das Feuer mit dem aufgerissenen Gehweg in Zusammenhang steht«, log er. »Aber ich halte Sie über die Ermittlungen auf dem Laufenden, Herr Abgeordneter.« Dann legte er den Hörer wieder auf.

»Tommen, Tommen«, sagte Bergman seufzend. »Hoffentlich hat sich der Wahnsinn gestern Nacht gelohnt.«

* * *

Der erste Eindruck war immer wichtig, aber Viola musste zugeben, dass sie sich den Käufer eindrucksvoller vorgestellt hatte. Der Mann, der gerade von der Couch aufgesprungen war, trug ein ungebügeltes weißes Hemd und eine Jogginghose, deren rechtes Bein hochgekrempelt war, sodass man den weißen Verband am Unterschenkel sehen konnte. Die lockigen schwarzen Haare standen ihm ungewaschen vom Kopf ab. Außerdem hätte ihm eine Rasur gutgetan.

Als der Mann versuchte, aus dem Kamin eine verborgene Pistole herauszuziehen, war Viola sicher, dass sie zumindest einen engen Vertrauten gefasst hatten, denn ein einfacher Anwalt hatte keine versteckten Schusswaffen in der Wohnung. Selbst in Berlin nicht. Ob er wirklich der Käufer war, würde sich gleich herausstellen. Bevor er die Waffe auf sie anlegen konnte, war Mik bei ihm angekommen, riss sie ihm aus der Hand und stieß ihn zurück auf die Couch.

»Verdammter Wichser!«, schrie der Mann mit zusammengebissenen Zähnen und griff sich an sein Bein. Offensichtlich schienen die Schmerzmittel nicht zu wirken.

»Lieber Benedikt Draus«, begann Viola. »Bitte lassen Sie uns zivilisiert miteinander umgehen.« Sie hatte keine genaue Vorstellung, wie viel der Käufer über sie wusste, daher hatte sie ihr Gesicht mit einer eleganten venezianischen Maske bedeckt, während Mik eine Motorradhaube vorgezogen hatte.

»Was ist an einem Überfall am Morgen zivilisiert?«, fragte er mit Blick auf das Türschloss, das kaputt im Rahmen hing.

»Da Sie beim Angriff auf den Kripochef eine Pistole getragen haben, musste ich davon ausgehen, dass Sie bewaffnet sind«, antwortete Viola in ruhigem Ton. »Deshalb hat mein Mitarbeiter dieses Vorgehen vorgeschlagen.«

»Von welchem Überfall reden Sie?«

»Herr Draus.« Ihre Stimme klang wie die einer Lehrerin, die einen Schüler bei einem Streich erwischt hat. »Ich weiß, dass Sie der Käufer sind oder zumindest eng mit ihm zusammenarbeiten.«

»Von wem reden Sie?«

Mik schlug ihm mit dem Handrücken ins Gesicht. Eigentlich war sie kein Freund von Gewalt, aber es würde nicht lange dauern, bis die Kripo bei Draus vorbeisehen würde, daher musste sie sich beeilen.

»Geduld ist nicht unsere Stärke, aber ich nehme mir trotzdem einen Moment Zeit, um Ihnen meine Schlussfolgerung zu erklären«, sagte sie. »Wir wissen, dass die Kanzlei mit den zugehörigen Servern die Zentrale eines Erpressers namens ›Käufer‹ ist. Einerseits weil wir die Mitarbeiter dieser Person bis zu diesem Ort verfolgt haben, andererseits weil die dortigen Server bei Weitem die Kapazität einer Kanzlei übersteigen.«

»Und was hat das mit mir zu tun?«

»Weiterhin habe ich aus zuverlässiger Quelle erfahren, dass der Käufer ein Interesse daran hat, dass die Untersuchungen zum Tod von Ruben Comberg eingestellt werden. Um dies zu bewerkstelligen, wurden sowohl Hauptkommissar Tommen als auch der Kripochef Bergman von verschiedenen Seiten erpresst, was kürzlich zu einer Schießerei im Privathaus des Kripochefs geführt hat.«

»Letzteres stand in jeder Zeitung.«

»Dass einem der Angreifer vom Kripochef ins Bein geschossen wurde, war nicht zu lesen.« Sie deutete lächelnd auf seinen bandagierten Unterschenkel. »Daher haben wir die Kanzlei beobachtet und sind die Liste der Angestellten durchgegangen. Seit dem Abend des Überfalls ist nur ein Anwalt nicht erschienen, und das sind Sie. Soll ich also meinen Mitarbeiter bitten, die Wunde an Ihrem Bein zu überprüfen, oder unterlassen Sie weitere Versuche einer Scharade?«

»In Ordnung«, sagte Draus. »Was wollen Sie?«

»Alles, was Sie in Ihrem lockigen Köpfchen haben, und zwar über Leute, die mir nicht freundlich gesinnt sind.«

»Dafür hatte ich den Server«, antwortete er. »Damit ich mir nichts merken musste.«

Mik schlug ihm wieder ins Gesicht.

»Beleidigen Sie nicht meine Intelligenz.« Ihre Stimme wurde schärfer. »Niemand in der Position des Käufers würde sich ausschließlich auf einen Computer verlassen.«

Draus fuhr sich über die blutende Lippe.

»Und wenn Sie sich als nützlich erweisen, helfe ich Ihnen, einigermaßen ungeschoren aus der Sache herauszukommen«, fuhr sie fort. »Ansonsten lasse ich meinen Rachegefühlen freien Lauf für all den Ärger, den Sie mir in den Jahren gemacht haben.«

»Ich habe nichts gegen Sie oder Ihre Tochter, Viola«, erwiderte Draus. »Das war rein geschäftlich.«

Sie packte ihn am Kragen und zog ihn zu sich. Jetzt wusste sie, dass sie mit dem Käufer sprach. »Meine Tochter hat nichts mit meinen Geschäften zu tun. Aber gut, dass Sie es erwähnen, denn wir fangen genau damit an. Wer hat sich die Mühe gemacht, ihr in Neuseeland hinterherzuspionieren, und wer hat gedroht, ihr etwas anzutun, sollte ich meine Geschäftspartner nicht aus dem Bauprojekt in Blankenburg zurückziehen?«

Draus hob die Hände. »Sagen Sie, wie Sie mir helfen können, dann bekommen Sie alles, was ich weiß.«

»Ich glaube, zwischen uns gibt es ein Missverständnis.« Viola ließ ihn wieder los. »Sie beantworten meine Fragen und wenn mir die Informationen gefallen, liefere ich Sie nicht den Albanern aus, denen Sie auf sehr unfeine Art einen Waffenschmuggel verdorben haben.«

»Die Russen haben mich dafür bezahlt«, rechtfertigte er sich.

»Diese Geschäfte interessieren mich nicht«, sagte Viola. »Aber wer meiner Tochter hinterherspioniert, umso mehr. Also fangen Sie zu reden an, sonst nimmt der Tag kein gutes Ende für Sie.«

* * *

Patrick wollte gerade die Dienststelle verlassen, um sich einen Smoothie für sein Mittagessen zu kaufen, als ihm ein Mann in einer Jogginghose und einem zerknitterten Hemd auffiel, der auf den Empfang zuhumpelte. Er schwitzte stark, seine lockigen Haare standen fettig von seinem Kopf ab, die Wange war geschwollen und die Lippe blutig, als hätte ihn jemand geschlagen.

»Ist alles in Ordnung?«, fragte Patrick, als er zu ihm ging.

»Wurde ich verfolgt?« Der Mann drehte sich ängstlich um.

»Ich glaube nicht«, antwortete Patrick verwundert. »Und selbst wenn, sind Sie auf der Dienststelle sicher. Wie kann ich Ihnen helfen?«

Er wischte sich den Schweiß von der Stirn. »Mein Name ist Benedikt Draus«, sagte er mit zittriger Stimme. »Ich muss sofort mit Hauptkommissar Tommen sprechen.«

* * *

Als Jan aus dem Verhörzimmer kam, stellte er sich zu Bergman, der das Gespräch von draußen mitgehört hatte. Der Kripochef hatte sich geweigert, länger als eine Nacht im Krankenhaus zu bleiben. Er wirkte äußerlich unverändert, obwohl er manchmal abwesend über seinen Arm streifte, an dem ihn die Kugel getroffen hatte.

»Ich weiß nicht, was hier gerade passiert, aber das ist wie Weihnachten und Ostern zusammen«, sagte Jan verwundert. »Ich hatte kaum mit dem Verhör angefangen, als Draus nicht nur den Überfall auf mich, sondern auch die Schießerei bei dir gestanden hat.«

»Alleine dafür könnten wir ihn schon lange wegsperren«, sagte Bergman.

»Er verlangt aber eine Kronzeugen-Regelung, bei der er straffrei davonkommt.«

»Der Käufer ist einer der schlimmsten Erpresser in der Geschichte Berlins. Ich kann mir nicht vorstellen, dass sich ein Richter oder Staatsanwalt darauf einlässt.«

»Er hat mir eine Liste von Kriminellen aufgeschrieben, zu denen er uns vertrauliche Daten und Interna geben kann.« Jan reichte dem Kripochef ein Stück Papier.

»Das ist ziemlich beeindruckend«, sagte Bergman, als er sie überflogen hatte.

»Außerdem will er mir alles zu Comberg sagen und warum ihn die Witwe engagiert hat«, fuhr Jan fort.

»Also ist es Cora Comberg, die hinter allem steckt«, sagte Bergman.

Jan nickte. »Aber ohne Draus' Aussage hilft uns das wenig, denn die meisten Beweise sind heute Nacht geschmolzen.«

»Lass ihn nicht aus den Augen.« Bergman steckte die Liste in sein Jackett. »Ich telefoniere mit ein paar Leuten und bespreche die Sache. Heute Abend hat Draus ein Angebot vorliegen.«

»Und wenn er auspackt, wird es mir ein Vergnügen sein, Cora Comberg persönlich auf die Wache zu begleiten«, erwiderte Jan lächelnd.

* * *

Anstatt in der Küche zu stehen und zu kochen, hielt Chandu einen Besenstiel in der Hand und bewegte sich anmutig zur Musik von »Buena Vista Social Club« durch sein Wohnzimmer, als würde er mit einer attraktiven Frau tanzen. Zoe saß auf der

Couch, die Platte mit Antipasti in der Rechten und eine Flasche gekühlten Wodka in der Linken. Für Max hatte Jan alle Energydrinks gekauft, die er im Supermarkt finden konnte. Daraufhin hatte der junge Hacker die Dosen und Flaschen in einer Reihe aufgestellt, wobei er eine nach der anderen probierte. Die weniger gut schmeckenden schob er weg, während er die anderen in einen Krug kippte. Alleine die Vorstellung, etwas von dieser Mischung trinken zu müssen, ließ Jan erschauern.

»Feiern macht deutlich mehr Spaß als arbeiten«, sagte Chandu, nachdem er den Besen zur Seite gelegt und sich auf die Couch gesetzt hatte.

»Das haben wir uns verdient.« Jan prostete ihm mit einer Bierflasche zu. »Wir haben nicht nur die Angriffe auf mich und Bergman aufgeklärt, sondern einen berüchtigten Erpresser gefasst und zu einem Deal mit der Staatsanwaltschaft bringen können. Und dann noch die Verhaftung von Cora Comberg.« Er seufzte zufrieden. »Ihr hättet ihr Gesicht sehen sollen.«

»Das haben wir.« Chandu deutete auf die Zeitung auf dem Couchtisch. »Denn irgendein Insider hat kurz zuvor die Presse über die Verhaftung informiert, was zu einem beeindruckenden Auflauf von Journalisten und Fotografen geführt hat.«

»Ich würde auch gern wissen, wer innerhalb unserer Dienststelle dafür verantwortlich war«, sagte Jan in gespieltem Bedauern. Er sah kurz zu Max, der diese Bemerkung mit einem breiten Grinsen erwiderte. »Nicht auszudenken, was das für den Ruf der Familie Comberg bedeutet.«

»Und dazu noch die Anstiftung zu Erpressung und Körperverletzung«, ergänzte Chandu.

»Ich möchte ja nicht die gute Stimmung verderben, aber wir haben weder den Mörder von Natalja Gehder noch den von Ruben Comberg gefasst.« Zoe trank einen Schluck Wodka.

»Weiß ich, und wir haben immer noch keine heißen Spuren, aber trotzdem werde ich mir nach all dem Wahnsinn einen freien Tag genehmigen.« Jan trank einen Schluck Bier. »Ich muss mich nicht mehr ständig umdrehen, kann wieder zu Hause schlafen und Lan kommt morgen zurück aus Brandenburg.« Er hob seine Flasche. »Wenn das kein Grund zum Feiern ist.«

»Es sei dir gegönnt.« Chandu nahm sein Glas mit Gin Tonic vom Tisch und prostete ihm zu.

»Soll keine Beschwerde sein.« Zoe nahm eine große Olive vom Tablett. »Von mir aus können wir das jede Woche machen.«

Jan stöhnte, als sein Handy pingte. »Mein Gott, wer will heute Abend noch etwas von mir? Ich übernehme erst morgen wieder die Mordkommission.«

»Wie gehen die Ermittlungen weiter?«, wollte Chandu wissen. »Suchen wir nach einem Mörder, der beide getötet hat, oder waren es doch zwei Täter?«

»Die möglichen Zusammenhänge zwischen beiden Taten sind schwach«, erklärte Jan, während er sein Handy aus der Tasche holte. »Ganz ausschließen will ich es noch nicht.« Er sah auf das Display. »Aber vielleicht haben sich unsere Überlegungen bald erledigt, denn die KTI hat am Tatort des Comberg-Mordes DNS-Spuren eines mehrfach vorbestraften Gewalttäters namens Ewald Zierks gefunden.«

»Evil Zierks?«, wunderte sich Chandu. »Ich wusste gar nicht, dass der wieder draußen ist.«

»Was du für Freunde hast«, bemerkte Zoe kauend.

»Freunde sind wir nicht. Evil ist ein unberechenbarer Irrer mit Spaß an Gewalt«, erklärte Chandu. »Deswegen war er auch mehrfach im Gefängnis, wo er besser aufgehoben ist als auf der Straße.«

»Die Akte über Zierks ist dicker als ein Brockhaus-Lexikon«, sagte Jan mit Blick auf das Display. »Ich habe mehr als zwanzig Anzeigen wegen Körperverletzung, alleine im Jahr 2018.«

»Stell noch eine Null hinter die zwanzig, dann passt es eher«, sagte Chandu.

»Zierks hat dreieinhalb Jahre wegen besagter Körperverletzung abgesessen und ist seit August diesen Jahres wieder draußen«, erklärte Jan.

»Was die Kriminalitätsstatistik wieder nach oben schnellen lassen wird«, bemerkte Chandu. »Doch wenn es um Gewaltverbrechen geht, ist er ein guter Kandidat und niemand wäre überrascht, wenn er Comberg zu Tode geprügelt hätte.«

»Ich klinge bestimmt so langweilig wie Jan, aber warum hat er das gemacht?«, wollte Zoe wissen.

»Evil Zierks benötigt keinen Grund«, sagte Chandu. »Es genügt, dass Comberg ihn schief angeschaut hat.«

»Kannst du dich umhören, bei wem Zierks unter Sold steht oder wo er sich herumtreibt?«, wandte sich Jan an seinen Freund.

»Dürfte bei seiner Bekanntheit kein großes Problem werden«, antwortete Chandu. »Sieh es als erledigt an.«

Jan nickte ihm dankend zu und stellte sein Bier auf den Couchtisch. »Die Feier ist für mich vorbei«, sagte er bedauernd.

»Heute Nacht kannst du sowieso nichts mehr machen, also können wir auch weiterfeiern«, bemerkte Max.

»Außerdem habe ich die neuste Version des Karaoke-Programms heruntergeladen«, ergänzte Chandu.

»Für die Nachbarn ist es besser, wenn wir diese Aktivität heute ausfallen lassen.«

»Rede nur für dich«, sagte Chandu pikiert. »Mein ›Strangers in the Night‹ hat fast Sinatra-Niveau.«

»Vielleicht ein anderes Mal«, erwiderte Jan mit gequältem Lächeln. »Wenn Zierks ein Gewohnheitsverbrecher ist, werden wir ihn nicht zu Hause antreffen, nachdem er einen Mord begangen hat. Um ihn zu fassen, werde ich morgen früh einen klaren Kopf benötigen.«

»Klingt spießig.« Zoe prostete ihm mit dem Wodka zu. »Aber gute Nacht.«

»Vielleicht löst sich dieser wirre Fall bald auf.« Jan hob die Hand zum Abschied. »Dann machen wir weiter, wo wir heute Abend aufgehört haben.«

* * *

Ewald Zierks war genau, wie Chandu ihn beschrieben hatte. Mehr Vorstrafen, als Jan zählen konnte, und wenn man dem Bericht eines Gutachters Glauben schenkte, gab es keine Aussicht auf Besserung. Bei den Verhandlungen hatte er Richter beleidigt, Staatsanwälte bedroht und sogar seinen Anwalt verprügelt. Das Foto in seiner Akte erfüllte alle Vorstellungen, die man von einem solchen Mann hatte. Zwei Meter groß, Muskeln wie ein Bodybuilder und schlecht gestochene Tätowierungen bis zum Hals. Sein Gesichtsausdruck erinnerte an einen tollwütigen Bullterrier kurz vor dem Angriff, mit eingedrückter Nase und gefletschten Zähnen. Seine Augen waren zugeschwollen, trotzdem konnte man noch unbändigen Hass darin erkennen, als er in die Kamera starrte. Wer immer Zierks verhaften musste, war nicht zu beneiden.

Es klopfte an der Tür. Jan hob den Kopf und sah Patrick mit einer Tasse Kaffee an den Rahmen gelehnt stehen. »Was hältst du von unserem neuen Verdächtigen?«

»Für einen Kindergeburtstag würde ich ihn nicht buchen«, antwortete Jan.

»Wir haben keine direkte Verbindung zu Comberg gefunden und Zierks hat auch nicht zum Team des Käufers gehört, aber nach seiner Akte zu schließen, braucht er keinen Grund, um jemanden zu erschlagen.«

»Nach den Zeugenaussagen im Park gibt es eine Spaziergängerin, die einen Mann von Zierks' Gestalt dort gesehen hat. Allerdings trug er wohl einen Schal und eine Mütze, daher ist es eher ein schwaches Indiz.«

»Die Fahndung ist seit gestern Abend draußen, bei seiner letzten bekannten Adresse war er nicht aufzufinden.«

»Wo genau wurde Zierks' DNS am Tatort gefunden?«, fragte Jan.

»Am Baum, von dem der Ast abgerissen wurde«, erklärte Patrick. »Um dorthin zu gelangen, muss man vom Weg drei Schritte weggehen, daher ist Zierks nicht zufällig daran vorbeigeschrammt.«

»Das mit der DNS ist eindeutig, dennoch kann ich mir die Szene nicht so ganz vorstellen.« Jan kratzte sich am Kinn. »Bisher sind wir davon ausgegangen, dass der Mörder auf Comberg gewartet hat. Der Ort des Überfalls war gut gewählt und es gab keine Zeugen für die Tat, doch wenn man durch Zierks' Akte blättert, ist alles an ihm impulsiv und ungeplant. Auflauern und eine Waffe präparieren ist nicht sein Stil.«

»Zierks ist noch keine vierundzwanzig Stunden unser Verdächtiger«, sagte Patrick. »Möglicherweise finden wir eine Verbindung zwischen ihm und einer Angestellten von Comberg. Und wenn diese Zierks von den Misshandlungen erzählt hat, hätten wir den gesuchten Zusammenhang und ein Motiv.«

* * *

Chandu traf Frank in seinem Lieblingsfitnessstudio an, wo er mehr Zeit verbrachte als irgendwo sonst. Der Laden war leicht zu übersehen, wenn man ihn nicht direkt suchte, denn die Mitglieder schätzten Ruhe und Abgeschiedenheit, doch außer diesen beiden Dingen gab es keinen Grund, warum man hier trainieren sollte. Die Luft war stickig, weil sich die verdreckten kleinen Fenster nicht öffnen ließen. Der raue Betonboden war schmutzig und die Wände unverputzt. Die Geräte waren so abgegriffen, dass sie wahrscheinlich vor dem Bau der Mauer gekauft worden waren. Einzig die Scheiben der Gewichte wirkten neu, wobei sich Chandu nicht vorstellen konnte, dass diese auf legalem Weg besorgt worden waren.

Frank lag auf einer Bank, hundertvierzig Kilo auf der Hantel, die er mit einer Leichtigkeit hochstemmte, als wäre er beim Aufwärmen. Obwohl er die fünfzig schon überschritten hatte, waren seine Armmuskeln nach wie vor beeindruckend. Als wollte Frank noch nicht wahrhaben, dass seine Zeit als professioneller Bodybuilder vorbei war, war er immer noch stark gebräunt, trug ein ärmelloses T-Shirt und um den Hals eine Goldkette.

Nachdem er die Stange auf dem Halter abgelegt hatte, stand er auf und streckte Chandu die Hand hin.

»Wie geht es dir, Frank?«, fragte Chandu und schlug ein.

»Hab schon mehr gestemmt, aber kann mich nicht beklagen. Was führt dich in dieses Loch?«

»Ich brauche ein paar Leute zum Einschüchtern«, sagte Chandu.

»Da bist du bei mir richtig.« Frank griff nach einem Becher mit einer dicken gelblichen Flüssigkeit und trank sie in einem Zug aus. »Ich kann etwas nebenher gebrauchen.«

»Könnte hässlich werden, daher würde ich dich gern rauslassen«, erwiderte Chandu.

»Das macht meinem Zinken nichts mehr aus.« Er deutete grinsend auf seine flach gedrückte Nase.

»Du bist ein zuverlässiger Mann, der nicht zurücksteckt, aber kugelsicher bist du nicht.«

»Wird eine harte Nummer?«, fragte er ernst.

Chandu nickte.

»Da kenne ich nur wenige Typen, die das mitmachen.«

»Ich brauche nur einen«, sagte Chandu. »Evil Zierks.«

Frank zog seine dünnen Augenbrauen hoch. »Bist du sicher, dass du Evil in deinem Team haben willst? Der Typ ist nicht zu kontrollieren.«

»Und weil das jeder weiß, will ich ihn. Dann hat sich die Sache vielleicht schon erledigt, bevor die Knarren gezogen werden.«

»Hab ihn ein- oder zweimal hier rumstreichen sehen, nachdem sie ihn aus dem Knast gelassen haben.« Frank stellte seinen Becher auf den Boden. »Hat nach Arbeit gesucht, aber ich konnte ihm nicht helfen, hab aber versprochen mich umzuhören, damit er mich in Ruhe lässt.«

»Und wo finde ich ihn?«

»Hat mir gesagt, dass er am Hermannplatz herumhängt«, antwortete Frank. »Da verkaufen Mitglieder seiner alten Gang Drogen oder irgendeinen anderen Mist.«

»Das ist ein Anfang«, sagte Chandu.

»Ich habe keine Ahnung, was du vorhast, Kumpel.« Frank setzte sich zurück auf die Hantelbank. »Aber pass mit Evil Zierks auf. Der ist nicht mehr richtig im Kopf und wenn dem irgendwas nicht passt, dreht er durch.«

* * *

Als Jan in die Einsatzzentrale kam, war die Anspannung über den bevorstehenden Zugriff schon zu spüren. Alle starrten auf die Bildschirme und verfolgten den Livestream einer Kamera, die auf dem Helm eines SEK-Beamten befestigt war. Jan erkannte den dreckigen Vorplatz eines Hochhauses. Die Wände waren voller Graffiti, und leere Bierflaschen lagen in von Ratten angefressenen Mülltüten.

»Der Tipp mit dem Hermannplatz hat uns auf seine Spur gebracht«, flüsterte ihm Patrick zu. »Nach einer Geldgefälligkeit hat uns eines von Zierks' ehemaligen Gangmitgliedern zu seinem Unterschlupf geführt.« Er deutete auf den großen Hauptmonitor. »Wir haben mehrere Bestätigungen, dass er eine Kellerwohnung bezogen hat. Leider sind die Fenster mit

Brettern verbarrikadiert und die Wände so dick, dass wir mit den Wärmekameras nicht durchkommen.«

»Ist er in der Wohnung?«

»Er wurde seit Tagen nicht mehr gesehen, weder am Herrmannplatz noch von seinen Nachbarn.«

»Vielleicht ist er ausgeflogen?«

»Werden wir gleich herausfinden«, sagte Patrick. »Aber solange wir uns nicht sicher sind, gehen die Kollegen vom SEK von einer hohen Gefährdung aus.«

»Das würde ich auch empfehlen«, bemerkte Jan.

Ein lauter Knall ertönte, als die Tür mit einer Ramme aufgeschlagen wurde.

»Rein!«, klang der Befehl eines Mannes durch das Mikrofon. Das Bild wackelte stark. Lichtkegel von Lampen tanzten umher. Es war schwer, etwas zu erkennen, aber auf den ersten Blick wirkte Zierks' Wohnung sehr unordentlich. Kleidung war verstreut. In einer Ecke standen leere Bierkästen. Auf einer abgewetzten Couch lagen Verpackungsreste eines Fast-Food-Restaurants.

»Was stinkt hier so?«, fragte ein Einsatzbeamter.

»Wir haben Zierks«, rief ein anderer.

Der SEK-Beamte mit der Kamera lief in ein Badezimmer. Im Licht seiner Lampe konnte man einen großen Mann am Boden liegen sehen. Er war aufgedunsen. Seine Haut hatte eine gräuliche Färbung und Schaum war aus seinem Mund gelaufen. Maden hatten sich in seiner rechten Augenhöhle eingenistet und zahllose Mücken flogen auf, als das Licht sie traf.

»Von Größe, Statur und den Tätowierungen an seinem Hals zu schließen ist das Ewald Zierks«, sagte der Mann vom SEK.

Patrick ging an das Mikrofon auf einer Konsole und drückte einen Knopf. »Was ist mit ihm passiert?«, fragte er. »Seht ihr irgendwelche Hinweise für ein Verbrechen?«

Das Licht ging auf den rechten Arm, in dem noch eine Spritze steckte. »Ich tippe auf eine Überdosis«, antwortete der Mann. »Und vom Zustand der Leiche zu schließen, liegt er schon eine Weile hier.«

Kapitel 9

Johannes war so etwas wie der Klassenclown des kriminaltechnischen Instituts. Kein Witz war zu flach für ihn und kein Kollege war vor seinen Streichen sicher, sei es Senf im Donut, Salz im Zuckerstreuer oder ein abgeschnittener Plastikfinger auf dem Schreibtisch. Zumindest hoffte Jan, dass es Plastikfinger waren. Doch heute war er ungewöhnlich ernst, als er in seinem Büro erschien; wusste er doch, dass die Sache mit Zierks' DNS ein Rückschritt bei der Suche nach den Mördern von Gehder und Comberg gewesen war.

»Du bist lange genug bei der Kripo, damit du weißt, wie das läuft«, sagte Johannes zu Jan. »Weil die Lage unklar war, haben wir die Gegend weiträumig absperren lassen. Bei Tatorten im Freiland teilen wir alles in Areale ein, die wir nacheinander bearbeiten. Wir beginnen in den Bereichen, bei denen die Gefahr der Spurenvernichtung am größten ist, also bei der Leiche und in den nicht überdachten Gebieten. Und dann packen wir alles aus, Fotoapparate, Lampen mit UV-Licht, Magnetpulver, halt das volle Programm. Steht alles im Tatortbefundbericht.« Er deutete auf einen Stapel Papier. »Nach dem Umfeld der Leiche haben wir den Baum abgesucht, von dem der Ast abgerissen wurde. Die Bruchstelle wurde mit einem Hilfsspurenträger abgeschabt, genau genommen mit einem Wattestäbchen, worauf schließlich Zierks' DNS gefunden wurde.«

»Laut Obduktion war Zierks schon vor Combergs Ermordung tot«, sagte Jan. »Wie kann seine DNS dann an den Tatort kommen?«

»Ich weiß es nicht«, antwortete Johannes. »Aber es wäre nicht das erste Mal, dass jemand falsche DNS platziert, um die Ermittlungen zu behindern. Und bevor du fragst, uns ist kein Fehler unterlaufen. Ich habe alle Proben drei Mal geprüft. Weiterhin waren keine Asservate von anderen Fällen in der Nähe gelagert, und selbst wenn, ist in keiner laufenden Untersuchung Zierks in irgendeiner Weise involviert. Das letzte Mal, wo die KTI etwas mit seiner DNS zu tun hatte, war im Jahr 2018 bei einem Fall von schwerer Körperverletzung. Deswegen ist er ins Gefängnis gegangen.«

»Aber die Platzierung ergibt nur Sinn, wenn Zierks in irgendeiner Form mit dem Opfer zu tun hatte, damit der Verdacht auf ihn gelenkt wurde«, sagte Jan. »So hat es uns nur viel Zeit gekostet.«

»Mir ist bewusst, dass das blöd gelaufen ist. Aber wir haben nur Spuren gesichert und eine davon war die von Zierks. Wie seine DNS an den Ast gekommen ist, kann ich dir nicht sagen.«

»So ein verfluchter Mist!« Jan schüttelte den Kopf. »Irgendwelche Neuigkeiten über Zierks' Tod?«

»Das war die Wohnung eines Messies«, antwortete Johannes. »Es wird Tage dauern, bis wir alle Spuren ausgewertet haben, aber wenn wir einen Bezug zu den aktuellen Fällen finden, melde ich mich sofort.« Er stand auf. »Wer immer diese falsche Fährte gelegt hat, wird einen Fehler machen. Und dann greifen wir zu.«

* * *

»Hab gehört, das mit Zierks war für die Toilette?«, begann Zoe die Telefonkonferenz.

»Könnte man so sagen«, erwiderte Jan mürrisch. »Die Spur wurde bewusst gelegt, doch verstehe ich nicht, warum.«

»Um die Ermittler vom eigentlichen Mörder wegzulenken«, erklärte Max.

»Das ist nur kurz gelungen«, sagte Jan. »Die Leute vom KTI sind sicher, dass sie keinen Fehler gemacht haben, und Zierks ist tot.«

»Wurde er ermordet?«, wollte Chandu wissen.

»Nope.« Zoe schien etwas zu trinken. »Er hat sich den goldenen Schuss gesetzt, wobei die Hauptursache für sein Ableben das Streckmittel Fentanyl im Heroin war, daher war es kein absichtlicher Selbstmord. Ich habe zwar einige Hämatome und Verstauchungen an seinem Körper gefunden, aber die waren einerseits schon älter und andererseits auch nicht tödlich.«

»Nach der ersten Beurteilung des Tatorts gab es keine Anzeichen für eine Fremdbeteiligung an Zierks' Tod«, ergänzte Jan. »Das Drogenbesteck enthielt nur seine Fingerabdrücke und DNS.«

»Warum platziert man die DNS eines Toten an einem Tatort?«, wunderte sich Chandu.

»Weil Combergs Mörder nicht davon ausgegangen ist, dass Zierks tot war«, vermutete Jan. »Hätte er sich kein schlecht gestrecktes Heroin gespritzt, wäre er noch da draußen, und von seinen Vorstrafen zu schließen, wäre er zu einer solchen Gewalttat in der Lage gewesen.«

»Und ein Dementi wäre bei einem Mann wie ihm nicht glaubhaft gewesen«, fügte Max hinzu.

»Genau das war der Zweck der falschen Spur«, erläuterte Jan. »Uns einen möglichen Mörder zu präsentieren, und dafür war Zierks eine gute Wahl.«

»Aber woher kommt die DNS?«, wandte Max verwundert ein. »Freiwillig wird er keine Probe zur Verfügung gestellt haben.«

»Wenn ich mir die Aufnahmen der Wohnung ansehe, gab es dort genug Möglichkeiten, sich diese an leeren Bierflaschen oder anderen unappetitlichen Dingen zu holen«, sagte Zoe.

»Das war auch mein erster Gedanke, aber dann habe ich mir die Eingangstür von Zierks' Wohnung angesehen und die ist schwer zu knacken«, sagte Jan. »Ohne Ramme wären die Kollegen vom SEK dort nicht hineingekommen.«

»Das reduziert die Möglichkeiten erheblich«, sagte Max. »Dann müsste Combergs Mörder Zierks verfolgt und eine Gelegenheit abgewartet haben.«

»Nicht einmal die Polizei wusste, wo er war«, widersprach Chandu. »Ohne den Tipp von meinem Trainingsfreund und den Verrat eines Gangmitglieds hätten wir ihn kaum gefunden.«

»Ich tippe auf die Asservatenkammer«, sagte Jan. »Dort gibt es einen Schlagring und einen Knüppel, die Zierks bei seiner Festnahme abgenommen worden sind.«

»Die Asservatenkammer?«, fragte Max irritiert nach. »Da kommt man nicht rein und kriegt nichts raus.«

»Zumindest wenn man keine Unterschriften von Kripobeamten fälschen kann«, murmelte Chandu.

»Der Eingang ist außerdem kameraüberwacht«, fügte Jan hinzu.

»Sagst du uns gerade, dass jemand von der Polizei, Kripo oder Staatsanwaltschaft in diese Sache verwickelt ist?«, fragte Max nach.

»Es ist die einzig logische Schlussfolgerung«, beharrte Jan. »Aber bis ich nicht völlig sicher bin, sollte diese Theorie unter uns bleiben.«

»Das gibt dem Fall eine ganz andere Dynamik.« Max klang beunruhigt. »Je nach Position hat diese Person auch Zugang zu Untersuchungsberichten und Fallakten.«

»Das ist mir ebenfalls bewusst.«

»Dann lass uns die Unterschriftenliste der Asservatenkammer durchgehen und schauen, ob jemand der Besucher eine Verbindung zu Comberg hat«, schlug Chandu vor.

»Auf die Idee bin ich auch gekommen. Daher habe ich einen Kollegen aus der Mordkommission gebeten, sich das anzusehen«, sagte Jan. »In der letzten Zeit gab es aber einige Aktivität, daher könnte das dauern.«

»Wie machen wir weiter?«, wollte Chandu wissen.

»Die einzig wirklich gute Spur hat sich mit Zierks' Tod erledigt«, erklärte Jan. »Etwas Neues haben wir nicht, daher suchen wir weiter, sowohl nach den Mördern als auch nach einer möglichen Verbindung beider Fälle.«

»Ich habe vielleicht eine Art Spur«, sagte Max.

»Mit *einer Art* meinst du Spuren, die außerhalb der geltenden Gesetze erlangt wurden?«, fragte Jan.

»Sie ist nur teilweise illegal«, rechtfertigte sich Max.

Jan stöhnte.

»Im Rahmen des Mordes an Ruben Comberg haben wir seine Telefonverbindungen überprüft, ob sie zu einem einschlägig vorbestraften Verbrecher führen«, fuhr Max fort.

»Ganz normale Ermittlungsarbeit«, bemerkte Jan.

»Dabei fiel mir die Nummer einer Psychotherapeutin auf, die Anfang des Jahres drei Mal innerhalb von zwei Tagen angerufen wurde.«

»Bei dieser Familiengeschichte ist die Konsultation einer Psychotherapeutin keine Überraschung«, murmelte Zoe.

»Natürlich passt ein solcher Anruf ins Gesamtbild«, fuhr Max fort. »Aber mir ist aufgefallen, dass die Gespräche sehr kurz waren und dass Comberg zwischen Telefonat eins und zwei seinen Anwalt telefonisch konsultiert hat.« Max blendete den Verbindungsnachweis aus dieser Zeit ein. »Das erste Gespräch mit der Psychotherapeutin ging vier Minuten. Danach eine

Unterhaltung mit dem Anwalt von drei Minuten Dauer. Es folgt eine Pause von einer Stunde, bis der Anwalt seinerseits bei Comberg anruft und vier Minuten mit ihm redet, bevor dieser wieder die Nummer der Psychotherapeutin wählt. Dieses Gespräch dauerte aber nur dreißig Sekunden.«

»Comberg hat die Psychotherapeutin angerufen, aber anscheinend war sie nicht so hörig wie gewünscht, also hat er den Anwalt eingeschaltet«, vermutete Jan.

»Der hat nach einer Stunde wieder angerufen, aber offensichtlich hatte er nicht den gewünschten Erfolg«, sagte Chandu. »Denn der zweite Anruf bei der Psychotherapeutin war wahrscheinlich nur ein kurzes Frustablassen mit Höreraufknallen.«

»Am nächsten Tag hat es Comberg nochmals bei ihr versucht, aber da war nach zwei Minuten Schluss«, ergänzte Max. »Seitdem hat er nie mehr ihre Nummer gewählt.«

»Wer ist die Frau?«, wollte Jan wissen.

»Eine gewisse Dr. Irma Volpe«, sagte Max. »Sie ist spezialisiert auf die Behandlung von Gewalt- und Missbrauchsopfern.«

»Und was ist an der Information illegal?«, fragte Chandu.

»Bis dahin noch nichts, aber ich habe mich auf ihrem Computer … umgesehen und Mina Comberg als ihre Patientin ausmachen können. Der Praxiskalender reichte nur bis zum Januar des Jahres 2020 zurück, aber von da an hatte sie alle zwei Wochen einen Termin bei ihr.«

»Was beweist, dass Combergs Tochter ebenfalls unter Gewalt und Missbrauch zu leiden gehabt hat«, sagte Jan. »Und obwohl sie ihr Elternhaus schon vor vielen Jahren verlassen hat, scheint es sie immer noch zu verfolgen.«

»Papi hat das irgendwie herausbekommen und hat versucht, Volpe unter Druck zu setzen, damit sie mehr über die Sitzungen mit seiner Tochter erzählte«, ergänzte Zoe.

»Aus der Kürze der Gespräche zu schließen, hat das nicht funktioniert«, vermutete Chandu.

»Kein unwichtiges Detail, aber dass Mina in Therapie war, wussten wir schon und überrascht bei dem Vater nicht«, sagte Jan.

»Das alleine führt uns nicht weiter«, gab Max zu. »Aber in Volpes Kalender steht ein regelmäßiger Termin in einer Beratungsstelle, bei der Gewaltopfern kostenlos und anonym geholfen wird. Und diese ist nicht weit von der Kreuzung Karl-Heinrich-Ulrichs-Straße und Kurfürstenstraße.«

»Einem der größten Straßenstriche von Berlin«, ergänzte Chandu.

»Das könnte eine Verbindung sein, der ich nachgehen kann«, sagte Jan. »Das hilft uns weiter, wenn Volpe auch Opfer von Gehder behandelt hat und diese sich mit Mina getroffen haben. Doch ich tue mich unverändert schwer damit, dass besagtes Opfer und Volpe von der Folterkammer in Gehders Haus gewusst haben sollten, ohne dass sie die Behörden informiert haben.«

»Da kann ich kaum weiterhelfen, weil in Volpes System nur Namen von Patienten aus der Praxis abgelegt sind«, bemerkte Max. »Und davon ist Mina die einzige uns bekannte.«

»Volpe direkt anzugehen, kann ich mir sparen. Wenn sie sich von Combergs Anwälten nicht hat einschüchtern lassen, wird sie ohne einen Beschluss nicht einmal die Achseln zucken, wenn ich sie dazu befrage. Aber vielleicht schaue ich mir ihre kostenlose Sprechstunde nahe der Kurfürstenstraße mal an. Wann ist sie wieder dort?«

»Morgen Abend achtzehn Uhr«, antwortete Max. »Ich schicke dir die Adresse aufs Handy.«

* * *

Auf den ersten Blick wirkte Irma Volpe unscheinbar, eine große, schlaksige Frau mit halblangen rötlichen Haaren, einem rundlichen Gesicht und einer Stupsnase. Ihre dunkle

Winterjacke trug vielleicht etwas zu viel auf und ihre klobigen Schuhe waren sicherlich warm, aber Volpe umgab eine Aura der Ruhe und Freundlichkeit, wie Jan selten eine erlebt hatte. Sie lächelte, als gebe es keinen schöneren Ort, um ihrer Arbeit nachzugehen, obwohl die Gegend um die Kurfürstenstraße zu den gefährlichsten in Berlin gehörte. Als sie von ihrem Auto zu dem kleinen Büro der Beratungsstelle ging, wartete schon eine Handvoll Frauen auf sie, geduldig in einer Reihe stehend. Manche trugen noch die aufreizende Kleidung, die sie fürs Anschaffen angezogen hatten. Andere waren dick vermummt, mit Schal um den Mund und Mütze auf, als hätten sie Angst, erkannt zu werden.

Alle freuten sich, sie zu sehen. Volpe begrüßte jede von ihnen mit einer Umarmung, als wollte sie ihnen das Gefühl geben, wichtig zu sein. Schließlich ging sie in das Büro und machte das Licht an. Kurz darauf wurden die Jalousien heruntergelassen.

Wie gern hätte Jan mit Volpe geredet, aber offiziell durfte er nichts von ihrer Verbindung zu Mina Comberg wissen, und daher fiel ihm kein Grund ein, warum sie ihm helfen sollte. Der kurze Eindruck hatte immerhin dafür genügt, dass Jan sicher sein konnte, es nicht mit einer Gewalttäterin zu tun zu haben.

Als er zu seinem Auto zurückkehrte, klingelte sein Handy. Das Display zeigte eine Nummer der Dienststelle.

»Tommen«, meldete er sich.

»Hier ist Patrick«, sagte sein Kollege. »Wir haben eine Spur bezüglich der Asservatenkammer. Die solltest du dir unbedingt ansehen.«

* * *

Als Jan zurück in seinem Büro war, wartete Patrick schon mit einem ausgedruckten Foto in der Hand, das er ihm entgegenstreckte. Die darauf eingefangene Frau mit mittellangen schwarzen Haaren trug eine Brille mit rotem Gestell und hatte leicht vorstehende Vorderzähne. Die Aufnahme schien von einer Überwachungskamera zu kommen. Jan erkannte die Räumlichkeiten des Landgerichts dahinter.

»Wer ist das?«, fragte Jan.

»Wiebke Gahr. Mitarbeiterin der Staatsanwaltschaft Berlin.«

»Und wie kommst du darauf, dass sie verdächtig ist?«

»Es gibt keine Wiebke Gahr bei der Staatsanwaltschaft«, erwiderte Patrick lächelnd. »Was man dem Kollegen in den Asservaten nicht zum Vorwurf machen kann, denn besagte Staatsanwaltschaft ist die größte von ganz Deutschland und da kann es schwer werden, den Überblick zu bewahren.«

»Und was macht sie da?«

»Sie hat dem Verwalter ein Formular von der Staatsanwaltschaft Potsdam übergeben. Darin bitten die Kollegen um Asservate im Fall von Ewald Zierks. Genau genommen ein Messer und einen Schlagring.«

»Was haben die Potsdamer mit alledem zu tun?«, entgegnete Jan verwundert.

»Nichts«, sagte Patrick. »Aber damit werden die Asservate nicht in den internen Versand, sondern in die Post gegeben. Somit kann man sie leichter abgreifen.«

»Verdammt noch mal«, fluchte Jan.

»Ich habe bei der Staatsanwaltschaft Potsdam nachgefragt und sie hat die Asservate nicht erhalten, daher muss es der Frau gelungen sein, das Paket abzufangen.«

»Und wie ist sie an die Formulare gekommen? Alle diese Dinge sind Interna. Dafür findet man keine Vorlagen im Internet.« Jan betrachtete das Bild ein weiteres Mal. »Ihre Gesichtszüge kommen mir irgendwie bekannt vor, aber ich kann es nicht festmachen.«

»Ging mir genauso, deshalb hat Max für mich die Pixelzahl des Bilds erhöht und stark vergrößert. Dabei bin ich bei ihren Augenbrauen hängen geblieben.«

»Bei ihren Augenbrauen?«

Patrick legte den Ausdruck auf den Tisch, zog sein Handy aus der Tasche und vergrößerte den Ausschnitt mit seiner Kamera-App. »Die linke Seite der Augenbraue ist nachgeschminkt, um eine Narbe zu verdecken.«

»Eva Kinnen«, entfuhr es Jan. Er konnte sich noch an das erste Treffen vor ihrem Haus erinnern, nachdem ihr Fingerabdruck auf der Mordwaffe im Fall Gehder gefunden worden war.

Patrick nickte.

»Dann ist sie nicht das unschuldige Opfer, dessen Handtasche samt Schlagstock gestohlen wurde.«

»Die Aufnahme wurde vier Tage vor dem Angriff auf Ruben Comberg gemacht.«

»Wie ist es ihr gelungen, die Formulare zu fälschen?«, fragte Jan. »Und woher kennt sie die internen Abläufe?«

»Darauf habe ich Max angesetzt.«

Wie auf ein Stichwort ging die Tür auf und der junge Hacker kam hereingestürmt. In der Linken hielt er den aufgeklappten Laptop, in der Rechten einen großen Becher mit Cola, in den er wahrscheinlich wieder große Mengen an Ovomaltine-Pulver gerührt hatte.

»Ich habe es«, sagte er in einer Lautstärke, dass es jetzt auch alle Kollegen auf der Dienststelle wussten. Er legte den Laptop auf den Tisch und stellte das Glas auf einen Aktenstapel, natürlich nicht, ohne dass etwas von der klebrigen Flüssigkeit überlief. Er drehte den Laptop zu Jan und Patrick. Darauf war ein Bild von Eva Kinnen zu sehen. Sie trug eine Bluse und ein Businessjackett. Ihre Haare waren streng zurückgekämmt und zu einem Zopf gebunden. Sie sah mit ernstem Gesichtsausdruck in die Kamera. »Eva Kinnen ist ein Computerfreak«, sagte er mit breitem Grinsen.

»Was an sich nicht strafbar ist«, bemerkte Patrick.

»Außer man ist irgendein Hacker«, ergänzte Jan.

»Lasst mich von vorne anfangen.« Max griff nach seinem Glas und trank hektisch einen Schluck. »Kinnen hat 2016 einen Bachelor in Wirtschaftsinformatik an der Uni Hamburg gemacht und hatte danach drei Jahre lang Anstellungen bei verschiedenen IT-Firmen, bevor sie 2019 nach Berlin zurück ist. Ihr letzter Arbeitgeber ist eine Beratungsfirma, die Softwarelösungen für Verwaltungen implementiert.«

»Noch sehe ich den Zusammenhang zum Einschleichen in die Asservatenkammer nicht«, bemerkte Jan. »Dazu gehört Insiderwissen.«

»Deswegen habe ich mich mit ihrem Arbeitgeber in Verbindung gesetzt, und der hat mir erzählt, dass Kinnen aktuell Software am Landgericht implementiert. Teil des Projekts ist eine Verknüpfung besagter Software mit dem Kriminalgericht Moabit.«

»Wo die Staatsanwaltschaft sitzt«, schloss Patrick.

»Daraufhin habe ich mir die Serverstruktur des Landgerichts und der Staatsanwaltschaft angesehen und einige Ordner mit Regularien gefunden, welche auch den Umgang mit Asservaten beinhaltet, samt Vorlagen zur Genehmigung und zum Versand.«

»Aber um das Paket abzugreifen, muss sie noch in die Poststelle der Staatsanwaltschaft Potsdam gekommen sein«, sagte Jan.

»Muss sie nicht«, widersprach Max. »Je nachdem, wann es verschickt worden ist, kann sie einen Moment der Unaufmerksamkeit auf der Berliner Poststelle nutzen. Oder sie hat Beziehungen zum Paketboten oder sie kennt jemand in der Postverteilerstelle.« Er zuckte die Achseln. »Meiner Erfahrung nach ist das die beste Methode, um illegal an Asservate zu kommen.«

»Deiner Erfahrung nach?«, fragte Jan. »Hast du das schon einmal gemacht?«

»Nur in der Theorie«, erwiderte Max abwinkend.

»Jetzt kennen wir das Wie, aber noch nicht das Warum«, sagte Jan. »Denn weder bei den Ermittlungen zum Tod von Gehder noch bei Ruben Comberg ist irgendwo Kinnens Name aufgetaucht. Hätten wir nicht den Fingerabdruck auf dem Schlagstock gefunden, wüssten wir nicht, dass es sie gibt.«

»Hast du jemanden über ihre Beteiligung informiert?«, wandte sich Patrick an Max.

Er schüttelte den Kopf.

»Dann lass uns ihr morgen früh einen Besuch abstatten«, sagte Jan zu Patrick. »Vielleicht hat sie dazu etwas zu sagen.«

* * *

Während Kinnens Kollegen den Kopf hoben und zu den beiden Unbekannten sahen, die gerade in das Projektzimmer kamen, hielt sie den Blick weiter konzentriert auf den Bildschirm gerichtet. Erst als Patrick und Jan sich neben ihren Schreibtisch gestellt hatten, wandte sie sich ihnen zu. Ihr Gesichtsausdruck war nicht der einer ertappten Täterin, sondern eher einer Unbeteiligten, die sich wunderte, was die beiden Männer im Büro zu suchen hatten.

Eigentlich war Jan ein Freund von diskretem Vorgehen, aber bei all dem Ärger, den die falsch platzierte Probe ihnen gemacht hatte, hatte er heute keine Lust darauf. »Tommen von der Kripo Berlin«, sagte er und zeigte seine Marke. »Würden Sie uns bitte nach draußen begleiten?«

Ohne ein Wort stand Kinnen vom Platz auf und verließ den Raum mit ihnen. Bei einem Irrtum hätte sie sicherlich protestiert, aber sie machte den Eindruck, als hätte sie genau damit gerechnet. Spätestens jetzt wusste Jan, dass sie in alles verwickelt war.

»Ihnen wird zur Last gelegt, sich mit gefälschten Dokumenten Zugang zur Asservatenkammer des Kriminalgerichts Moabit in der Turmstraße verschafft zu haben. Möchten Sie etwas dazu sagen?«

Kinnen schüttelte mit unbeteiligtem Gesichtsausdruck den Kopf, als hätte ihr Jan eröffnet, dass die Kaffeemaschine in der Küche defekt sei.

Er deutete nach draußen. »Bitte begleiten Sie uns auf die Dienststelle, damit wir Sie zu diesem Sachverhalt befragen können.« Während Patrick Kinnen auf den Rücksitz begleitete, nahm Jan sein Handy und schrieb Max eine SMS.

Bitte heute Abend eine Telefonkonferenz aufsetzen. Wir haben die Verbindung zwischen den Morden gefunden.

Kapitel 10

Um neunzehn Uhr ging Jan in sein Büro, schloss die Tür und setzte sich an den Schreibtisch. Er startete den Computer und wählte sich in die Telefonkonferenz ein.

»Wir haben die Verbindung zwischen den beiden Morden«, begann er nach einer kurzen Begrüßung. »Eva Kinnen hat Asservate entwendet und sich somit die DNS von Ewald Zierks besorgt.«

»Ist das sicher?«, fragte Chandu.

»Wir wissen, dass Kinnen das mit den Asservaten von Zierks eingefädelt hat – und zwar zwei Tage, bevor Comberg erschlagen wurde«, sagte Max.

»Natürlich haben wir keinen Beweis, dass sie die falsche Spur bei Combergs Tatort gelegt hat, aber warum sonst sollte sie einen solchen Aufwand betreiben und Asservate stehlen?«

»Ich kenne den aktuellen Stand der Ermittlungen nicht, aber Kinnen ist nur auf unserem Radar, weil sie die Besitzerin des Schlagstocks war, mit dem Gehder getötet worden ist«, sagte Chandu.

»Ebenjenem Schlagstock, der ihr angeblich samt Handtasche im Park gestohlen wurde«, ergänzte Jan. »Aber schon damals haben wir keinen Zusammenhang zum Opfer oder zur möglichen Täterin Tessa Bahl ziehen können«, merkte Chandu an.

»Ich bin mit meiner Recherche über Kinnen noch nicht fertig, aber momentan hat sich nichts geändert«, sagte Max. »Auch im Fall Comberg ist nirgends ihr Name erwähnt.«

Chandu atmete hörbar aus. »Ich will ja nicht auf die Freudenbremse treten, aber das könnte zu wenig sein.«

»Du kriegst Kinnen wegen der Geschichte mit den Asservaten, aber obwohl die Verknüpfung zu Combergs Tatort offensichtlich ist, wirst du sie deswegen nicht anklagen können«, ergänzte Zoe. »Es sei denn, sie gibt die Tat zu.«

»Das wird sie nicht machen, denn das wäre Beihilfe zum Mord«, sagte Chandu. »Da kommt sie nicht mit einer Bewährungsstrafe davon, wie sie wegen des Diebstahls der Asservate zu erwarten ist.«

»Bei der Befragung nach der Verhaftung hat sie kein Wort gesagt und wir haben sie gehen lassen«, sagte Jan. »Trotzdem wissen wir jetzt, dass es eine Verknüpfung geben muss, entweder seitens der Beteiligten oder der Opfer.«

»Aber wir haben schon vor Kinnens Verhaftung alles durchleuchtet und nichts gefunden«, sagte Max. »Gehder war eine einfache Angestellte und Comberg ein weltweit tätiger Unternehmer. Gehder hat zu keinem Zeitpunkt für Comberg gearbeitet und sie haben auch privat keinen Kontakt gehabt.«

»Gemeinsam war ihre Liebe zur Gewalt, die weit über das Erlaubte hinausgeht«, sagte Chandu.

»Gehder hat Frauen entführt und in ihr Versteck nach Brandenburg gebracht, während sich Comberg an seiner Familie und seinen Angestellten vergangen hat«, sagte Jan. »Sicher auch an Prostituierten.«

»Also muss die Mörderin eine Frau sein, die bei Comberg gearbeitet hat und dann von Gehder entführt worden ist«, sagte Zoe. »Eine schwer vorstellbare Konstruktion. Und keine der in den Fällen beteiligten Frauen passt in das Profil.«

»Es gab auch keine Verbindung zwischen der vermeintlichen Angreiferin Tessa Bahl und Natalja Gehder«, sagte Jan. »Und zu Combergs Angestellten gehörte Bahl auch nicht, daher können wir diese Verdächtige aus der Betrachtung herausnehmen. Ebenso wie Kinnen, die nirgendwo auftaucht, außer als Besitzerin des Schlagstocks.«

»Konntet ihr der Spur der Todesanzeige folgen?«, fragte Chandu.

»Der zu der Anzeige registrierte Name ist falsch, das Geld kam von einem ausländischen Konto und die Anzeige wurde von einem öffentlichen WLAN-Hotspot in Berlin aufgegeben, bei dem keine Kamera in der Nähe war«, erklärte Max. »Technisch ist da nichts zu holen und ein IT-Crack wie Kinnen könnte das leicht bewältigen.«

»Damit sind wir wieder bei den Opfern der Mordopfer, wenn mir dieses Wortspiel erlaubt ist«, sagte Chandu.

»Die zu vergleichen, wird schwierig, denn aus Gehders Geheimversteck haben wir zwar die DNS einiger Gefangener, wobei wir nicht wissen, ob das alle waren«, sagte Zoe. »Vielleicht gibt es aber ein Opfer, von dem wir keine Spur haben.«

»Wir werden diese DNS-Proben noch mit der von Kinnen vergleichen, aber da bin ich nicht optimistisch«, sagte Jan. »Nichts an ihr und in ihrem Lebenslauf deutet auf eine Zeit als Prostituierte hin.«

»Unabhängig von der unklaren Motivation hat sie es vielleicht doch geschafft, von der Insel Poel nach Berlin zu kommen, Gehder zu erschlagen und wieder an die Ostsee zu fahren, ohne dass es jemand gemerkt hat«, sagte Zoe.

»Obwohl wir nur wenige Informationen über den Angreifer haben, passen ihre Maße nicht zur Täterbeschreibung«, erklärte Jan. »Kinnen ist kleiner und außerdem zu … üppig.«

»Üppig?«, fragte Max.

»Die Zeugen konnten nicht sagen, ob der Täter ein Mann oder eine Frau war«, erklärte Jan. »Wenn man Kinnens … Geschlechtsmerkmale betrachtet, wäre klar gewesen, dass es eine Frau war.«

»Ach, du meinst ihre Brüste«, sagte Zoe. »Welche Körbchengröße hat sie denn?«, fragte sie verschmitzt.

»Zurück zu den Beteiligten«, wich Jan der Frage aus. »Bahl war im Besitz von Gehders Sachen. Kinnen gehörte die Mordwaffe. Ponath wurde von Comberg verprügelt. Mina Comberg kannte die Gewohnheiten ihres Vaters und Dr. Volpe ist ihre Therapeutin. Wir haben eine Verknüpfung zwischen Ponath als Angestellte von Minas Vater und zwischen Mina und ihrer Therapeutin.«

»Aber unsere aktuellen Hauptverdächtigen sind Bahl und Kinnen«, sagte Chandu. »Und zwischen denen gibt es keine Verbindung, weder untereinander noch zu den anderen drei.«

»Zumindest haben wir bisher noch keine gefunden«, gab Jan zu bedenken.

»Aber das wäre eine teuflische Konstruktion«, sagte Max. »Wie in ›Der Fremde im Zug‹.«

»Seit wann fährst du mit dem Zug?«, wunderte sich Zoe.

»Er meint den Hitchcock-Film«, erklärte Chandu.

»Während einer Eisenbahnfahrt treffen sich die Männer Bruno und Guy jeden Tag«, erläuterte Max. »Außer der Pendelei haben sie nichts gemeinsam, aber sie schließen einen Pakt. Bruno tötet Guys verhasste Frau, während Guy im Gegenzug Brunos Vater umbringen soll. Der Film wendet sich nach dem Mord an Guys Frau in eine andere Richtung, aber die Grundidee könnte auch auf uns zutreffen. Die fünf Frauen schmieden gemeinsam zwei Mordkomplotte. Obwohl die Geschädigten den Mord an ihrem Peiniger planen, führen am Ende die Unbeteiligten die Tat aus.«

»Also planen Ponath und Mina den Mord an Comberg, aber eine der anderen Frauen erschlägt ihn«, sagte Zoe.

»Und wer immer Gehder umgebracht hat, hatte vorher nie etwas mit ihr zu tun«, beendete Max den Gedanken.

»Aber wie hat sich dieser Club gebildet?«, fragte Jan. »So verschieden Gehder und Comberg waren, so verschieden sind auch deren Opfer. Wobei man bei Comberg noch hinzufügen muss, dass niemand wegen ihm gestorben ist.«

»Soweit wir wissen«, gab Zoe zu bedenken.

»Das hätte der Käufer gewusst und mir gesagt«, widersprach Jan. »Es bleibt nur die mögliche Verbindung über die Psychotherapie Volpes«, sagte er. »Auf der einen Seite ihre Patientin Mina Comberg und auf der anderen die Frauen, welche die kostenlose Sprechstunde nahe der Kurfürstenstraße in Anspruch nehmen. Vielleicht gehören Tessa Bahl oder Eva Kinnen dazu.«

»Von denen wir keine Ahnung haben, wie ihre Verbindung zu Gehder ist«, bemerkte Max. »Wir wissen nichts von Gehders Opfern, wenn überhaupt noch eines von ihnen lebt.«

»Es muss eine Überlebende geben«, beharrte Zoe. »Dass Tessa Bahl eine gewesen sein könnte, ist höchst spekulativ, aber anders ergibt diese Gleichung keinen Sinn.«

»Mir tut es weder um Gehder noch um Comberg leid«, gab Jan zu. »Aber noch ist das mit dem Club der Mörderinnen eine Theorie. Vielleicht ist der wahre Mörder ein Schläger, der mit Gewaltfantasien durch Berlin läuft und schon das nächste Opfer im Visier hat.«

»Dann müsste die Todesanzeige von jemand anderem aufgegeben worden sein«, widersprach Max. »Denn dieser jemand weiß erschreckend viel über Gehder. Folglich muss der Täter selbst ein Opfer sein.«

»Im Fall von Gehder hätte das Opfer aber zur Polizei kommen und von dem Versteck erzählen können«, sagte Jan. »Die Kollegen in Brandenburg hätten das Haus auseinandergenommen und Gehder hätte den Rest ihres Lebens im

Gefängnis verbracht.« Er stöhnte. »Mir raucht der Kopf, wenn ich an all die möglichen oder unmöglichen Verknüpfungen denke.«

»Es bleibt nichts anderes übrig, als weiterzumachen, bis wir den nächsten Hinweis finden, der die Frauen oder die Taten besser miteinander verknüpft«, sagte Chandu.

»Ich werde morgen versuchen, einen Termin mit Dr. Volpe zu bekommen«, sagte Jan.

»Was erhoffst du dir davon?«, wollte Zoe wissen. »Volpe hat schon Comberg und seine Anwälte abprallen lassen. Ohne triftigen Grund wird sie nicht mit dir kooperieren.«

»Für mich ist sie noch die große Unbekannte«, erklärte Jan. »Selbst wenn ich keine neuen Erkenntnisse für den Fall bekomme, versuche ich zu verstehen, wie sie denkt und ob ihr moralischer Kompass so weit ausschlägt, dass sie Frauen bei einem Mord helfen würde.«

* * *

Der Unterschied zu einer normalen Arztpraxis war schon im Empfangsbereich zu erkennen. Die Theke war offen gestaltet, und auf einem Tisch stand ein großes Blumenbouquet, das einen angenehmen Duft im Raum verbreitete. Statt Stühlen waren Sessel aufgestellt und an den Wänden hingen große Fotografien von Gewässern, darunter ein Wildbach im Wald, ein Meeresstrand mit türkisblauem Wasser und ein heller Bergsee vor einem Gletscher.

Jan wollte sich gerade hinsetzen, als Irma Volpe ihn in das Besprechungszimmer winkte. Sie trug ein weißes Polohemd, blaue Jeans und bequeme Sneaker. Während sie etwas in einem kleinen Kühlschrank suchte, deutete sie auf einen Sessel.

»Vielen Dank, dass Sie so kurzfristig für mich Zeit haben«, sagte Jan und nahm Platz.

»Wenn es Sie nicht stört, dass ich dabei esse.« Volpe stellte eine Tupperschüssel mit Krautsalat auf den Tisch. »Meine Mittagspause ist nur kurz.« Sie setzte sich ihm gegenüber.

»Wie ich auf Ihrer Homepage sehen konnte, gehört die Behandlung von Gewaltopfern zu ihren Tätigkeitsschwerpunkten.«

Sie nickte und begann zu essen.

»Aktuell ermittelt die Kripo Berlin in einer Mordserie, bei der es wahrscheinlich um einen Rachefeldzug mehrerer Frauen geht«, fuhr er fort.

»Was wundert Sie daran? Auch Frauen können Gewalt ausüben.«

»Wir vermuten, dass zumindest eine der Täterinnen aus dem Rotlichtmilieu kommt«, fuhr Jan fort. »Und da Sie auch Beratungen nahe der Kurfürstenstraße durchführen, wollte ich Sie fragen, ob Ihnen etwas aufgefallen ist, was uns bei den Ermittlungen weiterhelfen könnte.«

»Wie Sie sicherlich wissen, ist diese Beratung vertraulich«, erklärte sie kauend. »Aber ich kann Sie insoweit beruhigen, dass mir keine der Frauen einen Mord gestanden hat, obwohl das in den meisten Fällen nachvollziehbar wäre.«

»Was meinen Sie mit nachvollziehbar?«

»Hauptkommissar Tommen«, antwortete sie, »Kripobeamte kennen die Bedingungen, unter denen die meisten Prostituierten arbeiten. Viele werden schon als Minderjährige verschleppt oder unter falschen Versprechungen nach Deutschland gelockt. Ausgebeutet, vergewaltigt, verprügelt und unter Drogen gesetzt, sind sie mit Ende zwanzig entweder tot oder wünschten, sie wären es. Obwohl ich unter solchem Missbrauch nicht gelitten habe, kann ich verstehen, dass die Frauen gegenüber ihren Peinigern Rachegedanken hegen. Und wenn man sich die schiere Zahl der Sexsklaven allein in Berlin ansieht, ist es für mich ein Wunder, dass es nicht noch mehr Gewalttaten dieser Art gibt.«

»Ich bin mir des Leids der Frauen durchaus bewusst, aber Mord bleibt Mord, auch bei nachvollziehbarer Motivation.«

»Was bleibt einer solchen Frau, außer sich zu wehren?«, fragte Volpe. »Den Arbeitgeber wechseln kann sie nicht, ebenso wenig wird sie sich an die Behörden wenden, denn Verrat ist in diesem Milieu ein Todesurteil, daher wird jede Sexsklavin gegenüber der Polizei behaupten, dass sie ihre Tätigkeit freiwillig ausübt.«

»Was ein Grund für die schwierigen Ermittlungen ist«, rechtfertigte sich Jan.

»Ich weiß, dass Sie als Kripobeamter Teil der Exekutive sind, die nichts für die Gesetzgebung kann, aber ebenjene Gesetzgebung hat in den letzten Jahren zu einer Verschlimmerung der Situation für die Frauen geführt; daher war es nur eine Frage der Zeit, bis diese Änderungen auf die Gesellschaft zurückschlagen.«

»Was meinen Sie?«

»Um das alles auszuführen, fehlt die Zeit«, erwiderte Volpe. »Aber verglichen mit dem Kriminalitätsaufkommen gibt es in Deutschland zu wenig harte Urteile. Das Risiko für die Täter ist vergleichsweise gering und die Behörden schrecken keinen mehr.« Sie nahm ein Glas Wasser und trank einen Schluck. »Das Gesetz zur Regelung der Rechtsverhältnisse der Prostituierten vom 1. Januar 2002 stellt die Prostitution jedem anderen Gewerbe gleich, was aber dazu geführt hat, dass der Tatbestand zur Förderung der Prostitution praktisch gestrichen wurde.«

»Meine Sorge ist nicht die spontane Tat, in der eine Prostituierte gewalttätig wird, wie Tessa Bahl, die ihren Zuhälter krankenhausreif geprügelt hat.« Jan betrachtete Volpe genau, als er den Namen aussprach, aber sie reagierte nicht darauf. »Ich versuche, einer Bande auf die Spur zu kommen, die Morde plant.«

»Bei allem Respekt für die Frauen, nur die wenigsten aus diesem Milieu wären in der Lage dazu, fehlt es ihnen doch an Wissen über Behörden und Vorgänge in Deutschland«, bemerkte Volpe. »Die einzigen Gesetze, die sie kennen, sind die der Parallelgesellschaft, in der sie leben, und die hat ihre eigenen Regeln mit eigenen Richtern, die nicht selten Henker sind. Wenn ich mir ansehe, welch skrupelloser gewalttätiger Abschaum in diesem Milieu arbeitet, kann ich mir nur schwer vorstellen, dass sich eine Gruppe Prostituierter dagegen auflehnen oder Rache an ihren Peinigern nehmen kann.«

* * *

Jan war so tief in seine Akten vergraben, dass er den Kripochef erst bemerkte, als der neben ihm stand.

»Ich war gerade am Aufräumen«, versuchte Jan, die zahllosen Kaffeetassen und die Pizzaschachtel auf seinem Schreibtisch zu erklären.

Bergman lächelte nachsichtig. »Das ist nicht der Grund, warum ich hier bin.«

»Viel kann ich dir nicht bieten«, sagte Jan. »Obwohl wir zweifelsfrei beweisen können, dass Kinnen die Asservate gestohlen hat, um davon Zierks' DNS zu gewinnen, haben wir sie nicht zu einer Aussage bewegen können. Der Staatsanwalt sieht keine Veranlassung, sie festzuhalten, also haben wir sie kurz nach der Festnahme wieder freigelassen.«

»Und es gibt noch immer keinen Zusammenhang zwischen ihr und dem Opfer Comberg.«

»Ich habe keine Ahnung, warum sie das gemacht hat«, sagte Jan kopfschüttelnd. »Und genauso sinnlos war mein gestriges Gespräch mit der Psychotherapeutin. Sie hat Verständnis für den Zorn der Frauen, kann sich aber nicht vorstellen, dass sich eine Gruppe Prostituierter gegen ihre Unterdrücker auflehnt.«

»Bei den Zuständen draußen auf der Straße fällt mir das auch schwer zu glauben«, sagte Bergman.

»Wir haben zwei Morde mit Hinweisen, Zeugenaussagen, Tatwaffen und allem, was man normalerweise so benötigt. Dem gegenüber stehen eine Menge Merkwürdigkeiten über angeblich gestohlene Schlagstöcke, Handys in Mülleimern und einer scheinbar unbeteiligten Eva Kinnen, die alles riskiert, um Asservate zu stehlen, damit eine falsche Spur gelegt werden kann.« Er kratzte sich über die unrasierte Wange. »Ich glaube, dass Kinnen all diese Verwirrungen auflösen könnte, aber wenn sie weiter schweigt, sehe ich keinen Ansatz für Ermittlungen.«

»Warten wir die Anklage des Staatsanwalts ab«, sagte Bergman. »Wenn Kinnen klar ist, was für eine Strafe ihr drohen könnte, wird sie vielleicht gesprächiger.«

Jan wollte gerade etwas dazu bemerken, als die Tür aufging und Patrick hereingelaufen kam.

»Wir haben einen weiteren gewaltsamen Angriff, der mit Gehders und Combergs Tod zusammenhängen könnte.« Er deutete auf sein Handy. »Du wirst nicht glauben, wer der Täter war.«

* * *

Jan betrachtete die Leiche, als könnte er nicht glauben, dass wirklich Eva Kinnen vor ihm lag. Ihre blonden Haare waren hochgesteckt, sie trug eine dunkle Hose und einen schwarzen Pullover. Eine Skimaske war ihr vom Kopf heruntergenommen worden. Ihre Augen waren wie im Schrecken offen, als hätte sie nicht verstanden, was mit ihr passierte. Aus einer Wunde am Hinterkopf war Blut herausgelaufen und hatte eine dunkelrote, klebrige Pfütze gebildet. Nicht weit von ihr lag eine armlange Holzkeule, deren Griff mit Industrieband umwickelt war.

»Ein Wahnsinn«, bemerkte Patrick hinter ihm.

»Ich verstehe nichts mehr.« Jan ging zwei Schritte zurück, um seine Kollegen vom KTI nicht zu behindern. »Was ist hier vorgefallen?« Er sah sich im Raum um. Sie befanden sich im luxuriösen Wohnzimmer eines Mannes, der gern mit seinem Reichtum angab, aber keinen Stil hatte. Die weiße Ledercouch maß vier Meter. Davor lagen Tigerfelle. Der Couchtisch war golden und der silberne Leuchter darauf mit Diamanten besetzt. Daneben stand ein großer Sektkühler mit einer Magnumflasche Champagner. An den Wänden waren grinsende Totenköpfe im Graffitistil aufgemalt, manche nur faustgroß, andere zogen sich bis zur Decke hoch. Die Abbildungen reichten von einfachem Schwarz-Weiß bis hin zu glitzerndem Silber, einzig unterbrochen von einem zwei Meter breiten banalen Flatscreen, über dem große Lautsprecher befestigt waren.

»Die Kurzversion: Eva Kinnen ist hier eingedrungen und hat versucht, den Hausbesitzer Pius Schardey zu erschlagen«, erklärte Patrick.

»Moment. Hast du Pius Schardey gesagt? Der Zuhälter?«

»Offiziell hat er diese Profession hinter sich gelassen, aber ja.«

»Dann werden wir nicht lange nach dem Motiv suchen müssen«, erwiderte Jan.

»Verdammte Dreckshure!«, hörte man jemanden im Nebenzimmer schreien.

»Offensichtlich hat er den Angriff gut überstanden«, bemerkte Jan.

»Wahrscheinlich ein gebrochener Arm und eine Platzwunde am Kopf. Im Vergleich zu Gehder und Comberg hatte er Glück.«

Ein Mann um die vierzig stand am Eingang des Wohnzimmers. Er war einen Kopf kleiner als Jan, mit kurz geschnittenen Haaren und einem breiten Pflaster auf der Stirn. Da er nur ein Unterhemd trug, konnte man seine Tätowierungen sehen, die sich über den ganzen durchtrainierten Oberkörper bis zum Hals zogen. Wenig überraschend waren die meisten davon Totenköpfe. Seine linke Wange war gerötet und seine Augen tränten. Schardey hatte den rechten Arm an die Brust gepresst und die

Zähne gefletscht. »Ich will wieder in meine Wohnung!«, schrie er, aber zwei Polizeibeamte hatten sich ihm in den Weg gestellt.

»Herr Schardey.« Patrick ging auf ihn zu. »Wie Ihnen Ihr Anwalt schon erklärt hat, ist dies ein Tatort. Und bis wir diesen nicht vollständig untersucht haben, dürfen Sie nicht wieder hinein.«

Ein Mann im Anzug flüsterte ihm etwas ins Ohr.

»Laber mich nicht voll.« Schardey stieß ihn von sich. »Ohne dich wären die Bullen nicht hier.« Er hustete stark.

»Es war eine gute Entscheidung, die Polizei zu rufen …«, begann Jan.

»Hätte ich die Dreckshure einfach in den Fluss geworfen, könnte ich jetzt auf der Couch sitzen und Football glotzen.« Er streckte ihm den Mittelfinger hin und wurde von einem weiteren Hustenanfall geschüttelt. Dann verließ er das Haus, während sein Anwalt bei Patrick stehen blieb. Mit dem Anzug und der gepflegten Erscheinung sah er nicht wie ein Mann aus, der Kriminelle wie Schardey vertrat. Aber auch Zuhälter und Mädchenhändler hatten ein Recht auf Verteidigung.

»Nur damit wir uns richtig verstehen, Kommissar Stein«, begann der Anwalt mit ruhiger Stimme. »Mein Klient ist hier das Opfer. Er war allein zu Hause und wurde von dieser Frau überfallen. Es handelt sich hierbei um einen klaren Fall von Notwehr.«

»Lieber Herr Rens. Ihr Klient steht nicht unter Verdacht. Ausnahmsweise«, fügte Patrick noch hinzu. »Aber können Sie mir sagen, woher Herr Schardey diese Frau kannte?«

»Sie ist weder mir noch meinem Klienten bekannt.«

»Niemand bricht grundlos in ein gut gesichertes Haus ein und versucht, den Besitzer zu töten.« Jan hatte sich neben Patrick gestellt.

»Mein Klient ist ein offensichtlich wohlhabender Mann.« Rens deutete in das Wohnzimmer.

Jan wollte weiterfragen, aber sein Kollege stieß ihn mit dem Fuß an. »Vielen Dank für Ihre Zeit«, sagte Patrick mit einem Lächeln. »Wir melden uns morgen bei Ihnen, damit Ihr Klient uns den Fall aus seiner Sicht erzählen kann.«

»Der Anwalt ist ein cleverer Mistkerl«, sagte Patrick, als sie wieder in das Wohnzimmer hineingingen. »Je mehr wir ihn im Unklaren lassen, umso besser für uns.«

Ein Kriminaltechniker schob Jan zur Seite, damit er ein Foto machen konnte. »Ich warte die Ermittlungen ab und versuche, mich woanders nützlich zu machen.«

»Der Durchsuchungsbeschluss für Kinnens Wohnung ist beantragt«, sagte Patrick. »Wegen der Brisanz des Falles wird er genehmigt sein, bevor du dort angekommen bist.«

»Dann mache ich mich gleich auf den Weg«, sagte Jan. »Ich bin gespannt, was mich erwartet.«

* * *

Wie Patrick vorhergesehen hatte, lag der Durchsuchungsbeschluss bei seiner Ankunft vor. Obwohl er das Feld eigentlich den Kriminaltechnikern überlassen musste, wollte Jan keine Zeit verlieren. Kinnen war sicherlich keine Einzeltäterin. Dazu gab es zu viele Verstrickungen zu den anderen beiden Morden.

Nachdem ihm der Hausmeister die Tür geöffnet hatte, schlüpfte er in einen weißen Schutzoverall, zog eine Maske übers Gesicht und schob seine Finger in Plastikhandschuhe.

Während Tessa Bahls Unterkunft durch klinische Sauberkeit und das Fehlen jeglicher persönlicher Dinge auffällig gewesen war, wirkte diese Wohnung wie die einer jungen Frau mit Stil und Geschmack. Das Wohnzimmer wurde von einer großen hellgrauen Couch dominiert. Darauf weiße Kissen und eine warme Wolldecke in der gleichen Farbe. Landschaftsgemälde hingen an der Wand, die von verborgenen LEDs beleuchtet wurden. Der braune Knüpfteppich passte zu dem Couchtisch aus Holz mit einem üppigen Strauß roter Rosen, die erst bei der zweiten Betrachtung als künstlich zu erkennen waren. Auf einer kleinen Kommode stand eine längliche Vase mit Räucherstäbchen. Dieser warme Stil durchzog die ganze Wohnung, die Küche, das Schlafzimmer und das helle Bad. Nichts deutete auf eine Frau hin, die von Dämonen heimgesucht wurde oder in ihrer Freizeit gern Leute erschlug.

Jan machte einige Fotos, bis er Kinnens Laptop und ihr Handy auf einem kleinen Beistelltisch in der Küche fand. Obwohl ihm die Kollegen vom KTI Vorwürfe machen würden, weil er wieder einen Alleingang unternommen hatte, steckte er beides in einen Beutel und klemmte es sich unter den Arm. Er wollte nicht warten, bis die Untersuchung der Wohnung abgeschlossen war, sondern Max so schnell wie möglich darauf ansetzen. Im Schlafzimmer zog Jan alle Schubladen auf, fand aber weiter nichts Verdächtiges, keine Waffen, keine Aufnahmen von Schardey oder irgendetwas anderes, das eine Tat wie diese hätte erahnen lassen. Er verstand immer noch nicht, was eine Frau wie Kinnen dazu gebracht hatte, einen Mann wie Schardey anzugreifen.

Nachdenklich verließ er die Wohnung und machte sich auf den Weg zur Dienststelle. Er konnte nur hoffen, dass Laptop und Handy mehr Informationen liefern würden.

* * *

»Guten Morgen, Hauptkommissar Tommen«, klang die Stimme von Schardeys Anwalt durch den Lautsprecher auf dem Tisch des Besprechungszimmers.

»Guten Morgen, Herr Rens«, antwortete Jan. »Danke, dass Sie an diesem Sonntag Zeit für uns haben. Mit mir im Raum ist mein Kollege Stein.« Er nickte Patrick über den Tisch zu.

»Ich habe meinen Mandanten konsultiert, aber er sieht sich nicht imstande, mit Ihnen zu sprechen«, fuhr Rens fort. »Die Aufregung war zu viel für ihn.«

Jan rollte mit den Augen.

»Nichtsdestotrotz stehe ich für alle Ihre Fragen zur Verfügung. Mit meinem Mandanten habe ich mich ausreichend ausgetauscht.«

Jan schaltete die Freisprechanlage auf stumm und stöhnte hörbar. Patrick zuckte nur die Achseln.

»Dann lassen Sie uns zum Abend der Tat zurückkehren«, begann Jan, als er den Knopf wieder gedrückt hatte. »Können Sie uns den Angriff beschreiben?«

»Mein Mandant saß auf der Couch und verfolgte ein Footballspiel, als die Angreiferin in das Wohnzimmer gestürzt kam und ihn mit dem Knüppel schlug. Der Schlag brach den Oberarm von Herrn Schardey. Daraufhin wehrte sich mein Mandant, was zu dem unglücklichen Sturz führte, der schließlich im Tod der Angreiferin resultierte.«

»Das ist alles?«, wunderte sich Jan. »Eva Kinnen kam in das Wohnzimmer und wollte Ihren Mandanten töten?«

»Die Untersuchungen Ihrer Kollegen werden sicherlich zu dem gleichen Schluss gekommen sein.«

»Warum wollte Eva Kinnen Ihren Mandanten töten?«, fragte Jan. »Da sie in das Haus eingebrochen ist, muss es persönliche Beweggründe geben.«

»Bis zu diesem Abend war meinem Mandanten die Angreiferin unbekannt.«

Jan ballte die Fäuste. »Wenn es keine Verbindung zwischen Frau Kinnen und Ihrem Mandanten gibt, dann erklären Sie mir bitte den Grund für den Angriff.«

»Ein versuchter Einbruch.«

»Herr Rens«, begann Jan ruhig. »Ihr Mandant saß mit dem Rücken zur Tür, und nach den Lautsprechern am

Fernseher zu schließen, war es wahrscheinlich sehr laut. Ein Einbrecher hätte ungestört alle anderen Zimmer ausräumen können, ohne dass er es bemerkt hätte. Ein Angriff wäre nicht notwendig gewesen.«

»Bedauerlicherweise können wir die Täterin nicht mehr nach ihren Motiven fragen.«

So wie Rens diesen Satz sprach, schien er es nicht wirklich zu bedauern.

»Hat Frau Kinnen irgendetwas zu Ihrem Mandanten gesagt oder etwas geschrien, bevor sie ihn attackiert hat?«

»Nein.«

Jan sah zu Patrick, der nur den Kopf schüttelte.

»Dann danke ich Ihnen für Ihre Zeit«, sagte Jan. »Wir verfassen ein Gesprächsprotokoll, das wir Ihnen sofort zukommen lassen.«

»In Ordnung, Hauptkommissar Tommen«, sagte der Anwalt noch. »Einen schönen Tag.« Dann legte er auf.

»Das hätten wir uns sparen können«, sagte Patrick.

»Nicht ganz«, widersprach Jan. »Denn Rens hat so offensichtlich gelogen, dass wir einen Einbruch und einen ungeplanten Angriff ausschließen können. Jetzt wissen wir, dass es eine Verbindung zwischen beiden gibt. Und die müssen wir finden.«

* * *

Jan hatte den ganzen Tag nichts gegessen, sodass er die Suppe in sich hineinlöffelte, ohne zu fragen, was Chandu ihm aufgetischt hatte. Aber auch an diesem Abend gab es keinen Grund zur Beanstandung. Die dickflüssige weiße Brühe schmeckte hervorragend.

»Das ist eine Suppe aus Petersilienwurzeln und Zucchini«, erklärte Chandu, als er Jan ein Stück frisch gebackenes Ciabatta reichte. »Einfach in der Zubereitung, aber wirkungsvoll im Geschmack.«

»Du solltest ein Kochbuch veröffentlichen«, bemerkte Jan.

»Wenn in Berlin weniger Leute ermordet werden, finde ich vielleicht die Zeit dazu«, erwiderte Chandu lächelnd und setzte sich mit an den Tisch. Sie aßen eine Zeit lang schweigend. Jan nahm sich noch einmal nach, während seine Freunde es sich auf der Couch gemütlich machten.

»Kinnen hat sowohl ihr Handy als auch ihren Laptop plattgemacht«, begann Max, als Jan mit dem Essen fertig war. »Und zwar auf eine Art, dass sie nicht mehr wiederherzustellen sind, selbst mit der Software vom BKA nicht.«

»Mit nichts meinst du wirklich nichts?«, gab Chandu verwundert zurück. »Wie ist so etwas möglich?«

»Indem man mit einem professionellen Programm alles auf der Festplatte löscht und diese wieder vollständig bespielt«, sagte Max. »Das Fachwissen dafür hatte sie.«

»Also können wir eine spontane Tat ausschließen«, sagte Chandu.

»Im Gegensatz zu Gehder und Comberg ist bei Schardey das Motiv offensichtlich«, sagte Jan. »Die Anzeigen wegen Körperverletzung sind in Gewalt gegenüber Frauen begründet. Außerdem wurde er wegen Zuhälterei und Menschenhandel verurteilt.«

»Laut meinen Quellen ist Schardey weder ein großer Zuhälter noch ein wichtiger Mann beim Trafficking«, erklärte Chandu. »Er wird meist fürs Grobe eingesetzt.«

»Was mich bei seiner Körpergröße überrascht«, sagte Jan.

»Von der Skrupellosigkeit konnte es Schardey mit Evil Zierks aufnehmen«, sagte Chandu. »Und seine bevorzugten Waffen sind Schlagringe mit messerscharfen Spitzen. Damit zwingst du jeden in die Knie.«

»Wenn Schardey nur fürs Grobe eingesetzt wird, hat er beim Menschenschmuggel viel zu tun«, mutmaßte Zoe.

»Laut unseren Kollegen vom BKA wird nur ein kleiner Teil durch Gewalt in die Prostitution gezwungen«, erklärte Jan. »Die Abhängigkeit entsteht durch hohe Schulden wegen der Einreise und der Passbeschaffung.«

»Auch lassen sich viele Prostituierte aus ihren Heimatländern hierherlocken, weil sie bessere Verdienstmöglichkeiten sehen als in Asien oder Afrika«, ergänzte Chandu.

»Dass nicht so viel körperliche Gewalt ausgeübt wird, wie man gemeinhin vermutet, macht die ganze Sache nicht besser«, führte Jan aus. »Aber bei der unübersichtlichen Menge an ausbeuterischen Drecksäcken in Berlin stelle ich mir die Frage, warum es ausgerechnet Schardey erwischt hat. Wie Chandu schon erwähnte, war er in vielerlei Hinsicht nicht die Spitze des Eisbergs.«

»Es muss etwas Persönliches sein«, schloss Zoe.

»Was hat eine IT-Spezialistin wie Kinnen mit einem Mann wie Schardey zu tun?«

»Sie selbst vielleicht nicht, aber wenn wir Dr. Volpe mit ins Spiel nehmen, könnte die Rechnung aufgehen«, sagte Zoe. »Ihr Beruf als Therapeutin bringt sie mit Opfern von Schlägern wie Schardey zusammen.«

»Von dem Standpunkt aus müsste die Liste aber riesig sein«, bemerkte Chandu. »Und da gibt es noch üblere Typen.«

»Ich halte eine Verbindung zwischen Opfer und Angreiferin für unmöglich«, fuhr Jan fort. »Und hätte sich Kinnen irgendwelchen sexuellen Praktiken oder Abartigkeiten gewidmet, hätte es bei ihr zu Hause Anzeichen dafür gegeben.«

»Uns wird nichts anderes übrig bleiben, als Kinnen und Volpe zu durchleuchten, bis wir eine Verbindung finden«, sagte Zoe.

»Kinnens Geschichte habe ich schon beim Diebstahl der Asservate erzählt«, begann Max. »Die von Volpe ist auch schnell erledigt.« Er blendete ihr Bild ein. »Unsere Doktorin stammt aus der Nähe von Potsdam. Nach dem Abitur ein Studium der Psychologie samt Promotion und eine Weiterbildung zur Psychotherapie. Sie hat zwei Jahre lang in einer Klinik gearbeitet, bevor sie sich selbstständig gemacht hat. In ihrer Praxis bietet sie Verhaltenstherapie nach der klassischen EGH-Methode an, was immer das auch ist.«

»Extinktion, Gegenkonditionierung oder Habituation«, erklärte Zoe. »Man löscht das problematische Verhalten, man sucht nach Strategien dagegen oder versucht, eine Gewöhnung zu entwickeln, damit auslösende Reize nicht mehr so starke Auswirkungen haben.«

»Durch Volpes Meiden der sozialen Medien kann ich euch nur eine Mitgliedschaft im Fitnessstudio anbieten«, sagte Max. »Keine Einträge in irgendeiner Strafakte und Volpe besitzt nicht einmal ein Auto.«

»Mit Kinnen war es nicht anders, bis wir sie beim Klauen der Asservate erwischt haben«, sagte Jan.

»Der Unterschied von Kinnen zu Schardey ist so extrem, dass es einen Zusammenhang geben muss«, beharrte Chandu.

»Sie könnte Opfer eines Gewaltverbrechens geworden sein«, vermutete Zoe.

»Ein plausibler Gedanke«, stimmte Jan zu. »Aber warum gibt es dann keinen Eintrag zu ihr in unseren Akten?«

»Angst, Scham oder der Wunsch nach persönlicher Rache.« Chandu zuckte die Achseln. »Längst nicht alle Gewaltopfer wenden sich an die Polizei.«

»Lass uns die Idee weiter ausführen«, sagte Jan. »Schardey überfällt oder missbraucht Kinnen. Warum sucht sie bei einem stadtbekannten Schläger die unmittelbare Konfrontation? Warum besorgt sie sich keine Pistole und erschießt ihn? Aus welchem Grund bricht sie bei ihm ein und überrascht ihn nicht in einer dunklen Hausecke?«

»Weil die unmittelbare Gewaltausübung befriedigender sein kann als das Töten auf Entfernung«, sagte Chandu.

»Guter Einwand«, gab Jan zu. »Kinnen war intelligent, jedoch nicht sonderlich stark. Wenn ich mich ausgiebig an jemandem rächen wollte, der mir körperlich überlegen ist, mache ich ihn wehrlos. Das reicht von Betäubungsmitteln über Elektroschocker bis zu einem Schuss ins Knie.«

»Worauf willst du hinaus?«, fragte Chandu.

»Es hätte gefahrlosere und effizientere Methoden gegeben, Schardey zu attackieren«, antwortete Jan. »Warum die Mühe mit dem Einbruch?«

»Lass uns das Geschehen von Anfang an betrachten«, schlug Zoe vor. »Wie ist sie in das Haus gekommen?«

»Sie hatte einen Nachschlüssel zu der Küchentür, die in den Garten führt«, erklärte Jan. »Den haben die Kollegen in ihrer Jacke gefunden.«

»Und wieso ist sie nicht vorne hinein?«, fragte Zoe.

»Einerseits ist ein Einbruch durch den Hintereingang überraschender«, erläuterte Jan. »Andererseits ist das Schloss der Küchentür minderwertiger. Von den Sicherheitsschlüsseln vorne hätte man keinen Abdruck machen können.«

»Und wie kommt sie zu einem Nachschlüssel?«, wollte Chandu wissen.

»Das haben die Kollegen Schardey auch gefragt«, sagte Jan. »Nach seiner Aussage betritt er die Wohnung immer von vorne. Die beiden Schlüssel für die Gartentür hat er in der Küche aufbewahrt, wo sie nach der Tat noch immer lagen. Sie haben nie das Haus verlassen.«

»Also hatte Kinnen einen Komplizen, der in Schardeys Haus gelangen konnte«, schloss Chandu.

»Darum können wir uns später kümmern«, sagte Zoe. »Wie ging es weiter, nachdem Kinnen durch die Küchentür gelangt ist?«

Max blendete ein Bild des Wohnzimmers ein.

»Alleine wegen der Einrichtung hätte Schardey schon den Tod verdient«, murmelte Zoe.

»Laut seiner Aussage saß unser Freund auf der Couch und verfolgte ein Footballspiel, als eine vermummte Gestalt auf ihn zugestürmt kam und ihm den Knüppel auf den Kopf schlagen wollte.« Jan stand auf und deutete auf die Couch. »Schardey konnte im letzten Moment den Arm hochreißen. Dann sprang er auf, rammte Kinnen mit den Schultern, weswegen sie mit dem Hinterkopf auf die Couchtischkante schlug, wo sie sich das Genick brach.«

»Ist das Schardeys Aussage oder haben das die Kriminaltechniker ermittelt?«, fragte Chandu.

»Überwiegend seine Worte, aber nach den ersten Untersuchungen des KTI könnte es so abgelaufen sein«, sagte Jan.

»War Schardey an dem Abend auf Drogen?«

»Eine Untersuchung hat er verweigert, aber nach den erweiterten Pupillen und seiner aufgedrehten Art zu schließen, würde ich davon ausgehen«, sagte Jan. »Außerdem wurden Spuren von Amphetamin auf dem Couchtisch gefunden. Zusammen mit dem Gestank nach verwesendem Fisch dort tippe ich auf Speed.«

»Fischgestank?«, wunderte sich Max.

»Amphetamine gibt es in unterschiedlichen Darreichungsformen«, erklärte Zoe. »Eine davon ist eine klebrige Paste aus Amphetaminsalz und Lösungsmitteln, die nach Amin riecht, was an einen verwesenden Fisch erinnert.«

»Warum willst du das wissen?«, fragte Jan seinen Freund.

»Einen Schlag, der einen Arm bricht, steckt man nicht so einfach weg«, sagte Chandu. »Unter normalen Umständen hätte Kinnen mindestens noch einen zweiten Treffer anbringen können, doch wenn Schardey auf Speed war, hat er das kaum gemerkt.«

»Was genau wurde bei dem Schlag gebrochen?«, fragt Zoe.

Max wechselte zu einem Bericht und klickte sich durch die Seiten. »Der Knochen des rechten Oberarms«, erläuterte er.

»Die Platzwunde an der Stirn kam vom Sturz, als er Kinnen umgerissen hat.«

»Dann lügt Schardey«, erwiderte Chandu. »Bei einer typischen Abwehrreaktion reißt das Opfer den Arm zum Schutz nach oben.« Er vollführte die Geste langsam, bis sein Unterarm quer über seiner Stirn war. »Bei einem versuchten Treffer auf den Kopf würde der Unterarm brechen, nicht der Oberarm. Das wäre bei einem seitlichen Angriff der Fall, und wenn Schardey auf der Couch saß und Kinnen ihn von vorne angegriffen hat, hätte sie sehr tief schlagen müssen, was keinen Sinn ergibt, wenn sie ihn töten wollte. Wahrscheinlich wollte Kinnen den Arm so treffen, um ihn handlungsunfähig zu machen.«

»Warum sollte Schardey lügen?«, fragte Jan. »Er ist das Opfer.«

»Du warst am Tatort und hast ihn am nächsten Tag befragt«, erklärte Chandu. »Sag du es uns.«

»Ich habe nicht ihn, sondern nur seinen Anwalt gesprochen«, sagte Jan. »Aber Schardey ist ein Gewalttäter, der sich Teile seines Gehirns mit Drogen weggebrannt hat. Wahrscheinlich war er gerade auf Entzug und konnte deshalb nicht an der Befragung teilnehmen.« Jan kratzte sich an seinem Dreitagebart. »Wie schon bei Gehder und Comberg habe ich auch hier das Gefühl, etwas Wichtiges zu übersehen, ohne dass ich es festmachen kann.«

»Sherlock Holmes sucht immer nach Seltsamkeiten«, erklärte Max.

»Noch seltsamer als eine harmlose IT-Spezialistin, die einen miesen Schläger zu Hause umbringen will, geht kaum«, bemerkte Jan.

»Ich meine nicht das große Bild, sondern die Kleinigkeiten, die einzeln betrachtet nicht auffällig sind und nur zusammen etwas aussagen.« Max wandte sich an Zoe. »Hat die Obduktion etwas Ungewöhnliches ergeben?«

Sie schüttelte den Kopf. »Todesursache war eine Fraktur der Halswirbelsäule, die durch den starken Aufprall auf die Tischkante erfolgt ist. Kinnen hatte weder Drogen im Blut noch irgendwelche Verletzungen, die auf einen ausführlichen Kampf hindeuten. Ebenso wenig fanden sich Anzeichen für Folter oder Vergewaltigung.«

»Irgendwelche Spuren an den Fingern oder an der Kleidung?«, fragte Max.

»Sie trug Handschuhe«, erklärte Zoe. »An der rechten Seite ihres Pullovers waren Reste von Capsaicin.«

»Pfefferspray?«, erwiderte Jan verwundert.

»In einer sehr geringen Dosis«, erklärte Zoe. »Nicht annähernd die Menge, die man bei einem Angriff abbekommt. Und da am Tatort kein Pfefferspray gefunden wurde, haben es die Kollegen von der Kriminaltechnik nur vermerkt und keine weiteren Untersuchungen angestrengt.«

»Wie lange sind die Auswirkungen von Pfefferspray spürbar?«, fragte Jan.

»Hängt von der Menge und dem Trefferort ab«, antwortete Zoe. »In den Augen kann es zu einer vorübergehenden Erblindung kommen. Zumindest aber zur Bindehautschwellung und zu Tränenfluss. Auf der Haut erzeugt es ein schmerzhaftes Brennen. Beides schwillt nach einer bis vier Stunden ab. Die Entzündung der Hornhaut kann aber noch nachwirken, ebenso die Reizung der Bronchialmuskulatur.«

»Das ist es.« Jan ging zu Max und gab ihm einen Kuss auf den Kopf. »Jetzt ergibt sich ein Bild.«

»Weihst du uns in deine wirren Gedanken ein?«, fragte Zoe, während sich Max angewidert über die Haare fuhr.

»Nach dem Angriff hat Schardey nicht die Polizei gerufen, sondern seinen Anwalt«, erklärte Jan. »Sicherlich haben sie daraufhin illegale Waffen entsorgt, ebenso das Speed und andere Dinge, die man nicht den Behörden zeigen will. Nach dem Anruf des Anwalts kamen die Polizei und der KDD, die schließlich Patrick auf der Dienststelle informiert haben. Bis wir beide vor Ort waren, können locker zwei Stunden seit Kinnens Tod vergangen sein.«

»Genug Zeit, um einen Tatort günstig zu verändern«, schloss Chandu. »Vor allem, wenn man einen cleveren Anwalt zur Hand hat.«

»Ich war nur kurz dort, weil ich die Kollegen vom KTI nicht behindern und mir Kinnens Wohnung ansehen wollte, aber in der Zeit habe ich Schardey gesehen. Die Haut an seiner rechten Wange war gerötet und das Auge darüber hat getränt. Außerdem hat er gehustet.«

»Die Nachwirkungen von Pfefferspray«, schloss Chandu.

»Aber am Tatort fand sich kein Reizgasbehälter«, erklärte Max.

»Und Kinnen hat kein Pfefferspray benutzt, sonst hätten sich auf ihren Handschuhen Spuren davon gefunden«, ergänzte Zoe.

»Schardey hat nichts von einem Angriff mit Reizgas erzählt, daher stellt sich jetzt die Frage, warum er das verheimlicht hat«, sagte Jan.

»Weil er sich damit gewehrt und sich selbst ins Gesicht gesprayt hat«, vermutete Max.

»Schardey ist kein Typ für Pfefferspray, sondern eher für Messer und Knarren«, wandte Chandu zweifelnd ein.

»Obwohl Kinnen eine Skimaske trug, hätten schon kleine Mengen Pfefferspray eine Reizung der Augen verursacht, die ich bei der Obduktion festgestellt hätte«, erklärte sie. »Und so nah, wie sie Schardey bei dem Angriff gekommen ist, konnte er sie nicht verfehlen.«

»Ihr habt alle recht«, schloss Jan. »Und wenn wir diese Kleinigkeiten zusammenpacken, lässt es nur einen Schluss zu: Eva Kinnen war an dem Abend nicht die einzige Angreiferin und Schardey verheimlicht uns das. Und den Grund dafür müssen wir herausfinden.«

Kapitel 11

»Schardey hat nach der Tat die Polizei gerufen«, sagte Chandu. »Aus seiner Sicht macht es keinen Unterschied, ob ihn noch eine weitere Person angegriffen hat. Warum verheimlicht er das?«

»Mir fällt kein Grund ein«, gab Jan zu.

»Fanden sich noch Hinweise zu anderen Beteiligten im Wohnzimmer?«, fragte Zoe.

»Die Kollegen vom KTI haben drei unbekannte DNS-Spuren gefunden«, erklärte Jan. »Zwei Frauen und ein Mann. Eine weitere stammt von einer Prostituierten namens Gita Durna.«

»Vielleicht war sie die Unbekannte?«, vermutete Zoe.

»Die Probe ist von einer Ecke der Couch«, sagte Jan. »Wäre sie in einen Angriff involviert gewesen, hätte man mehr und an anderen Stellen gefunden. Und da die restliche DNS unbekannt ist, können wir Tessa Bahl aus unserer Betrachtung herausnehmen.«

»Von den Fotos zu schließen, ist das Wohnzimmer sehr unordentlich«, sagte Max. »Ein Wunder, dass nur vier weitere DNS-Spuren gefunden wurden.«

»Dann zäumen wir das Pferd erneut von hinten auf«, sagte Jan. »Warum sollte ausgerechnet Schardey sterben, obwohl es Hunderte Drecksäcke seiner Art in Berlin gibt?«

»Aufgrund des Aufwandes muss es etwas Persönliches gewesen sein, sonst hätte sich Kinnen nicht die Mühe mit dem Einbruch gemacht«, sagte Chandu.

»Schardey war im Rotlichtmilieu aktiv«, erklärte Zoe. »Es wird zahllose Frauen geben, die einen Grund hatten, ihn zu töten.«

»Aber Kinnen war keine von ihnen«, sagte Jan.

»Da sind wir wieder beim Fremden im Zug«, bemerkte Max. »Kinnen könnte nur die Ausführende gewesen sein.«

»Wir drehen uns im Kreis«, stöhnte Jan. »Wir müssen mehr über Opfer und Täter herausfinden.«

»Ich höre mich um, wo diese Gita Durna anschafft«, sagte Chandu. »Vielleicht kann sie uns ein paar Interna geben.«

»Du glaubst, dass sie mit einem Kripobeamten darüber redet?«, gab Jan verwundert zurück.

»Sie wird nicht wissen, dass du Kripobeamter bist«, erklärte Chandu. »Aber dafür muss ich erst ein paar Sachen besorgen.«

* * *

Wie schon in vielen Fällen zuvor, bewies Chandu wieder seinen großen Nutzen. Es hatte nur vierundzwanzig Stunden gedauert, bis er herausgefunden hatte, wo Durna anschaffen ging. Außerdem hatte er einen Plan entwickelt, wie Jan sie befragen konnte, ohne dass er Verdacht erregen würde.

Dafür saß Jan in einer protzigen Stretchlimousine, trug ein geschmackloses silbernes Jackett über seiner engen Lederhose und hatte sich mehrere falsche Goldketten um den Hals gehängt. Zusammen mit der gespiegelten Sonnenbrille kam er sich ausgesprochen dämlich vor, aber er würde die Rolle spielen, die ihm Chandu zugewiesen hatte.

»Wir sind gleich da«, hörte er die Stimme seines Freunds von vorne. Jan stellte den Champagner in den Eiskühler, steckte sich einen Zahnstocher in den Mund und lehnte sich breitbeinig auf dem Autositz zurück.

Er hörte, wie vorne ein Fenster heruntergelassen wurde und Chandu sich mit einer Frau unterhielt. Kurz darauf ging die Tür auf und eine knapp bekleidete Blondine stieg zu ihm ein. Sie hatte eine Langhaarperücke auf, trug einen knappen Minirock und schwarze Strumpfhosen. Ihre großen Brüste waren mit einem knappen BH bedeckt und quollen unter einer kurz geschnittenen Jacke hervor. Eigentlich hätte Jan nicht so offen darauf gestarrt, aber er war nicht als Kripobeamter hier, sondern in der Rolle eines konkurrierenden Zuhälters, daher zeigte er ein breites Grinsen, als sie einstieg. Er schätzte Durna auf Ende zwanzig, war sich wegen der vielen Schminke auf ihrem Gesicht aber nicht sicher. Nachdem sie den Hunderteuroschein in die Tasche gesteckt hatte, wollte sie gerade ihren BH öffnen, als Jan die Hand hob. Das Auto fuhr los und die Türen schlossen sich.

»Ich will nur reden«, sagte Jan.

»Bist du ein Bulle oder was?«, keifte Durna und starrte ihn feindselig an.

»Ich brauche Infos zu einem Penner, der mir das Geschäft versaut«, sagte Jan. »Der Penner ist Pius Schardey.«

Sie zog den BH hoch und wollte die Tür öffnen, bis sie merkte, dass sie bereits losgefahren waren. »Fick dich.«

»Was ist dein Problem?«, wollte Jan wissen. »Hundert Euro für ein lockeres Gespräch.«

»Wenn das Schardey erfährt, schlitzt er mich auf.«

»Ich bin auch kein netter Mensch.« Jan hasste es zu drohen, aber wenn Durna nichts von diesem Gespräch erzählen würde, würde Schardey auch nichts davon erfahren. Allerdings musste er ihr zugestehen, dass sie das nicht wissen konnte. »Nur ein paar Fragen, wir fahren eine Runde um den Block und du bist wieder zurück.«

Sie schob eine Strähne ihrer Haare aus dem Gesicht, schien sich aber zu beruhigen.

»Welche Aufgabe hat Schardey?«, fragte Jan.

»Er beschützt die Mädchen und kümmert sich um Typen, die in seinem Gebiet wildern.«

»Wie behandelt er euch?«

»Genauso beschissen wie der Rest«, antwortete Durna.

»Warst du schon mal bei ihm zu Hause?«

»Das ist Teil der Bezahlung. Einmal die Woche muss eine von uns zu ihm.«

»Und wann war dein letztes Mal?«

»Vor einem Monat«, antwortete sie nach einem Moment des Überlegens.

»Hab gehört, dass er eine Corvette und einen Mustang fährt«, sagte Jan. »Ziemlich fett für einen Sicherheitsmann.« Tatsächlich hatte Jan keine Ahnung, was man in dieser Branche verdiente, aber Chandu hatte ihn nach Betrachten der Bilder darauf hingewiesen, dass sich Schardey sein Haus und seine Autos in Anbetracht seiner Stellung eigentlich nicht würde leisten können. Und aufgrund ihres Schweigens und des folgenden unsicheren Blicks zur Seite konnte man davon ausgehen, dass Durna das auch zu wissen schien.

Durna war in der deutlich schlechteren Position. Eine weitere Drohung hätte genügt, aber etwas in Jan sträubte sich dagegen, sodass er in seine Tasche griff und einen Fünfzigeuroschein herausholte, den er ihr reichte.

»Es gibt Gerüchte«, begann sie zögerlich, als sie das Geld einsteckte. »Dass Schardey nicht nur aufpasst, sondern auch bei der Beschaffung hilft.«

»Menschenhandel?«

Durna kaute nervös an einem Fingernagel. Sie hatte offensichtlich Angst, darüber zu reden. »Schardey arbeitet für Typen aus Serbien, die Mädchen im Ostblock und in Asien einfangen, sie verschiffen und nach Berlin bringen«, erzählte sie leise, als hätte sie Angst, dass sie jemand belauschen könnte.

»Und was ist Schardeys Aufgabe?«

»Der Drecksack kommt ursprünglich aus Hamburg und hat wohl noch ein paar Verbindungen zum Hafen.«

»Irgendwelche Namen, Verstecke oder sonst was?«

Sie schüttelte den Kopf. »Ich kriege nur mit, was die anderen Huren so erzählen. Und wer zu viel weiß, der verschwindet.«

Erneut wiederholte sich das Muster. Hinter jedem Opfer steckte mehr, als vordergründig zu sehen war. Und wieder fragte sich Jan, woher einfache Leute wie Eva Kinnen davon wussten und was sie damit zu tun hatten.

Es hatte keinen Sinn, Durna weitere Fragen zu stellen, schließlich konnte sie nicht mit genauen Informationen dienen, und Jan wollte ihr das Leben nicht noch schwerer machen, also fuhren sie eine Zeit noch schweigend durch Berlin, bis das Auto an einer Ecke hielt und sich die Tür entriegelte.

Ohne ein weiteres Wort stieg Durna aus und ging zurück zu ihrem Platz an der Straße. Einen Augenblick lang wollte Jan sie ins Auto zurückholen und sie irgendwo hinfahren, wo sie all das hinter sich lassen konnte, aber er wusste, dass dies nur ein naiver Wunsch war und dass die Folgen für Durna sehr viel gravierender sein würden, als wenn sie nur zurück auf die Straße ging.

Nachdem sie weitergefahren waren, ließ Chandu die Scheibe zwischen ihnen herunter. »Max hat versucht, dich zu erreichen«, sagte er. »Er hat wohl etwas gefunden.«

* * *

»Ich bin kein Mediziner«, begann Jan. »Also kannst du es mir noch mal so erklären, dass ich es verstehe?«

Zoes Stöhnen klang durch die Telefonleitung. »Die Trefferwahrscheinlichkeit beim Vergleich zweier DNS-Proben, die von ein und derselben Person stammen, liegt bei 99,9 Prozent. Als deine Kollegen vom KTI die in Schardeys Wohnzimmer gefundene DNS in die Analysedatei des LKA eingegeben haben, gab es nur bei Durna einen Treffer. Der Rest war unbekannt.«

»Aus diesem Grund wurde die Wahrscheinlichkeitstoleranz reduziert«, ergänzte Max. »Die drei Unbekannten sind weiterhin unbekannt, aber als Kinnens DNS eingespielt wurde, fand sich eine Übereinstimmung von 25 Prozent zu einer Frau, die letztes Jahr von einem Zug überfahren worden ist.«

»Verallgemeinert gesagt hat ein Kind 50 Prozent von der DNS seiner Eltern«, fuhr Zoe fort. »Dieser sogenannte Verwandtschaftskoeffizient ist auch bei Geschwistern so hoch. 25 Prozent beträgt er bei Halbgeschwistern und bei Großeltern.«

»Und da die Tote etwa im Alter von Eva Kinnen war, muss sie eine Halbschwester von ihr gewesen sein«, schloss Max.

»Rache ist ein durchaus gängiges Motiv«, bemerkte Chandu vom Vordersitz der Limousine aus. »Sollte hinter dem Zugunglück mehr stecken?«

»Was aber voraussetzt, dass Schardey für den Tod der Halbschwester verantwortlich ist«, gab Jan zu bedenken.

»Damit kann ich nicht dienen, denn in dem Fall fanden sich zu wenige Spuren. Es wurde nicht abschließend geklärt, ob es Mord oder Selbstmord war«, sagte Max. »Aber für den Tod könnte jemand aus Schardeys Umfeld verantwortlich sein, denn das Opfer Anja Rottmann war eine investigative Journalistin, die in dem Milieu recherchiert hat.«

»Schick mir die Akte«, sagte Jan.

»Schon erledigt«, erwiderte Max. »Ist in deinem Postfach.«

»Gebt mir vierundzwanzig Stunden und ich liefere euch eine Zusammenfassung.«

»Dann sprechen wir uns morgen.« Zoe klinkte sich aus dem Gespräch aus.

»Ich versuche, bis dahin mehr über Kinnens Halbschwester zu erfahren«, sagte Max. »Vielleicht gibt es noch Dinge, die nicht im Bericht stehen.«

* * *

Als er sein Studium der Informatik begonnen hatte, hätte Max sich nicht vorstellen können, dass er jemals bei der Kripo arbeiten würde, fühlte er sich damals doch von zu vielen Gesetzen in seinen Freiheiten eingeschränkt. Aber die Zeit mit Jan hatte ihm die Bedeutung dieses Berufs vor Augen geführt und der erfolgreiche Abschluss eines Falls erzeugte eine tiefere Befriedigung als alle seine erfolgreichen Hacks in den Jahren zuvor.

Trotzdem gab es immer noch Dinge, an die er sich nicht gewöhnt hatte und die ihm unvermindert schwerfielen. Eines davon waren die Recherchen über Gewaltopfer, führten sie ihm doch vor Augen, wie grausam das Schicksal sein konnte.

Anja Rottmann war eine erfolgreiche Journalistin gewesen. Sicherlich hatte sie jahrelang hart dafür arbeiten müssen, um ihren Ruf zu erlangen und in den großen Magazinen veröffentlicht zu werden. Aus jedem Artikel konnte man ihr Engagement herauslesen, die Ungerechtigkeiten dieser Welt aufzudecken und zu bekämpfen. Sie hatte schon viel bewirkt und hätte noch so viel mehr tun können, aber damit war es binnen eines Augenblicks vorbei gewesen. Ein brutales Ende in einer kalten Nacht. Einsam und würdelos.

Als er Rottmanns Foto aufrief, schüttelte er bedauernd den Kopf. Mit dem Kurzhaarschnitt, der leicht schiefen Nase, der altbackenen Brille und dem grob gestrickten Pullover hätte sie vielleicht keinen Schönheitswettbewerb gewinnen können, aber ihr Lachen konnte jeden in den Bann ziehen. Es waren nicht nur ihre Mundwinkel nach oben gezogen, ihr ganzes Gesicht schien zu lachen und ihre Augen leuchteten so voller Leben. Sie würde sicherlich vermisst werden.

Max sah auf das Datum der Aufnahme. Sie war nur ein halbes Jahr vor ihrem Tod geschossen worden. Unwillkürlich fragte er sich, was er tun würde, wenn er wüsste, dass er nur noch sechs Monate zu leben hätte.

Schließlich schob er alle trüben Gedanken von sich und führte seine Recherche fort, denn das Beste, was er tun konnte, war, seinen Teil zur Aufklärung dieses Falls beizutragen und vielleicht weiterzuführen, was Rottmann angefangen hatte.

Tief in seinem Herzen wusste er, dass ihr das gefallen hätte, also füllte er sein Glas wieder mit Ovomaltine-Cola auf und rieb sich die Hände. Es würde eine lange Nacht werden.

* * *

»Der Fall ist nicht eindeutig«, begann Jan, als er sich in die Telefonkonferenz eingewählt hatte. Eigentlich wollte er längst wieder zurück auf der Dienststelle sein, aber irgendein Unfall hatte zu einem völligen Verkehrschaos geführt, sodass er immer noch im Stau stand. »Kinnens Halbschwester Anja Rottmann starb, weil ein Zug über ihren Hals gefahren ist.«

»Kein schöner Tod«, sagte Chandu.

»Und auch nicht schön zu obduzieren«, ergänzte Zoe.

»Was hat sie getan, um so ein brutales Ende zu verdienen?«, fragte Chandu.

»Wie gestern schon erwähnt, war Rottmann investigative Journalistin«, erklärte Max. »Ihre Artikel erschienen in Magazinen und die Themen reichten von der Bedrohung der Betriebsräte im Einzelhandel über Umgehung des gesetzlichen Mindestlohns in der Paketbranche bis zu illegalen Bordellen. Dieser Artikel wurde drei Monate vor ihrem Tod veröffentlicht.«

»Das passt zu unseren bisherigen Fällen, bei denen es um Missbrauch von Frauen ging«, bemerkte Zoe.

»Sie hatte also einige Feinde«, schloss Chandu. »Gerade mit dem organisierten Verbrechen, welches die illegalen Bordelle führt, ist nicht zu spaßen.«

»Rottmann starb im Dezember 2020«, fuhr Jan fort. »Auf einem Gleis in der Nähe des Rundlokschuppens Rummelsburg.«

»Da gibt es eine Menge Schienen«, sagte Chandu. »Und ebenso viele Möglichkeiten, ungesehen auf diese zu kommen.«

»Der Fahrer hat die Meldung um 6.03 Uhr an die Zentrale gegeben«, erklärte Jan. »Es war kalt, dunkel und es schneite, daher konnte er nicht sehen, ob Rottmann schon tot war, als sie vom Zug überfahren wurde. Und Zoes Kollegen von der Rechtsmedizin konnten nicht mit Sicherheit sagen, ob es Selbstmord oder Mord war.«

»Bei so extremen Gewalteinwirkungen wird eine Untersuchung schwer, weil der Körper regelrecht zerfetzt wird«, sagte Zoe. »Und wenn Rottmann kurz vorher getötet und dann auf die Gleise gelegt wurde, ist die Bestimmung, ob post mortem oder ante mortem, quasi unmöglich. Das geht nur, wenn das Opfer schon länger verstorben ist.«

»Wenn sie schon tot war, warum wirft man sie noch auf die Gleise?«, wunderte sich Max. »Hätte man sie im nahen Park bei der S-Bahn oder am Heizkraftwerk abgelegt, wäre sie erst Tage später gefunden worden.«

»Der Zug ist Rottmann über den Hals gefahren«, erläuterte Zoe. »Somit ist es für die Rechtsmedizin unmöglich, verwertbare Spuren in diesem Körperbereich zu finden. Wenn sie erwürgt worden ist, lässt sich das nicht mehr feststellen.«

»Eine investigative Journalistin, die in einer kalten Dezembernacht auf einem Gleis liegt, schreit schon ziemlich nach Mord«, sagte Max.

»Prinzipiell ja, aber es gibt keine Zeugen, die zu der Zeit irgendjemanden dort gesehen oder ein Verbrechen beobachtet haben«, erklärte Jan. »Weiterhin war sie nicht gefesselt oder betäubt. Auch fanden sich keine auffälligen Gewaltspuren, die nicht von der Lok stammten.«

»Was bei der Zerstörungskraft eines fahrenden Zugs keine Überraschung ist«, sagte Zoe. »Wir reden hier von Leichenteilen, die Hunderte Meter mitgeschleift oder durch die Luft geschleudert werden. In solchen Fällen kann man schon froh sein, wenn man alles findet.«

»Wie ist das familiäre Verhältnis zwischen Rottmann und Kinnen?«, fragte Chandu.

»Anja Rottmann und Eva Kinnen hatten denselben Vater«, erklärte Jan. »Er hat die Mutter von Rottmann verlassen, als diese neun Jahre alt war, und Kinnen bald darauf unehelich mit deren Mutter bekommen. Rottmanns Mutter lebt in einem Pflegeheim. Der doppelte Vater und Kinnens Mutter sind bereits verstorben.«

»Also werden wir über diese Schiene nicht an weitere hilfreiche Informationen kommen«, erklärte Chandu.

Jan schüttelte den Kopf. »Aber ein weiteres Körnchen Zweifel an der Mordtheorie erweckte immerhin ein Medikament namens Lyrica, das Rottmann eingenommen hatte.«

»Das ist hartes Zeug.« Zoe zog hörbar an ihrer Zigarette. »Lyrica enthält einen Wirkstoff namens Pregabalin. Der Einsatz umfasst neuropathische Schmerzen, als Zusatztherapie bei epileptischen Anfällen, bei Angststörungen oder zur Reduktion von Entzugssymptomen bei Opiatabhängigkeit. Letzteres kann man bei der Obduktion feststellen. Die anderen Dinge eher weniger.«

»Sie hatte keine Drogen im Körper, daher wurde das Lyrica nicht dafür verwendet«, sagte Jan.

»Pregabalin ist ein Hammer, der zu Abhängigkeit führen kann. Das verschreibt man nur nach ausreichenden Untersuchungen und entsprechend fehlgeschlagenen Therapien. Und die Nebenwirkungen sind Müdigkeit und Schwindel bis hin zu Übelkeit und Herzrhythmusstörungen, also lauter Dinge, die man nicht freiwillig auf sich nimmt, wenn man das Pregabalin nicht benötigt.«

»Die Kollegen konnten ihren Hausarzt nicht ermitteln, daher wurde nicht abschließend festgestellt, warum sie die Medikamente eingenommen hat.«

»Wenn es starke neuropathische Schmerzen oder Angststörungen waren, ist ein Selbstmord nicht völlig abwegig«, bemerkte Zoe.

»Leider blieb ihr Handy verschollen, aber sie trug einen Taschenkalender bei sich, in dem sie einige Termine in der Zukunft eingetragen hatte«, erklärte Jan weiter. »Auch wurde kein Abschiedsbrief gefunden. Da auch keine Spuren auf einen Mord hindeuteten, haben es die Kollegen schließlich als Suizid deklariert.«

»Man hätte Rottmann also den Hals aufschlitzen und sie auf die Gleise legen können und niemand hätte was gemerkt?«, fragte Chandu verwundert.

»Der mit einer offenen Aorta verbundene massive Blutverlust wäre aufgefallen, vor allem, wenn sie nicht an den Gleisen getötet worden wäre«, erklärte Zoe. »Doch bei anderen Todesarten sind die Spuren durch den Zug vernichtet worden.«

»Verflucht, ist das übel«, gab Chandu zu. »Aber wenn sie Journalistin war, bekam sie sicherlich Morddrohungen. Ist das überprüft worden?«

»Die gab es«, stimmte Jan zu. »Es waren jedoch nicht mehr als bei anderen. Außerdem sehr unkonkret. Niemand sprach von einem Tod auf den Gleisen.«

»Mit den ganzen Möglichkeiten des Internets wäre man ja ein schlechter Journalist, wenn man keine Drohungen bekommt«, bemerkte Max. »Das ist heute längst kein klares Indiz für Mord.«

»Und wie schaffen wir jetzt den Spagat zu Schardey?«, wollte Chandu wissen.

»Über Rottmanns Laptop, den die Kollegen nach ihrem Tod bei ihr zu Hause gefunden haben.« Er nickte Max zu.

»Laut dem Bericht waren nur unverbindliche Dinge auf dem Gerät«, begann der junge Hacker. »Das meiste waren Streamingdienste, Einkaufsportale und Nachrichtenseiten. Von der Arbeit kaum etwas. Einzige Ausnahme waren eine Handvoll Fotos, die zwei Tage vor ihrem Tod aufgespielt und mit einem Bildbearbeitungsprogramm aufgehellt worden waren.«

Das Foto einer Frau erschien an der Wand. Sie war asiatischer Herkunft, mit langen schwarzen Haaren und einem fast kindlichen Gesicht. Sie trug eine verschlissene Winterjacke und hatte die Arme ängstlich um ihren Oberkörper geschlungen. Ihre Augen waren verheult und die Lippen fest aufeinandergepresst. Ein zwei Köpfe größerer Mann hatte ihr eine Hand auf die Schulter gelegt und schien sie vor sich herzuschieben. Er trug eine Mütze, eine Sonnenbrille und um seinen Mund befanden sich schlangenartige Tätowierungen.

»Offensichtlich war Rottmann an irgendetwas dran«, schloss Chandu. »Das sieht nach einem Schnappschuss irgendwo im Dunkeln aus.«

»Weder die Frau noch der Mann konnten identifiziert werden, was mich bei den Tätowierungen um seinen Mund doch etwas wundert«, sagte Jan. »Es fanden sich noch vier weitere Fotos von jungen Frauen, die sichtlich verängstigt waren, aber kein Bild enthält ein Merkmal, aus dem sich der Ort der Aufnahme erschließen lässt.«

»Welche Kamera Rottmann auch immer benutzt hat, die Bilder enthalten keine GPS-Koordinaten«, ergänzte Max. »Daher konnten die Ermittler dieser Spur auch nicht folgen.«

»Auf einer Aufnahme findet sich noch ein dunkler Transporter mit Hamburger Kennzeichen, das sich bei der Überprüfung als gefälscht herausgestellt hat.«

»Und Rottmann hat nichts dazu angemerkt?«

Max schüttelte den Kopf. »Wo immer sie ihre Arbeit gemacht hat, dazu fand sich nichts auf dem Laptop.«

»Bei einer investigativen Journalistin wäre das auch dumm, würde man dort doch zuerst nachsehen«, bemerkte Zoe.

»Und jetzt kommen wir zu Schardey.«

Ein weiteres Bild erschien. Es zeigte einen Mann, der sich gerade eine Zigarette ansteckte. Er stand vor einem Busch oder Baum, was schwer zu erkennen war, weil die Flamme des Feuerzeugs den Rest der Umgebung überstrahlte.

»Da muss man schon sehr genau hinsehen, um Schardey zu identifizieren.«

»Wenn man ihn kennt und auf dem Schirm hat, ist es leicht«, stimmte Jan zu. »Ansonsten nicht, daher konnten ihn die Kollegen wohl auch nicht identifizieren.«

»Da Rottmann kurz darauf starb, muss sie nach der Aufnahme mit jemandem geredet haben, sonst wüsste niemand davon«, schloss Chandu. »Und dieser jemand war wahrscheinlich ihre Halbschwester Eva Kinnen.«

»Und somit schließt sich der Kreis«, sagte Jan. »Kinnen war nicht bei Schardey, um ihn totzuschlagen, sondern sie wollte ihn befragen. Vielleicht zum Tod von Rottmann, vielleicht aber auch zu den Aufnahmen und den sichtbar eingeschüchterten Frauen.«

»Warum hat sich Rottmann nicht an die Polizei gewandt?«, fragte Zoe. »Dass es sich auf den Bildern um Entführung oder Menschenschmuggel handelt, ist offensichtlich.«

»Das können uns bedauerlicherweise weder Rottmann noch Kinnen erzählen«, seufzte Jan.

»Ich habe alle Anzeigen und Anrufe der Kripo aus dieser Zeit überprüft, aber weder gab es direkt etwas von Rottmann noch irgendetwas Anonymes, das auf diesen Fall hinweisen könnte«, sagte Max.

»Und dank dieser Geheimniskrämerei stehen wir wieder mit leeren Händen da«, sagte Jan frustriert. »Denn nur mit dem Foto lacht uns Schardeys Anwalt aus, wenn wir ihn damit konfrontieren. Außerdem haben wir immer noch keine Ahnung, wer zusammen mit Kinnen bei ihm eingebrochen ist und wo sich diese Person jetzt befindet.«

»Vielleicht kann uns Tessa Bahl dabei helfen«, sagte Max.

»Wie kommst du darauf?«, wunderte sich Jan.

»Der Empfang der Dienststelle hat mir gerade eine Mail geschickt, weil dein Handy besetzt ist«, erklärte er. »Tessa Bahl ist im Wartebereich und muss dringend mit dir reden.«

* * *

Die Kollegen vom KDD hatten Bahl in das Verhörzimmer gesetzt und ihr einen Kaffee gebracht, an dem sie gerade nippte, als Jan eintrat. Er hätte sie fast nicht erkannt, hatte sie sich doch ihre Locken kurz geschnitten und schwarz gefärbt. Mit ihrer Brille, dem Schal und einer Lederjacke: Er wäre auf der Straße an ihr vorbeigegangen.

Jan setzte sich ihr gegenüber und hatte Mühe, keine flapsige Bemerkung zu machen, denn ihre Anwesenheit zeigte ihm, dass sie von Anfang an nicht die unschuldige Beteiligte gewesen war, die zu sein sie vorgegeben hatte.

»Was kann ich für Sie tun?«

»Eva Kinnen wurde beim Einbrechen in Pius Schardeys Wohnung getötet.« Bahl wirkte ungewöhnlich ernst, nicht so zynisch und teilnahmslos wie bei ihrem ersten Verhör. Auch wich sie Jans Blick aus.

»Wir wissen beide, dass dies kein Einbruch war«, erwiderte Jan. »Daher sollten Sie mir vielleicht die ganze Geschichte erzählen, denn ich weiß von Kinnens Halbschwester Anja Rottmann.«

Bahl presste kurz die Lippen aufeinander. »Ich werde Ihnen beizeiten alles erklären, aber es gibt momentan Wichtigeres.«

»Wichtigeres, als eine Mordserie aufzuklären?«

»Eva war nicht allein bei dem Drecksack Schardey.«

»Auch das weiß ich«, erwiderte Jan. »Und wenn Sie mir sagen, wer mit ihr zusammen dort war, ersparen Sie mir viel Zeit, denn herausfinden werde ich es sowieso.«

»Irma Volpe«, platzte es aus ihr heraus.

»Damit hätte ich nicht gerechnet«, erwiderte Jan verblüfft. »Dr. Volpe machte einen engagierten Eindruck auf mich, aber sie wirkte nicht wie eine Gewalttäterin.«

»Wir wollten Schardey zu Anjas Tod befragen«, erzählte sie. »Und Irma ist perfekt darin, Lügen zu erkennen.«

»Was ist schiefgelaufen?«

»Ich weiß es nicht, denn ich habe seit dem Einbruch nichts mehr von Irma gehört.«

»Vielleicht ist sie untergetaucht?«

»Das war anfänglich auch meine Vermutung. Doch wir haben unser Vorgehen abgesprochen und dabei auch, wie wir unauffällig miteinander kommunizieren, und bis heute Morgen hätte sie sich unter allen Umständen melden müssen. Ich war bei ihr zu Hause, in ihrer Praxis und habe die Prostituierten an der Kurfürstenstraße befragt, aber niemand hat sie gesehen. Es muss etwas passiert sein.«

»Es wurde in den letzten Tagen keine unbekannte oder stark entstellte Leiche gefunden, daher …«

»Er hat sie«, unterbrach Bahl.

»Pius Schardey hält Dr. Volpe gefangen?«, entgegnete Jan verwundert. »Warum sollte er das tun?«

»Um zu erfahren, wie wir ihm auf die Schliche gekommen sind.«

Tatsächlich war diese Theorie nicht völlig abwegig; sie erklärte das Pfefferspray auf Kinnens Kleidung und Schardeys Gesicht. Und wäre der Grund, warum er die zweite Angreiferin verheimlichte. »Wie kommen Sie darauf, dass Schardey für Rottmanns Tod verantwortlich ist?«

»Anja arbeitete an einer Story über Trafficking in Deutschland«, erklärte Bahl. »Dabei hat sie die Spur von Menschenhändlern verfolgt, die ihre Ware in den ehemaligen Ostblockstaaten und Südostasien rekrutieren und über den Hamburger Hafen nach Berlin bringen. Im Rahmen ihrer Ermittlungen hat sie Fotos geschossen und eines zeigt Pius Schardey.«

»Das mag ein Indiz für seine Beteiligung an dem Mädchenschmuggel gewesen sein, aber der Zusammenhang zu Rottmanns Tod auf den Gleisen erschließt sich mir nicht.«

»Zu meiner Zeit auf der Straße habe ich Schardey einmal in Aktion erlebt. Dabei hat er sich eine junge Frau geschnappt, die angeblich Geld vom Anschaffen für sich zurückbehalten hat.« Sie ballte die Faust. »Es war kein schöner Anblick, denn Schardey hat die Frau gewürgt, bis sie ohnmächtig wurde, und es war offensichtlich, dass er dabei Spaß hatte.«

»Sie glauben, er hat die Journalistin erwischt und zu Tode gewürgt?«

Bahl nickte. »Und dann mit dem Hals auf die Gleise gelegt, um es wie einen Selbstmord aussehen zu lassen.«

»Und was war mit Rottmanns Problemen?«, fragte Jan. »Sie hat ein starkes Medikament genommen.«

»Evas Halbschwester hatte mit Panikattacken und Angststörungen zu kämpfen, doch nichts davon hätte sie zu einem Selbstmord getrieben.«

»Ich bin noch nicht völlig überzeugt, aber nehmen wir an, dass es so gelaufen ist«, sagte Jan. »Was erwarten Sie von mir?«

»Dass Sie die Bude von diesem Dreckschwein auseinandernehmen und Irma suchen.«

»Sie stellen sich das zu leicht vor«, erwiderte Jan. »Außerdem wurde nach der Attacke auf Pius Schardey das Haus durchsucht. Dabei wäre meinen Kollegen eine Gefangene oder ein geheimer Raum aufgefallen. Weiterhin wissen selbst Sie nicht mit Sicherheit, ob Dr. Volpe nicht doch geflohen ist und sich versteckt hält.«

»Sie hätte sich gemeldet, wenn …«

»Und wenn man noch Ihre wahrscheinliche Beteiligung am Mord an Natalja Gehder bedenkt, sind Sie keine vertrauenswürdige Informantin, um die Kripo auf den Kopf zu stellen«, fuhr Jan unbeirrt fort.

»Wenn das alles vorbei ist, erhalten Sie ein vollständiges Geständnis«, versprach Bahl. »Aber ich muss wissen, dass es Irma gut geht.«

»Schardey hält Dr. Volpe gefangen, weil er Informationen von ihr will?«

Bahl nickte.

»Dazu muss er sie nicht irgendwohin verschleppen und einsperren«, widersprach Jan. »Er hätte sie direkt im Wohnzimmer befragen können, neben Eva Kinnens Leichnam. Und egal wie hart Dr. Volpe sein mag, ein skrupelloser Drecksack wie Schardey ist härter. Sie haben selbst gesehen, zu was er in der Lage ist.«

»Ich weiß nicht, was an diesem Abend passiert ist«, sagte Bahl. »Aber solange Irmas Leiche nicht gefunden wurde, gehe ich davon aus, dass sie noch lebt.«

»Ich wünschte, Sie hätten recht«, sagte Jan milde. »Aber für eine groß angelegte Fahndung sind Ihr Wort und diese Vermutung zu wenig.«

»Ich weiß nicht mehr weiter, daher wende ich mich an Sie«, erwiderte Bahl verzweifelt. »Wenn Irma da draußen wäre, hätte sie Kontakt mit mir aufgenommen.«

»Was wissen Sie von Schardey?«, fragte Jan. »Hat er noch einen Unterschlupf, wo er Dr. Volpe versteckt haben könnte?«

»Ich habe zweimal versucht, ihn zu verfolgen, als er das Haus verlassen hat, aber mit seinen Sportwagen und seinem halsbrecherischen Fahrstil ist er mir jedes Mal entkommen.«

»Sie haben ihn sicherlich vorher beobachtet, sonst wären Eva Kinnen und Irma Volpe nicht mit einem Nachschlüssel in das Haus gekommen.«

»Den haben wir uns anderweitig besorgt«, wich Bahl aus.

»Ich will alles wissen.« Jan schlug auf die Tischplatte. »Namen, Orte, einfach alles.«

»Und wie hilft uns das?«

»Wie uns das hilft?« Jan erhob sich vom Stuhl. »Mit diesen Hinweisen hätten wir die Ermittlungen zum Tod an Anja Rottmann noch mal aufnehmen können. Eva Kinnen würde noch leben, Dr. Volpe wäre in ihrer Praxis und Pius Schardey vielleicht im Gefängnis.«

»Wir haben ein verdammtes Foto von Schardey, das ihn in Zusammenhang mit Anjas Recherchen bringt«, rechtfertigte sich Bahl. »Wir wissen noch nicht einmal, woher die Aufnahmen stammen, denn zwei Tage, bevor Anja ihrer Halbschwester mehr Informationen geben wollte, wurde sie vom Zug überfahren.«

»Wie sind Sie an den Nachschlüssel von Schardeys Küchentür gekommen?«

»Über eine Putzfrau, die bei ihm sauber macht.«

»Und hat diese Putzfrau auch einen Namen?«

»Sina Ponath«, antwortete sie zögerlich.

»Die ehemalige Angestellte von Ruben Comberg?«, fragte Jan verwundert. »Sie arbeitet jetzt bei einer Reinigungsgesellschaft mit solcher Klientel?«

»Nach dem Vorfall in Combergs Haus wurde sie entlassen, und das bezahlte Schweigegeld genügte nicht lange, also musste sie nehmen, was sie kriegen konnte.«

»Wir hatten recht«, murmelte er. »Die Morde an Natalja Gehder, Ruben Comberg und der Überfall auf Pius Schardey hängen alle zusammen.«

»Und ich verspreche Ihnen, dass ich das alles lückenlos auflöse, wenn ich weiß, was mit Irma passiert ist«, wiederholte Bahl.

Jan brummte mürrisch. Er hasste es, vor eine solche Wahl gestellt zu werden, aber wenn die Psychotherapeutin wirklich

Schardeys Gefangene war, zählte jede Stunde. Wenn es nicht schon zu spät war. »Und wie sollen wir herausfinden, wo Schardey Dr. Volpe gefangen hält? Selbst wenn ich einen Grund finde, Schardey dazu zu befragen, wird er es mir sicherlich nicht sagen.«

»Wenn Irma nicht bei ihm zu Hause ist, wird er sie für eine Befragung regelmäßig besuchen«, erklärte sie. »Sie müssen ihn nur verfolgen, dann finden Sie das Versteck.«

»Wenn er wirklich so rabiat fährt, wäre eine Verfolgung mit dem Auto zu auffällig«, sagte Jan.

»Dann bringen Sie eine Wanze an seinem Wagen an oder verfolgen sein Handy.«

»Was ohne richterlichen Beschluss unmöglich ist.«

»Bitte helfen Sie mir, Kommissar Tommen.« Sie schloss ihre Hände um seine Finger. »Es geht nicht um mich, sondern um Irma. Ich will mir nicht vorstellen, was er mit ihr macht.«

Er atmete hörbar aus. Seit dem Einbruch in Schardeys Haus war viel Zeit vergangen, daher war er nicht optimistisch, dass Volpe noch am Leben war. Und wenn, würde Schardey sie niemals gehen lassen.

»Ich habe vielleicht eine Idee«, sagte Jan. »Aber dafür muss ich kurz draußen telefonieren.«

»Ich rühre mich nicht von der Stelle«, erwiderte Bahl und hob entwaffnend die Hände.

Jan verließ den Verhörraum und nahm das Handy aus der Tasche. »Hi, Max«, sagte er, nachdem sein Freund abgenommen hatte. »Wie sieht es mit deinem Bestand an Sendern aus?«

Kapitel 12

»Was für eine irre Nacht!« Jan fasste das Gespräch mit Bahl für seine Freunde zusammen.

»Das nenne ich mal eine Wende«, sagte Chandu.

»Man muss aber schon ein ziemlicher Optimist sein, wenn man glaubt, dass Volpe noch am Leben ist, sollte Schardey sie wirklich gefangen halten«, bemerkte Zoe.

»Das sehe ich ähnlich, aber solange wir ihre Leiche nicht gefunden haben, versuche ich mein Bestes«, sagte Jan. »Allerdings fahren wir noch unter dem Radar, bis ich Bergman einweihe.«

»Ich liebe illegale Einsätze«, sagte Max begeistert.

»In dem Fall kann ich Schardey besuchen und ihm seine Hohlbirne an die Wand schlagen«, sagte Chandu. »Dann wissen wir, wo er die Psychotherapeutin gefangen hält.«

»Tief in meinem Herzen halte ich das für eine angemessene Maßnahme«, erwiderte Jan. »Aber nach dem Einbruch wird der Drecksack aufgerüstet haben. Und ohne richterliche Verfügung oder dringenden Tatverdacht kommen wir legal nicht an ihn heran.«

»Dann verwanzen wir sein Auto«, schlug Max vor.

»Das wäre auch mein Plan«, sagte Jan. »Sein Haus hat keine Garage, daher stehen die beiden Protzkarren auf der Straße.«

»Zusätzlich könnte ich meine Zugänge zu den Tarifanbietern nutzen und sein Handy hacken«, sagte Max. »Dann kann ich nachvollziehen, wo er die letzten Tage war.«

»Und nimm das von seinem Anwalt hinzu«, schlug Zoe vor.

»Kein Problem, aber warum?«, fragte Max.

»Nach dem, was ich in den letzten Tagen von Schardey gehört habe, scheint er nicht der Cleverste zu sein.«

»Das trifft es ziemlich genau«, sagte Jan.

»Und da er an dem Abend auf Drogen war und eine andere Frau umgebracht hat, wundert es mich, dass er Volpe nicht auch gleich getötet hat«, fuhr Zoe fort.

»Vielleicht hat er das und hat die Leiche schon entsorgt«, erwiderte Chandu.

»Dazu war die Zeit zu knapp«, widersprach Jan. »Und außerdem hätten wir Spuren von Volpe gefunden.«

»Also hat ihn jemand dazu gebracht, sich clever anzustellen und herauszufinden, woher die beiden Angreiferinnen von seiner Beteiligung an Rottmanns angeblichem Selbstmord gewusst haben«, schloss Zoe ihren Gedanken.

»Der Anwalt«, bemerkte Chandu.

»Keine schlechte Theorie«, gab Jan zu.

»Vielleicht sollten wir bei ihm zu Hause nachsehen«, schlug Max vor.

»Jost Rens lebt in einer schicken Wohnung eines Mehrfamilienhauses«, erklärte Jan. »Außerdem ist er verheiratet, daher wird er Volpe nicht bei sich gefangen halten.«

»Dann bleibt uns nur das Tracken der Autos und der Handys«, schloss Max.

»Das könnte zu lange dauern«, gab Chandu zu bedenken. »Vielleicht hat Schardey schon alles, was er will, und hat Volpe irgendwo zum Sterben zurückgelassen.«

»Auch da stimme ich dir zu, mein Freund«, sagte Jan. »Aber was sollen wir sonst machen?«

»Ich habe da eine Idee«, begann Chandu zögerlich. »Aber dazu benötigen wir die Hilfe von Tessa Bahl.«

* * *

Frustriert gab Pius Schardey der Kühlschranktür einen Tritt. Es war erst Mitternacht, aber die Penner von der Pizzeria hatten den Laden schon geschlossen und auch der Dönermann auf der anderen Straßenseite schien keinen Bock auf späte Kundschaft zu haben. Er musste also zum Scheißburgerladen fahren, bevor er heute Nacht nichts mehr zu essen bekommen würde. Er nahm gerade seine Autoschlüssel, als sein Handy klingelte. Das Display zeigte eine ihm unbekannte Nummer.

»Ja, Mann«, meldete er sich.

»Mein Name ist Tessa und ich bin eine Freundin von Irma, die du gefangen hältst«, meldete sich eine Frau.

»Was laberst du, Bitch?«, fuhr er auf.

»Ich gebe dir alle Unterlagen, die wir von dir haben«, fuhr sie fort. »Von deiner Beteiligung am Tod der neugierigen Journalistin und deinen Geschäften mit den Schmugglern.«

»Woher hast du meine Nummer?« Er schlug vor Wut an die Wand.

»Es gibt keine Kopien dieser Unterlagen«, erläuterte die Frau. »Wenn du diese Fotos vernichtest, sind sie für immer weg.«

»Wenn es irgendwelche Scheißfotos von mir geben würde, wären die Bullen schon hier.«

»Noch haben die Bullen diese nicht, aber wenn ich kein Lebenszeichen von meiner Freundin bekomme, gehe ich zur nächsten Wache.«

»Ich weiß nicht, was du laberst.«

»Rede mit deinem Anwalt«, sagte sie noch. »Meine Nummer hast du jetzt.« Dann legte sie auf.

»Drecksbitch!« Schardey trat gegen die Wand. Er wollte sein Handy auf den Boden werfen, aber besann sich dann eines Besseren. Nach einem weiteren Tritt an den Kühlschrank browste er durch seine Kontakte und wählte die Nummer von Rens.

* * *

»Und Sie glauben, dass dieser Plan funktioniert?«, wandte sich Bahl an Jan, als sie das Gespräch beendet hatte.

»Es ist das Beste, was wir in einer solch kurzen Zeit auf die Beine stellen konnten«, sagte Jan. Er traute Bahl noch immer nicht, daher hatte er sie nicht in sein Büro gebeten, sondern ließ sie weiter im Verhörraum sitzen. »Durch den geforderten Lebensbeweis ist Schardey gezwungen, zu Volpes Gefängnis zu gehen. Bekommen wir den Beweis, ohne dass er sich aus dem Haus bewegt, dann ist sie dort. Ansonsten hat ein Kollege von mir Wanzen an seinen beiden Autos angebracht und das Handy angezapft. Dann können wir Schardey verfolgen, egal wie schnell er fährt.«

»Und wenn er sie schon erschossen hat?«, fragte Bahl. »Oder wenn er sie nach diesem Anruf erschießt?«

»Seine Reaktion wird davon abhängig sein, ob er seinen Anwalt konsultiert oder nicht, daher habe ich Sie gebeten, ihn zu erwähnen«, sagte Jan. »Rens ist klug, überlegt und nicht so emotional wie Schardey. Er wird sich die Möglichkeit, an die Fotos zu kommen, nicht entgehen lassen.«

»Sie kennen unsere Unterlagen«, erwiderte Bahl. »Das ist sehr wenig. Daher wollten wir Schardey befragen, um mehr zu erfahren.«

»Wir müssen den Bluff aufrechterhalten«, mahnte Jan. »Wenn wir den Unterschlupf kennen, können wir zugreifen, noch bevor Ihr Treffen mit Schardey stattfindet.«

Bahl wollte gerade etwas erwidern, als ihr Handy klingelte. Das Display zeigte Schardeys Nummer.

Jan nickte ihr aufmunternd zu.

Sie nahm das Gespräch an. »Hallo?«

»Du kriegst dein Lebenszeichen, Bitch«, sagte er. »Morgen früh um sechs treffen wir uns. Dann gibst du mir alles, was du hast, oder ich breche dir dein Scheißgenick, ebenso wie ich es mit der Nutte mit dem Knüppel gemacht habe.«

Jan winkte hektisch und formte die Worte »12 Uhr« mit dem Mund.

»Geht es auch etwas später?«, fragte Bahl. »Ich muss noch alles zusammenstellen.«

Jan hob den Daumen.

»Sechs Uhr, Bitch«, erwiderte Schardey knurrend. »Wenn du Schlampe eine Minute später kommst, ist sie tot.«

* * *

Jan hatte sich in eine Videokonferenz eingeloggt, damit sie Max' Computermonitor sehen konnten. Der Bildschirm zeigte die Karte von Berlin mit drei unbeweglichen roten Punkten.

»Wie sieht es aus?«, fragte Jan.

»Glücklicherweise hat Schardey keine eigene Garage, daher waren seine Autos auf der Straße vor seinem Haus geparkt«, erläuterte Max. »Die Wanzen unauffällig anzubringen, war um diese späte Zeit kein Problem.«

»Ebenso bei seinem Anwalt Rens«, ergänzte Chandu. »Dessen Karre stand auf einem nur für Anwohner reservierten Parkplatz.«

»Was ist mit ihren Handys?«

»Habe ich beide getrackt«, antwortete Max. »Ich konnte mich nicht in das Gespräch einklinken, aber wie du vermutet hast, hat Schardey nach Bahls Anruf sofort bei Rens angerufen. Er hat sechs Minuten mit seinem Anwalt telefoniert. Danach hat er wieder Bahls Nummer gewählt.«

»Es geht los«, sagte Chandu.

Einer der roten Punkte bewegte sich langsam auf der Karte voran. Gebannt verfolgte Jan den Tracker.

»Er fährt auf die Landsberger Allee in Richtung Westen«, kommentierte Max. »Weiter über die Torstraße nach Wedding.«

Jan betrachtete den Punkt auf der Karte. Mit jedem Rucken nach vorne fragte er sich, was Schardey vorhatte und wohin er fahren würde.

»Von der Gartenstraße in die Müllerstraße«, kommentierte Max.

»Was ist mit seinem Handy?«, fragte Jan.

»Nach der Anzeige zu schließen, liegt es bei ihm zu Hause«, antwortete Max.

»Das ist Mist, denn dann können wir ihn nicht verfolgen, wenn er das Auto verlässt«, sagte Chandu.

»Schardey wird nicht zu den Leuten gehören, die gern spazieren gehen«, bemerkte der junge Hacker. »Wo immer er hinwill, wird er direkt vor der Tür parken.«

»Das Problem sind Hochhäuser«, erklärte Jan. »Mit dem Handy hätten wir eine ungefähre Vorstellung, wo er ist. Wenn er vor dem Haus sein Auto abstellt, haben wir keine Ahnung, in welches Stockwerk er geht.«

»Verdammt, du hast recht«, gab Max zu. »Denn genau vor so einem Block hat er angehalten.«

»Das wird der Grund sein, warum er das Handy zu Hause gelassen hat«, sagte Chandu. »Sobald er aussteigt, ist er unsichtbar. Vielleicht ist Schardey doch cleverer, als wir gedacht haben.«

»Ich tippe auf seinen Anwalt«, bemerkte Zoe. »Rens wird ahnen, dass mehr hinter Bahls Anruf steckt.«

»Also könnte die Herumfahrerei auch eine große Show sein«, vermutete Max.

»Wir hätten ihm doch folgen sollen«, sagte Jan kopfschüttelnd.

»Dazu sind die Straßen zu leer«, bemerkte Zoe. »Und so schnell, wie er rast, würde ein ebenso schneller Verfolger auffallen.«

»Wie viel davon Show ist, hängt von Volpes Versteck ab«, sagte Chandu. »Wenn er sie bei sich zu Hause hat, wäre das die perfekte Verschleierungstaktik. Ist sie aber in irgendeinem Versteck, wird er sie dort aufsuchen. Nur wird er nicht direkt hinfahren.«

Jan fluchte. »Wir haben mit dem Austausch alles auf eine Karte gesetzt. Wenn Bahl ihm die Unterlagen übergibt, wird selbst ein Flachkopf wie Schardey merken, dass es zu wenig ist. Dann wird er Volpe töten.«

»Noch ist er unterwegs«, sagte Max. »Ich notiere mir jeden Punkt, wo sein Auto länger als eine Minute stehen bleibt. Und wenn er Bahl einen Lebensbeweis von Volpe schickt, wissen wir, dass es einer dieser Punkte gewesen sein muss.«

»Das wird eine lange Nacht.« Jan stand auf. »Ich hole mir noch einen Kaffee und informiere Bahl, wie es läuft. Hoffentlich finden wir Volpe bis sechs Uhr, sonst könnte die Aktion ein böses Ende nehmen.«

* * *

Sie wusste nicht, wo sie lag, wie spät es war oder wie viele Tage vergangen waren, seit Schardey sie in dieses lichtlose Loch geworfen hatte, aber sie spürte ihre Kräfte schwinden. Das rechte Handgelenk an der Kette hatte sich entzündet und schmerzte pochend. Wahrscheinlich eine Sepsis, was zu ihrem erhöhten Herzschlag und dem Fieber passte. Sie konnte den Mund noch immer nicht richtig schließen, was sie Schardeys Faustschlag zu verdanken hatte. Der Eimer mit Wasser war fast leer und das Brot war so trocken, dass sie es nur noch lutschen und nicht mehr kauen konnte.

Ab und zu wurde sie von lautem Gepolter aus ihrer Trance gerissen. Einmal vermeinte sie auch, den Schrei einer Frau zu hören, aber sie wusste nicht, ob die Sepsis schon ihr zentrales Nervensystem angegriffen hatte und dadurch ihre Wahrnehmung beeinträchtigte.

Bilder blitzten in ihrem Kopf auf. Von Schardey, wie er Evas Schlag einfach weggesteckt, sie hochgehoben und auf den Boden geschmettert hatte. Ihre Lähmung, als sie Evas verdrehten Kopf gesehen hatte, und die unbändige Wut in Schardeys Augen, als er sie niedergeschlagen hatte.

Nachdem sie aus ihrer Ohnmacht aufgewacht war und ihm den Grund für ihren Einbruch gestanden hatte, hatte sie damit gerechnet, dass er sie töten werde, aber da war der andere Mann gewesen, der gemahnt hatte zu warten. »Bis wieder Ruhe einkehrt und die Polizei etwas anderes zu tun hat.« Die Stimme des Unbekannten war ruhig gewesen, ohne Akzent und Schimpfworte, wie sie Schardey ausgiebig verwendete.

Sie hatte keine Ahnung, wann der Zeitpunkt gekommen war, um sie zu beseitigen, aber wahrscheinlich hatte die Sepsis sie bis dahin sowieso getötet.

Plötzlich wurde die Tür aufgerissen und helles Licht strömte herein. Irma wandte den Kopf ab und presste die Augen zusammen. Jemand schlug ihr so hart ins Gesicht, dass ihr Kopf herumgerissen wurde.

»Hör zu, Schlampe«, vernahm sie Schardeys Stimme. »Du schaust zu mir in die Kamera und sagst was Nettes zu deiner Freundin Bahl. Wenn du dich nicht dumm anstellst, verpasse ich dir nachher eine Kugel, ansonsten werde ich dich Stück für Stück auseinanderschneiden.«

Irma öffnete vorsichtig die Augen, aber es war noch zu hell, um mehr als einen Schemen zu sehen.

»Alter, entsperre dein Scheißhandy noch mal!«, rief Schardey nach draußen.

»Warum nimmst du nicht deines?«, antwortete ein Mann mit tiefer Stimme.

»Das liegt zu Hause, du Penner, damit mich die Bullen nicht hierher verfolgen können.«

Es dauerte einen Moment, dann stellte sich Schardey näher vor sie und trat sie mit dem Fuß. »Und jetzt sag was, du Nutte, damit ich hier endlich wieder wegkann.«

* * *

»Wenn wir sie nicht befreien, stirbt Volpe«, sagte Zoe, nachdem sie das Video betrachtet hatten. »Wenn nicht durch Schardey, dann durch eine Sepsis.«

»Wie kommst du darauf?«

»Vordergründig wegen des roten Strichs auf ihrem in Ketten liegenden Arm, aber auch der Schweiß auf ihrer Stirn ist ein Zeichen, dass sie Fieber hat. Die hohe Lichtempfindlichkeit und ihre träge Sprechweise deuten auf eine Infektion des zentralen Nervensystems hin.«

»Verdammt!«, fluchte Chandu. »Wir sollten dem Drecksack den Hals umdrehen.«

»Mit Bahls Aussage und diesem Video haben wir eigentlich genug, um Schardey zu befragen, aber wenn er sich weigert zu reden, stirbt Volpe. Vielleicht hat er jemanden beauftragt, sie zu töten, sollte er verhaftet werden.«

»Das Video enthält keine GPS-Daten, die ich auswerten kann, und in dem dunklen Raum habe ich keine identifizierbaren Wegpunkte«, gab Max zu bedenken. »Im Hintergrund gibt es noch ein paar Nebengeräusche, die ich isolieren kann, aber wahrscheinlich nicht bis sechs Uhr.«

»Der Drecksack hat sich bei der ganzen Sache doch cleverer angestellt als gedacht, denn man hört weder seine Stimme auf dem Video noch wurde es von seinem Handy abgeschickt.«

»Die Nummer ist von einem ausländischen Provider, daher kann ich nichts nachvollziehen«, sagte Max. »Außerdem ist die GPS-Funktion ausgeschaltet, weshalb ich nur den Funkmast feststellen kann, mit welchem das absendende Gerät verbunden war. Und das wird als Beweis kaum nützen, denn das Video wurde nicht aus Schardeys Wohngegend versendet.«

»Woher dann?«, fragte Jan.

»Aus Köpenick. Und zwar genau zu der Zeit, in der Schardeys Auto vor Rens' Wohnung geparkt war.«

»Der schmierige Anwalt steckt mit drin«, sagte Chandu.

»Was mich jetzt nicht überrascht«, erwiderte Jan.

»Schardey ist von zu Hause losgefahren und um 23.16 Uhr am Sportplatz Wedding in der Behmstraße angekommen«, begann Max. »Dort ist er 23 Minuten geblieben, bevor er weiter zur Osloer Straße gefahren ist. Die Fahrt hat nur fünf Minuten gedauert.«

»Also war die Ankunft in der Osloer Straße um 23.44 Uhr«, schloss Jan.

»Mit weiteren 20 Minuten Aufenthalt«, erklärte Max.

»0.04 Uhr.«

»Es folgen 17 Minuten Raserei über die 96 zum Kottbusser Tor mit einem Gesamtaufenthalt von 14 Minuten«, fuhr Max fort. »Als er weiterfährt, ist es 0.35 Uhr.«

»Der Bastard wusste genau, dass sein Weg verfolgt wurde«, sagte Chandu. »Daher diese Irrfahrten.«

»Ich bin nicht sicher, ob er es wusste«, widersprach Jan. »Aber Rens wird ihm geraten haben, vorsichtig zu sein.«

»16 Minuten später erreichte Schardey die Köpenicker Chaussee, wo er sein Auto nicht weit vom Stichkanal geparkt hat.«

»Was treibt er in einer solch verlassenen Gegend?«, wunderte sich Chandu.

»Kann ich nicht sagen, aber er hat dort 19 Minuten verweilt, bevor er gewendet hat und zum Engeldamm gefahren ist.«

»Es ist 1.10 Uhr.«

»Dort stand die Karre 15 Minuten, bis Schardey nach Köpenick zu seinem Anwalt weiter ist. Nach 30 Minuten Fahrt war die Ankunft um 1.55 Uhr.«

»Wie lange war er bei Rens?«, fragte Jan.

»22 Minuten«, antwortete Max. »Aber während seines Aufenthalts dort, exakt um 2.15 Uhr, haben wir das Video empfangen. Danach ist Schardey wieder nach Hause gefahren, wo er immer noch ist.«

»Wir haben noch drei Stunden Zeit, bis Bahl sich mit ihm treffen wird«, sagte Jan mit Blick auf die Uhr. »Irgendwelche Ideen, wo er Volpe gefangen hält?«

»Dazu benötigen wir mehr Informationen zu ihm«, sagte Chandu. »Vielleicht hat er in der Behmstraße Verwandte oder am Engeldamm ist seine Lieblingskneipe.«

»Oder er hat einfach nur im Auto gewartet«, bemerkte Zoe.

»Wenn er sich wieder was reingezogen hat, wird er kaum so lange still sitzen können«, sagte Jan.

»Dann ist er dreimal ums Auto gelaufen«, widersprach Zoe. »Da er sein Handy nicht eingesteckt hatte, werden wir das nie erfahren.«

»Es regnet wie Hölle«, widersprach Chandu. »Wo immer er war, er hat einen Unterschlupf gesucht.«

»Obwohl die Herumfahrerei durch Berlin clever war, können wir davon ausgehen, dass Schardey nicht der Hellste ist«, sagte Jan. »Er hat also nur Punkte aufgesucht, die er kennt und wo er vorm Regen geschützt war.«

»Im Hintergrund des Videos hört man kurz Stimmengemurmel, also ist es kein völlig abgelegener Ort«, sagte Max.

»Auch vordergründig kann es keine einfache Kneipe oder Ähnliches sein, weil zu viele Leute zufällig über Volpe stolpern könnten.«

»Was wissen wir von ihm, das uns bei der scheinbaren Irrfahrt helfen kann?«, fragte Zoe.

»Schardey prügelt sich gern, denn er hat mehrere Strafen wegen Körperverletzung«, sagte Max. »Dafür ist er im Gefängnis gewesen, also kennt er sicher noch ein paar Knastis von früher.«

»Zur Körperverletzung kommen noch zwei Anzeigen wegen Alkohols am Steuer, daher trinkt er auch gern«, ergänzte Jan. »Außerdem wurde er einmal von der Polizei verhaftet, als ein illegales Spielcasino hochgenommen wurde.«

»Wenn er also ihm bekannte Orte aufgesucht hat, könnten diese in Zusammenhang mit ehemaligen Mithäftlingen, Kneipen oder illegalen Spielcasinos stehen«, sagte Zoe.

»Dazu klingle ich Patrick und andere Kollegen aus dem Bett und befrage sie«, sagte Jan. »Vielleicht können die etwas zuordnen. Außerdem muss ich Bergman informieren.«

»Ich isoliere die Hintergrundgeräusche des Videos«, sagte Max. »Möglicherweise finde ich irgendeinen Hinweis, welcher Art das Versteck sein könnte.«

»Ich besuche Tim, der früher mit Schardey zu tun hatte«, sagte Chandu. »Vielleicht kennt der seine Gewohnheiten und kann uns was zu den Orten sagen.«

»Drei Stunden bis zum Treffen«, erinnerte Jan noch einmal. »Bis dahin müssen wir etwas haben. Oder Irma Volpe ist tot.«

Kapitel 13

Tim hatte tief geschlafen, als plötzlich das Licht in seinem Schlafzimmer anging. Im ersten Moment dachte er noch, er würde träumen, als ein großer Schatten auf ihn fiel.

»Ich brauche deine Hilfe«, sagte der Schatten mit dunkler Stimme.

Tim warf die Decke zur Seite und rollte sich auf der anderen Seite aus dem Bett. Er sprang über einen Stapel Mikrowellen, schob sich an einem weihnachtlich verpackten Fahrrad vorbei und griff nach einer gefälschten WMF-Pfanne, während er hinter einem Flatscreen aus China in Deckung ging.

»Kein Grund, hektisch zu werden.« Der Schatten reichte ihm seine Brille. Die Größe und die Stimme passten zu Chandu, der aber eigentlich immer vor dem Haus auf ihn wartete. »Ich habe nur ein paar Fragen und es gibt ein paar Scheine dafür.«

Tim nahm die Brille und setzte sie auf seine Nase. »Es ist halb fünf in der Nacht.« Er deutete auf eine rot leuchtende Uhr auf einer Kiste mit Whiskey. »Hätte das nicht bis morgen Zeit gehabt?«

»Bedauerlicherweise nein«, antwortete Chandu. »Du kennst doch Pius Schardey, oder?«

»Ich habe ihm früher geholfen, Dinge zu besorgen«, sagte Tim. »Aber er ist in der Prostitutionsszene irgendwie aufgestiegen, daher hat er kein Interesse mehr an Fälschungen.«

Chandu fasste ihm die Ereignisse der letzten Tage zusammen.

»Schardey ist in den Menschenschmuggel eingestiegen?«, antwortete Tim erstaunt. »Für so skrupellos hätte ich ihn nicht gehalten.«

»Er war früher der Geldeintreiber und Schläger von Luden«, erwiderte Chandu. »Das ist an Skrupellosigkeit kaum noch zu überbieten.«

»Obwohl Zuhälterei ein sehr dreckiges Geschäft ist, spielt der Schmuggel von Frauen für die Zwangsprostitution in einer anderen Liga«, erklärte Tim. »Es gibt kaum einen Transport, bei dem nicht irgendwelche Frauen an den Strapazen sterben oder von den Schmugglern erschossen werden.« Er kratzte sich am Kopf. »Ähnlich wie bei flüchtenden Migranten kommt es auch immer wieder zu Unfällen. Ganze Gruppen ersticken und werden dann einfach irgendwo auf hoher See entsorgt. Und die Gewinne sind beachtlich, für eine Frau bekommt man locker eine fünfstellige Summe. Eher mehr. Ein lukratives Geschäft, wenn man die vergleichsweise geringen Aufwendungen für den Transport und den Unterschlupf dagegenhält, in dem die Frauen für kurze Zeit versteckt werden, bevor man sie auf die Bordelle verteilt«, sagte er nachdenklich.

»Kennst du einen solchen Unterschlupf?«

Tim schüttelte den Kopf. »Ich kenne Typen, die Frauen kaufen, aber die Schmuggler sind echte Irre, die jeden abknallen, der ihnen dumm kommt. Da gibt es bessere Möglichkeiten, Geld zu verdienen.«

»Wir haben noch eine gute Stunde Zeit, eine Geisel von Schardey zu finden«, sagte Chandu. »Danach wird er sie umlegen.«

»Bei ihm zu Hause ist sie nicht?«

»Ganz ausschließen können wir das nicht, aber wir haben fünf weitere Punkte identifiziert, wo er sie versteckt halten könnte.« Chandu berichtete von Schardeys Irrfahrt und reichte Tim die Liste mit den Orten, an denen er eine Zeit lang verweilt hatte. »Da Schardey ein Video aufgenommen hat, muss es einer der Punkte sein, an denen er länger war«, fuhr er fort. »Auch hört man Stimmen im Hintergrund, daher befinden sich noch andere Leute dort.«

»Gegenüber vom Sportplatz an der Behmstraße steht ein ziemlich großer Block mit Hunderten Wohnungen«, sagte Tim mit Blick auf die Liste. »Natürlich ist es dort anonym, aber nicht so ein kaputtes Getto, dass sich niemand für eine Geisel interessieren würde.«

»Vermutlich hat er ausschließlich Orte aufgesucht, die er kennt«, erklärte Chandu. »Er war zu aufgedreht, um nur im Auto zu sitzen, und bei dem Regen wird er nicht draußen herumspaziert sein. Oder einen kurzen Lauf über den Sportplatz gemacht haben, wenn wir in der Behmstraße bleiben.«

»Ich kenne seine Kumpels nicht so gut, um sagen zu können, ob einer von ihnen dort im Block lebt, aber in einer Bude mit Blick auf die Gleise laufen regelmäßig Spielrunden mit bezahlten Chips.«

»Was sind bezahlte Chips?«

»Um Geld zu spielen, ist illegal. Wenn die Polizei eine Razzia veranstaltet und es liegen Scheine auf dem Tisch, ist es offensichtlich, was gerade passiert. Wenn ich Pokerchips vor Ort kaufe und diese beim Verlassen dann wieder umtausche, ist das ebenso illegal. Aber wenn ich die Plastikdinger ganz woanders erstehe, sie zum Spielen mitbringe und woanders wieder zurücktausche, kann dir bei einer Razzia niemand etwas, weil sie kein Bargeld finden. Wie bei einem Hobby-Pokerclub.«

»Und so etwas gibt es in der Behmstraße?«

»Nur in einem sehr kleinen Kreis. Das ist quasi die Privatwohnung eines Zockers und nur zu bestimmten Zeiten für Spieler offen.«

»Also könnte Schardey dort gewesen sein«, schloss Chandu.

»Ist eine Vermutung«, sagte Tim.

»Was ist mit der Osloer Straße?«, fragte Chandu.

»Da gibt es hundert mögliche Orte«, antwortete Tim. »Von einem Kellerloch im Hinterhof über die Szenekneipe bis zur heruntergekommenen Spelunke.«

»Sonst noch irgendetwas, was du kennst?«

»Der Kotti fällt in dieser Liste natürlich auf«, sagte Tim. »Im Block der Adalbertstraße finden sich auch Typen, die für ein paar Kröten eine Geisel verstecken würden, aber wegen der Polizeipräsenz dort wäre es ausgesprochen dumm, das zu tun.«

»Was könnte Schardey in der Köpenicker Chaussee gemacht haben?«, ging Chandu in der Liste weiter.

»Angeln und mit dem Boot fahren«, erwiderte Tim achselzuckend. »Die Gegend ist um diese Nachtzeit verlassen und sicher findet sich auch eine schwer zugängliche Industriehalle, aber da kenne ich mich gar nicht aus.« Er deutete auf den letzten Punkt der Liste. »Mit dem Engeldamm ist es ähnlich wie mit der Osloer Straße. Wenn du Schardeys genauen Aufenthaltspunkt nicht kennst, gibt es zu viele Möglichkeiten, wo er hingegangen sein könnte. Aber nicht weit vom Engelbecken ist ein Bordell, bei dem Schardey als Sicherheitsmann gearbeitet hat. Der Besitzer hat nicht nur Huren auf der Straße laufen, sondern bringt auch dort welche unter, daher wäre das ein möglicher Ort, wohin er gegangen sein könnte. Vielleicht kauft er auch Frauen von ihm.«

Chandu nahm die Liste wieder an sich und drückte Tim einen Hunderteuroschein in die Hand. »Ich danke dir.« Er schlug ihm freundschaftlich auf die Schulter. Dann verließ er die Wohnung schnellen Schrittes, während er sein Handy aus der Tasche nahm.

Tim schüttelte den Kopf und rieb sich die Augen. Er würde mit dem Vermieter wohl über das Schloss an seiner Tür reden müssen. Gähnend nahm er seine Brille ab und ging zurück ins Bett. »Viel Glück, Chandu«, sagte er noch. Zwei Minuten später war er wieder eingeschlafen.

* * *

Jan analysierte mit Patrick die Route, die Schardey gefahren war, als Bergman in sein Büro kam.

»Wie sieht es aus?«, fragte der Kripochef.

»Eine Stunde und fünfzehn Minuten bis zum Treffen von Bahl und Schardey«, sagte Jan. »Bis dahin müssen wir das Versteck kennen, in dem er Volpe gefangen hält.«

»Wir gehen ein immenses Risiko ein«, mahnte Bergman. »Wenn wir Erfolg haben, wird man über das illegale Anbringen von Wanzen vielleicht hinwegsehen, ansonsten haben wir eine Menge unangenehmer Fragen zu beantworten. Allen voran die Einbeziehung von Außenstehenden und einer dringend Tatverdächtigen wie Tessa Bahl.« Er drehte sich in dem Büro um. »Wo ist sie überhaupt?«

»Sie sitzt im Verhörzimmer«, antwortete Jan.

»Ihr habt nicht wirklich vor, sie zu Schardey zu schicken?«

»Eigentlich nicht«, antwortete Jan zögerlich.

»Eigentlich?«, wunderte sich Bergman. »Wenn die beiden aufeinandertreffen, wird Schardey sie töten, nachdem sie die Fotos übergeben hat. Oder sie erschießt ihn. Oder beides.«

»Max hat ein dickes Paket mit Unterlagen aus alten Fällen ausgedruckt, die einerseits keine Interna preisgeben, aber Schardey vielleicht lange genug beschäftigen könnten, damit wir mehr Zeit haben«, erklärte Jan. »Und die Übergabe würde nicht ohne mich oder eine andere Begleitung stattfinden. Doch so weit wird es nicht kommen«, fügte Jan schnell hinzu, bevor der Kripochef etwas erwidern konnte.

»Wie ermitteln wir das Versteck, wo Volpe gefangen gehalten wird?«, fragte Bergman.

»Schardey war nach Bahls Anruf an sieben Punkten«, erklärte Jan. »Seine Bleibe und jene vom Anwalt nehmen wir aus der Betrachtung heraus. Von den fünf übrigen haben wir drei ausschließen können. Eine Wohnung mit illegalem Poker in der Behmstraße und einem Bordell am Engeldamm, das einem Zuhälter gehört, für den er gearbeitet hat und vielleicht immer noch Geschäfte macht. Außerdem haben mir die Kollegen vom LKA4 gesagt, dass sie eine Kneipe nahe des U-Bahnhofs Osloer Straße im Auge haben, in der angeblich Geld aus illegaler Prostitution gewaschen wird. Weder das Bordell noch die Leute in der Kneipe würden ihre Geschäfte riskieren, um eine Geisel für Schardey festzuhalten. Und im Wohnblock der Behmstraße kann ich mir nicht vorstellen, wie man eine Geisel an den vielen Leuten vorbeischmuggeln soll.«

»Klingt nachvollziehbar«, sagte Bergman.

»Bleiben noch das Kottbusser Tor und die Köpenicker Chaussee«, sagte Jan. »Das eine gehört zu den größten Kriminalitätsschwerpunkten von Berlin, das andere ist im Nirgendwo. Aber die Versteckmöglichkeiten sind an beiden Plätzen immens, sodass das SEK einen ganzen Tag suchen könnte, ohne etwas zu finden.« Jan ging zur Karte und deutete auf einen Punkt. »Tendenziell neige ich zur Köpenicker Chaussee, denn zwei Kilometer von Schardeys Aufenthaltsort wurde die Journalistin Anja Rottmann vom Zug überfahren, was wahrscheinlich der Auslöser für den Einbruch bei ihm war. Aber zwei Kilometer sind weit und vielleicht hatte das eine nichts mit dem anderen zu tun, daher warte ich noch bis fünf Uhr. So lange habe ich Max und seinen Kollegen von der

IT Zeit gegeben, um die Hintergrundgeräusche des Videos zu analysieren.«

»Aktuell befindet sich das SEK genau in der Mitte im Rudolfkiez«, erklärte Patrick. »Bereit loszuschlagen, wenn wir es sagen.«

Wie aufs Stichwort kam Max in das Büro gestürmt. Dabei hätte er beinahe Bergman umgerannt, der gerade noch einen Schritt aus dem Weg gehen konnte. »Wir haben was gefunden!«, rief der junge Mann begeistert. Er stellte den Laptop auf den Schreibtisch und drückte eine Taste. Einen Augenblick geschah nichts, dann ertönte ein dumpfes Brummen.

»Was ist das?«, fragte Jan.

»Ein Nebelhorn«, sagte Max begeistert. »Nicht so ein großes wie bei Kreuzfahrtschiffen oder Tankern, aber es gehört definitiv zu einem Wasserfahrzeug.«

»Von der Köpenicker Chaussee ist es nicht weit bis zur Spree«, sagte Jan. »Ganz im Gegensatz zum Kotti.«

Max riss die Hände hoch. »Wir kriegen den Drecksack!«, rief er begeistert.

»Ich kümmere mich um das SEK.« Patrick verließ eilig das Büro.

»Die abgelegene Gegend ist mir erheblich lieber als das Kottbusser Tor«, bemerkte Bergman.

»Das wird sich zeigen«, mahnte Jan. »Denn um die Köpenicker Chaussee ist alles sehr weitläufig und wir können kein Großaufgebot der Polizei dort hinschicken, solange wir nicht wissen, ob Volpe bewacht wird. Denn nach den Stimmen im Hintergrund zu schließen müssen wir davon ausgehen.«

»Eine Idee dazu habe ich noch«, sagte Max grinsend. »Aber dafür müssen wir vor Ort sein.«

* * *

»Warum wollte Bergman die Wasserschutzpolizei einsetzen?«, sprach Jan von seinem Versteck hinter einem Altglascontainer ins Funkgerät. Er verfolgte den Weg des Schiffes, das langsam durch die Spree fuhr und die Ufer mit einem Scheinwerfer absuchte. Neben ihm kramte Max in einer Kiste.

»Die Anlegestelle unserer Kollegen befindet sich nur ein paar Hundert Meter entfernt auf der anderen Seite des Ufers«, antwortete Patrick. »Deren Anblick ist daher nichts Ungewöhnliches, auch um diese Uhrzeit.«

»Und inwieweit helfen sie uns?«

»Kann ich dir nicht genau sagen, aber wegen der knappen Zeit nehmen wir alles, was wir kriegen.«

Max startete eine Drohne.

»Wie willst du in der Nacht etwas mit dem Ding erkennen?«, fragte Jan verwundert. Schon nach zehn Metern konnte er sie nur noch hören, nicht mehr sehen.

»Ich habe der Drohne eine Wärmesichtkamera verpasst.« Max starrte auf sein Tablet.

»Du suchst nach Wärmesignaturen?«

»Das funktioniert leider mit der darin eingebauten schwachen Technik nicht so gut wie in den Filmen, aber damit fliege ich zur nahen Gartensiedlung. Für eine schäbige Hütte wird es reichen und wenn es Ansammlungen von mehr als drei Personen gibt, informiere ich das SEK.«

Jan breitete eine Karte von der Gegend aus und leuchtete mit einer Taschenlampe auf das Papier.

»Irgendwelche Neuigkeiten, Ramon?«, hörte man Patricks Stimme durch das Funkgerät.

»Wir überprüfen alle abgestellten Fahrzeuge in der Nähe«, antwortete der Mann vom SEK. »Bisher nichts Ungewöhnliches.«

»Wir sollten unsere Suche auf die Gegend zwischen dem Wärmekraftwerk im Norden und der Kleingartensiedlung im

Süden beschränken«, sagte Jan. »Außer Max findet dort ungewöhnliche Wärmesignaturen.«

»Was ist mit dem Spreepark?«, fragte Ramon.

»Ich kann mir nicht vorstellen, dass Schardey in der kurzen Zeit seines Aufenthalts ein Boot genommen und übergesetzt hat«, antwortete Jan.

»Die Wasserschutzpolizei hat das Ufer abgesucht und nichts Ungewöhnliches gefunden«, sagte Patrick. »Weder am Ufer der Gartensiedlung noch am Funkhaus oder an den Anlegeplätzen.«

»Dann wenden wir uns der wasserabgewandten Seite der Köpenicker Chaussee zu«, sagte Jan. »Bis zu den Gleisen ist einiges an Brachfläche.«

»Schardey könnte die Frau auch in einem Container versteckt haben«, sagte Ramon. »Wir haben noch dreißig Minuten. Ohne einen weiteren Hinweis schaffen wir das nicht.«

»Wir hatten nicht die Zeit, um die Stimmen im Hintergrund zu isolieren«, erklärte Max. »Aber es waren mehrere Personen, daher kann es kein kleines, abgelegenes Versteck sein.«

»Wartet einen Augenblick«, hörte man Ramons Stimme. Dann schien er mit jemandem zu reden. »Wir haben einen getunten BMW neben einer anscheinend verlassenen Industriehalle gefunden«, sagte er nach einem Moment.

»Danke, Gott der Gangsterklischees.« Jan legte die Hände aufeinander und streckte sie zum Himmel. »Wenigstens darauf ist Verlass.«

»Wir umstellen das Gebäude großflächig und nähern uns von allen Seiten«, sagte Ramon.

Max stand auf und lief zu Jans Dienstwagen. »Was hast du vor?«, rief Jan dem jungen Mann hinterher.

»Ich hole das Signalstörgerät.«

»Damit blockierst du auch unseren Funkverkehr.«

»Diese Frequenz ist natürlich ausgenommen«, antwortete sein Freund vorwurfsvoll.

»Hoffentlich ist die Lagerhalle das Versteck«, murmelte Jan mit Blick auf die Uhr. »Einen zweiten Versuch haben wir nicht.«

* * *

Jan sah über Max' Schulter, der auf dem Tablet den Einsatz des SEK beobachtete. Ramon hatte eine hochwertige Kamera auf dem Helm, dank derer man selbst in dunkler Nacht etwas sehen konnte. Es hatte aufgehört zu regnen und die Wolken hatten sich verzogen, sodass der Mond genug Licht abstrahlte, damit es nicht völlig dunkel war.

Die Wände der Industriehalle waren schmutzig, teilweise von Kletterpflanzen überwachsen und an anderen Stellen mit Graffiti beschmiert.

»Von außen gibt es keinen Hinweis, dass die Halle genutzt wird oder jemand drin ist«, klang Ramons Stimme durch das Funkgerät.

»Was ist mit dem Auto?«, fragte Jan. »Ist es verschmutzt?«

»Die Karosserie ist noch feucht, die Felgen sind schlammverspritzt und eine Reifenspur führt durch den Dreck«, erwiderte Ramon. »Der Fahrer ist heute während des Regens gekommen. Ich sehe noch zwei Fußabdrücke, die in die Halle führen, aber darin verliert sich die Spur, weil der dortige Boden betoniert ist.« Er drehte den Kopf, sodass das Innere der Lagerhalle zu sehen war. Überall stand Gerümpel oder war Müll abgelegt. Jan erkannte große Plastikfässer, prall gefüllte gelbe Säcke, alte Schränke, Haufen mit Bauschutt und verschimmelte Ballen von Holzwolle. »Da könnten zwanzig Mann versteckt sein, ohne dass wir sie sehen«, fuhr Ramon fort. »Außerdem kriegen wir das niemals leise und in der kurzen Zeit weggeräumt.«

»Das meiste könnte bewusst platziert worden sein, um den Eindruck einer verlassenen Halle zu vermitteln«, sagte Jan.

»Trotzdem kommen wir nicht durch.« Die Kamera schwenkte über die Halle.

»Vielleicht gibt es einen Weg wie bei einem Labyrinth«, vermutete Max.

»Verstehe ich nicht.«

»Der Autofahrer muss irgendwo in der Halle sein«, fuhr der junge Hacker fort. »Und wenn er umständlich etwas weggeräumt hätte, würden wir das sehen. Also gibt es durch den ganzen Schutt einen umständlichen, aber am Ende einfachen Weg.«

»Wenn ich der Richtung der letzten Schuhabdrücke folge, komme ich an die blauen Fässer.« Ramon ging in die Lagerhalle hinein und rüttelte daran. »Eines davon ist leer.«

»Schiebe es zur Seite und schau, ob du weiterkommst«, sagte Jan.

Der SEK-Mann tat, wie ihm geheißen. »Wenn ich am Bauschutt links vorbeigehe, gelange ich zwischen zwei alten Schränken hindurch tiefer in die Halle hinein.« Man konnte mehrere Schritte hören. Offenbar folgten ihm seine Männer. »Haltet die Augen nach Sprengfallen und Kameras offen«, wandte sich Ramon an sein Team. Dann ging er weiter, über eine schmale Kiste und vorbei an Säcken mit Holzwolle.

Plötzlich blieb er stehen.

»Was ist los?«, flüsterte Jan.

»Am Ende der Halle ist eine massive Tür«, erklärte Ramon leise. »Und direkt darüber hängt eine Kamera.«

»Die ist aufgrund der Dunkelheit nicht gut zu erkennen«, sagte Jan mit Blick auf den Bildschirm. »Ist es ein neueres Modell oder noch von früher, als die Halle noch genutzt wurde?«

»Das Ding sieht sehr neuwertig aus.«

»Es ist 5.47 Uhr«, sagte Jan. »Zum Beobachten und Abwarten haben wir keine Zeit.«

»Die Tür geht nach innen auf«, erklärte Ramon. »Mit einer Ramme benötigen wir höchstens zwei Schläge, um das Schloss aufzubrechen. Vorausgesetzt, es ist nicht noch ein Querbalken angebracht. Dann dauert es länger.« Ramon wandte sich seinen Männern zu. Es war ein unheimliches Bild, die Kollegen vom SEK mit ihren Sturmmasken und Waffen im Anschlag zu sehen. »Zwanzig Meter bis zur Tür.« Seine Stimme war leise. »Sobald wir aus der Deckung gehen, ist unsere Ankunft keine Überraschung mehr, daher ist mit allem zu rechnen. Es könnte sich eine stark geschwächte Geisel dahinter befinden, also müssen wir vorsichtig sein. Schießen nur bei sicherem Ziel.« Er machte ein Zeichen mit seiner Hand. »Einer mit der Ramme direkt auf die Tür. Die anderen flankieren links und rechts.« Die Männer nickten und das Bild drehte sich wieder nach vorne. »Wenn es keine Einwände von deiner Seite gibt, gehen wir los«, wandte sich Ramon an Jan.

»Wir haben keine Wahl«, antwortete er. »Hoffen wir, dass nur der Mann aus dem Auto dort ist und er keine große Gegenwehr leistet. Viel Glück, Leute.«

Ramon nickte. Dann erklangen wieder Schritte, als sie eilig zur Tür liefen.

»Ich blockiere die Frequenzen, außer euren Funk, sobald ihr in den Raum eindringt.« Max' rechter Zeigefinger schwebte über der Enter-Taste.

Jans Hände wurden feucht und er ging unruhig umher. Er hasste es, untätig herumzusitzen und andere die Arbeit machen zu lassen, aber das SEK war eine perfekt eingespielte Truppe. Er wäre nur im Weg gewesen.

»Hoffentlich ist es das Versteck«, murmelte Max neben ihm.

Ein lauter Schlag ertönte und die Tür sprang auf. Fast gleichzeitig ertönten Schüsse.

»In Deckung!«, rief Ramon. »Die haben uns kommen sehen!«

Das Dröhnen der Waffen knallte laut durch das Mikrofon. Jan vermeinte Frauen im Hintergrund schreien zu hören. Ramons Kamera war in die Halle gerichtet, also stand er mit dem Rücken an der Wand neben der Tür.

»Verschiedene Waffen«, sagte ein Mann vom SEK. »Von der Schussfolge her sind es zwei Schützen.«

Dann bewegte sich die Kamera nach innen, aber nur kurz, sodass Jan einen hell beleuchteten Raum erkennen konnte, jedoch keine Details.

»Einer der Schützen ist hinter einem Fass«, erklärte Ramon. »Zehn Meter in den Raum hinein, zwei Meter nach rechts. Er hat die Arme auf das Fass gelegt und schießt in dieser Position.« Er wandte sich an den Mann, der auf der anderen Seite stand. »Ich gebe fünf Schuss aus der Deckung ab«, fuhr Ramon fort. »Dann legst du an und schaltest ihn aus.« Das Gegenüber nickte.

Es knallte fünf Mal ohrenbetäubend laut. Dann eine kurze Pause und ein weiterer Schuss.

»Erledigt«, hörte Jan die Stimme eines Mannes.

Wieder richtete sich die Kamera in den Raum. Etwas länger als vorher. Dieses Mal konnte Jan eine Couch, einen Kühlschrank und einen Tisch erkennen, der voller Flaschen und Essensverpackungen war. Weiter hinten sah er eine Gestalt liegen, eine Pistole nach vorne gerichtet.

»Der zweite Schütze ist links auf dem Boden«, sagte Ramon. »Ein kurzes Sperrfeuer, dann gehe ich hinein.«

Eine Kaskade an Schüssen ertönte und Ramon rannte hinein. Ein Schuss löste sich mit einem Blitz aus seiner Pistole. Dann rief er: »Ziel ist ausgeschaltet.«

Jan atmete hörbar aus. Die Schießerei war beendet. Ramon ging weiter zu einer Gruppe junger Frauen, die ängstlich zusammengekauert in der Ecke saßen. Einige hielten Kissen umklammert oder verbargen sich unter Decken.

»Alles in Ordnung«, sagte Ramon und senkte die Waffe. »Wir sind von der Polizei.« Er hob beschwichtigend die Hände. Dann wandte er sich von den Frauen ab. »Das ist ein Versteck von Mädchenschmugglern.«

»Um die kümmern wir uns später«, sagte Jan. »Wir müssen zuerst Volpe finden. Bei ihrem Zustand kommt es auf jede Minute an.«

»Hier ist ein Durchgang!«, rief einer der Männer.

Ramon lief weiter und öffnete eine Eisentür. Das Licht seiner Kamera beschien eine Frau, die mit einem Arm an die Wand gekettet war. Ihre Haare klebten schweißig an der Stirn und ihr Kopf war nach vorne gekippt. Sie schien ohnmächtig zu sein. Die Wange war geschwollen und Blut klebte an ihrer Lippe.

Ramon zog den Handschuh aus und legte seinen Zeigefinger an ihren Hals. »Der Puls ist kaum noch zu fühlen«, sagte er. »Und sie glüht regelrecht.«

»Ich stoppe den Scrambler und rufe den Krankenwagen.« Max tippte schnell etwas auf dem Computer. Dann stand er auf und nahm sein Handy.

»Frau Volpe.« Ramon schlug ihr sanft auf die Wange. »Hören Sie mich?«

Doch sie reagierte nicht. Ihre Augen blieben geschlossen und ihr Arm hing schlaff in der Kette.

»Das ist nicht gut«, sagte Ramon besorgt und versuchte, sie loszumachen. »Wir brauchen schnell einen Notarzt.«

* * *

Binnen weniger Minuten war die Gegend von Lichtern der Einsatzfahrzeuge erhellt. Ein Hubschrauber kreiste über der Lagerhalle und Jans Kollegen beeilten sich, die Gegend abzusperren.

»Ich kriege Bahl nicht«, sagte Max. »Das Handy klingelt, aber sie nimmt nicht ab. Vielleicht ist sie doch los.«

»Wir haben vereinbart, dass sie unter keinen Umständen allein zu Schardey geht«, sagte Jan. »Der Irre knallt sie ab, wenn er merkt, dass er betrogen wurde.«

Jan holte sein Handy aus der Tasche und rief auf der Dienststelle an.

»Kripo Berlin. Finke am Apparat«, meldete sich ein Mann.

»Hi, Nils, hier ist Jan«, begann er. »Kannst du irgendwo Tessa Bahl sehen?«

»Hier geht es zu wie im Bienenstock bei einem Wespenangriff.«

»Sie müsste im Verhörraum sein.«

»Warte einen Moment.« Jan vernahm das Gemurmel von Stimmen und das Hallen von Schuhen auf dem Steinboden. Eine Tür wurde geöffnet. »Hier ist sie nicht. Aber auf dem Tisch liegt ein Handy.«

»Kannst du Bahl anrufen?«, wandte Jan sich an Max.

Der junge Mann nickte und begann die Nummer zu wählen.

»Klingelt das Handy?«

»Ja«, antwortete Nils.

Jan fluchte. »Bahl ist in all dem Chaos abgehauen«, sagte er zu Max. »Und ich ahne, welches Ziel sie hat.«

* * *

Jan stellte das Auto direkt vor der Ausfahrt von Schardeys Haus ab und zog beim Aussteigen seine Dienstwaffe. Der Eingang war beleuchtet. Tessa Bahl saß auf den Stufen zur Tür. Vor ihr lag Schardey. Eine Blutlache hatte sich um seinen Kopf gebildet. Jan konnte nicht sehen, was der Grund für die Verletzung war, aber neben ihm lag eine Glock 37.

Bahl hatte die Hände auf die Knie gelegt und betrachtete Jan interessiert, als hätte sie ihn erwartet. Er vermeinte sogar ein Lächeln auf ihren Lippen zu sehen.

»Die Hände hinter den Kopf und zu mir«, befahl Jan und richtete die Waffe auf Bahl.

Die Frau tat wie geheißen und ging auf ihn zu.

»Zwei Schritte nach rechts und umdrehen.« Er ging bei Schardey in die Knie. In seine Stirn war eine Kugel eingedrungen.

»Ich bin nicht mehr bewaffnet, Hauptkommissar Tommen«, sagte Bahl ruhig. »Ich habe Schardey erschossen und die Pistole auf den Boden gelegt. Sie können mich verhaften, ohne dass ich Widerstand leiste.«

»Warum haben Sie das getan?«, fragte er, während er ihr Handschellen anlegte. »Wir haben Dr. Volpe gefunden und genug gegen Schardey in der Hand, um ihn für lange Zeit ins Gefängnis zu stecken.«

Doch statt zu antworten, lächelte sie nur. »Das erkläre ich ein anderes Mal«, sagte sie noch und ließ sich zum Auto führen.

* * *

Es war schon hell geworden, als Jan vom Gefängnis zurück auf die Dienststelle kam. Das war eine seiner anstrengendsten Nächte als Kripobeamter gewesen und nur langsam fiel die Anspannung von ihm ab. Er spürte den Schlafmangel der letzten Nächte in seinen Knochen und hätte seine Seele für einen Kaffee verkauft.

Die Räumlichkeiten waren voll mit Kollegen aus den unterschiedlichen Schichten, Polizisten und selbst Leuten vom SEK. Jan wollte gerade in sein Büro gehen, als sich Bergman neben ihn stellte.

»Der Notarzt hat gesagt, dass Volpe die Blutvergiftung überleben wird, obwohl es knapp war«, begann der Kripochef. »Außerdem haben wir zwanzig junge Frauen befreien können, die illegal nach Deutschland gebracht worden sind. Somit ersparen wir ihnen ein Schicksal als Sexsklavinnen.«

»Das ist schön zu hören«, sagte Jan und bemühte sich um ein Lächeln. Er wollte gerade von Bahls Verhaftung berichten, als Bergman zwei Schritte zurücktrat und zu klatschen anfing.

Einen Moment lang wusste Jan nicht, was er davon halten sollte, passte das Verhalten des Kripochefs doch nicht in die Hektik auf der Dienststelle. Aber weitere Kollegen blieben stehen, stellten sich neben Bergman und stiegen in den Applaus ein. Die Gruppe wurde stetig größer, bis Jan von klatschenden Leuten umzingelt war.

Er erkannte Patrick, die Männer vom KTI, und selbst Max hatte sich Bergman angeschlossen.

Jan wusste nicht, was er von alledem zu halten hatte, und sah verlegen zu Boden. Außer einem leisen »Danke« kam nichts über seine Lippen.

Ramon schlug ihm freundschaftlich auf die Schulter und stieg dann ebenfalls in den tosenden Applaus ein. »Du hast es verdient, Tommen«, sagte der Mann vom SEK. »Großartige Arbeit.«

Kapitel 14

Das Gefängnis war kein schöner Ort, aber als Tessa Bahl von ihrer Zelle in den Besuchsraum geführt wurde, wirkte sie erholt, als wäre sie gerade von einer belebenden Massage gekommen. Ihre Schultern waren entspannt und ein Lächeln zierte ihr Gesicht.

»Hauptkommissar Tommen«, begrüßte sie Jan und setzte sich ihm gegenüber.

»Danke, dass Sie Zeit für mich haben«, erwiderte er.

»Ich habe versprochen, alles aufzuklären, wenn Sie Irma retten. Sie haben Ihren Teil der Vereinbarung eingehalten, daher bin ich jetzt an der Reihe.« Sie deutete auf den Notizblock vor ihm. »Ich wusste nicht, dass Sie so altmodisch sind.«

»So habe ich es gelernt, und in manchen Dingen bin ich nicht bereit, mich anzupassen.«

»Wo möchten Sie anfangen?«

»Am 2. Oktober«, sagte Jan. »Sind Sie für Natalja Gehders Tod verantwortlich?«

Bahl nickte. »Ich habe sie mit Eva Kinnens Schlagstock angegriffen«, erwiderte sie ruhig.

»Was war Ihr Motiv?«, fragte Jan, obwohl er die Antwort schon ahnte.

»Als ich noch auf der Straße anschaffen war, hat mich Gehder zusammen mit ihrem Mann entführt und tagelang in ihrem Folterkeller gefangen gehalten«, erklärte sie. »Schließlich hat sie mich zum Sterben in den Fluss geworfen, was ich nur mit viel Glück überlebt habe.«

»Und warum sind Sie daraufhin nicht zur Polizei gegangen?«

»Der größte Teil meiner Erinnerungen war wie unter einer Glocke aus Nebel«, antwortete sie. »Ich konnte mich nur an das Gesicht des Mannes und Nataljas Stimme erinnern. Wahrscheinlich haben sie mich während der Gefangenschaft unter Drogen gesetzt, daher gab es nichts, was ich der Polizei hätte sagen können. Ich wusste weder, wie ich in die Zelle gekommen war, noch, wo sich diese befand. Und hätte mich nicht ein Spaziergänger am Flussufer liegen sehen, wäre ich gestorben. Schließlich bin ich im Krankenhaus aufgewacht und litt unter den Entzugserscheinungen der Drogen, mein Körper zerschunden und mein Geist verwirrt.«

»Wie haben Sie Natalja Gehder gefunden?«

»Ich hatte die Erlebnisse schon tief in meiner Seele vergraben, dann saß ich eines Tages in einem Café und hörte plötzlich diese Stimme. Es war dieselbe wie in der Zelle, und als ich mich vorsichtig umdrehte, erkannte ich meinen Vergewaltiger.« Sie schüttelte den Kopf. »Die beiden waren so in einen Streit verwickelt, dass sie mich nicht bemerkten. Oder vielleicht haben sie nicht damit gerechnet, dass ich noch am Leben war, sodass ich ihnen unauffällig bis nach Hause folgen konnte.« Sie schwieg einen Moment, als fiele ihr die Erinnerung daran unverändert schwer. »Das hat alles wieder hochgebracht, und ich war kurz davor, mir ein Messer in den Hals zu rammen, aber schließlich nahm mich eine Freundin zu einer anonymen Beratungsstelle mit.«

»Zu Dr. Volpe«, schloss Jan.

»Es gelang Irma, die Erinnerungen in meinem Kopf zu schärfen, sodass ich schließlich verstand, was passiert war.«

»Daraufhin schmiedeten Sie die ersten Mordpläne?«

Bahl schüttelte den Kopf. »Obwohl ich Rache wollte, schob ich das beiseite. Ich beendete mein Dasein als Prostituierte und kümmerte mich um all die anderen Frauen, die Hilfe benötigten. Doch anstatt mir Zufriedenheit zu verschaffen, steigerte die Arbeit meinen Zorn und den Wunsch, mich an allen Peinigern zu rächen.«

»Haben Sie mit Dr. Volpe darüber gesprochen?«

»Habe ich, und sie hat mich gebeten, mein Leben nicht wegzuwerfen, also hat sie eine Gruppe aus Frauen gebildet, die ähnlich dachten wie ich. Die Gespräche mit ihnen machten vieles leichter, aber schließlich wurde uns allen klar, dass wir niemals mit all der erlittenen Demütigung würden leben können und der Rachegedanke unseren Alltag weiter beherrschen würde. An dem Tag begannen wir die ersten Pläne zu schmieden.«

»Und in dieser Gruppe waren auch Eva Kinnen, Mina Comberg und Sina Ponath?«

»Dass Eva und Irma dazugehörten, lässt sich nach dem Einbruch bei Schardey nicht mehr leugnen, aber ich werde nichts Belastendes zu anderen sagen.«

»Dann zurück zum 2. Oktober«, bemerkte Jan, während er sich eine Notiz machte. »Sie haben Natalja Gehder erschlagen – und zwar mit einem Teleskopstock, der angeblich Eva Kinnen gestohlen wurde«, sagte Jan.

»Dazu habe ich noch Gehders Handy herumgetragen und zwischendurch am Mülleimer gewartet, um eine falsche Spur zu legen«, ergänzte sie. »Außerdem habe ich noch eine alte Werbebroschüre in meinem Waschbecken verbrannt, und da alle, außer mir, ein sicheres Alibi hatten, konnte die Kripo nur wenig tun.«

»Trotzdem haben wir Gehders geheimes Verlies gefunden.«

»Und alleine deswegen hat es sich gelohnt.«

»Wenn Sie uns Ihre Hinweise gegeben hätten, wäre das auch gelungen, ohne dass Gehder hätte sterben müssen.«

»Und was dann?«, fragte Bahl provokativ. »Vielleicht hätte es für eine Anklage gereicht, aber irgendwann wäre diese dreckige Sadistin wieder herausgekommen und hätte erneut Frauen entführt, missbraucht und getötet. Sie haben das Propofol samt Spritze in ihrer Handtasche gesehen. Gehder hat nur auf eine Gelegenheit gewartet, wieder zuzuschlagen.«

Das erste Mal wurde Bahl emotional. Es war offensichtlich, wie sehr sie das alles noch mitnahm, obwohl Gehder nun schon eine Weile tot war.

»Wenngleich ich Ihre Motive nachvollziehen kann, ist Selbstjustiz nicht hinnehmbar.«

»Ich suche nicht nach Absolution«, erwiderte Bahl ruhiger. »Sie wollten erfahren, wie Natalja Gehder gestorben ist und wer die Mörderin war.« Sie deutete auf sich. »Jetzt wissen Sie es.«

»Und als wäre ihr Tod nicht genug, haben Sie noch eine zynische Todesanzeige aufgegeben.«

»Das hat nichts mit Zynismus zu tun«, widersprach sie. »Es war wichtig, dass die Welt erfahren hat, was für ein Mensch Natalja Gehder wirklich war. Eben nicht die nette Nachbarin und Kollegin, sondern eine grausame, teuflische Mörderin.«

Jan war sicher, dass Bahl die Anzeige nicht selbst aufgegeben hatte, denn sie hatte weder ein Handy noch ein Laptop zu Hause gehabt. Doch wenn man die Tragweite ihrer anderen Taten bedachte, war dies fast zu vernachlässigen.

»Ich nehme an, dass Sie auch für den Tod von Ruben Comberg verantwortlich sind«, sagte Jan, während er sich eine Notiz machte.

»Wenn Sie Informationen über ihn eingeholt haben, kennen Sie auch die Motivation«, erklärte sie. »Und bevor Sie fragen, ja, ich habe ihn erschlagen und dann die falsche DNS am Tatort angebracht.«

Es war schwer abzuschätzen, ob Bahl log oder die Wahrheit sagte, aber von den fünf Frauen war sie tatsächlich die wahrscheinlichste Täterin. Es war eine Sache, einen Menschen in wildem Zorn anzugreifen, aber für einen geplanten Mord musste man über eine Kälte verfügen, die nur wenige in sich trugen. »Es hat uns einige Tage Ermittlungen gekostet, mehr über Ruben Comberg zu erfahren.« Die Probleme, die ihnen dabei der Käufer gemacht hatte, erwähnte er nicht. »Woher wussten Sie davon?«

»Von Quellen«, antwortete sie. Sie ließ bewusst die Namen von Mina Comberg und Sina Ponath aus, da sie noch auf freiem Fuß waren und bei einer nachgewiesenen Beteiligung ebenso hart bestraft worden wären wie Bahl.

»Daher kannten Sie auch seinen gewohnten Laufweg?«

»Und deshalb fiel meine Wahl auf den Lesser-Park, in dem es einige schwer einsehbare Stellen gibt«, ergänzte sie.

Jan war überrascht, mit welcher Ruhe Bahl die Taten zugab. Sie würde deswegen nie mehr aus dem Gefängnis kommen, aber das schien ihr egal zu sein.

»Warum haben Sie sich bei Pius Schardey zurückgehalten?«

»Weil ich mich in solchen Momenten nicht gut zügeln kann, und dann wäre Pius möglicherweise schon tot gewesen, bevor er uns die Wahrheit über Evas Halbschwester Anja sagen konnte.«

»Sie vermuten, dass Schardey hinter dieser Tat steckt?«

»Eva war sich sicher, dass ihre Schwester niemals Selbstmord begangen hat, trotz ihrer Medikamente«, erwiderte sie. »Und außerdem hat er die Tat zugegeben, kurz bevor ich ihn erschossen habe.«

»Menschen, denen man eine Pistole an die Stirn hält, geben alles zu. Selbst ein harter Hund wie Schardey.«

»Er hat nicht nur zugegeben, dass er Anja getötet hat, sondern hat mir auch erklärt, warum er sie auf die Gleise gelegt hat«, sagte Bahl.

»Um die Spuren des Erwürgens zu verbergen«, vermutete Jan.

Sie nickte. »Und das konnte er nur wissen, wenn er sie getötet hatte oder zumindest daran beteiligt war.«

»Und warum musste die Journalistin sterben?«

»Schardey hat Anja in der Nähe des Verstecks erwischt, wie sie gerade Fotos gemacht hat. Eigentlich hat er sie nur in den Schwitzkasten nehmen wollen, aber dann war sie tot.« Sie schüttelte den Kopf.

Jan betrachtete seine Notizen. In der kurzen Zeit seines Hierseins hatte er alles bekommen, was er zum Abschließen von drei Morden und dem angeblichen Selbstmord von Anja Rottmann benötigte. Nur eine Frage blieb noch.

»Warum erzählen Sie mir das alles? Nach dem Geständnis werden Sie für viele Jahre ins Gefängnis gehen. Vielleicht kommen Sie nie wieder auf freien Fuß.«

»Ich bin unter wahrlich schlechten Voraussetzungen auf diese Welt gekommen und hatte ein beschissenes Leben, Hauptkommissar Tommen. Aber nach Gehders Tod hatte ich das erste Mal das Gefühl, etwas Sinnvolles zu tun. Obwohl Sie die Tat nicht billigen werden, habe ich die Welt sicherer gemacht. Und das für die Frauen, denen es am dreckigsten von allen geht.«

»Ich bin froh darüber, dass diese Mordserie ein Ende hat, aber warum haben Sie nicht versucht, zu entkommen und Ihren Rachefeldzug weiterzuführen? Warum haben Sie neben dem Toten auf mich gewartet?«

»Dieser Teil meines Lebens ist vorbei«, erklärte sie. »Aber meine Taten werden weit über die Grenzen von Berlin hinaus Aufmerksamkeit erregen. Journalisten werden nach meinen Motiven fragen und Fernsehteams werden Interviews machen wollen. Und diese Bühne werde ich nutzen, um vom Leben auf dem Straßenstrich zu erzählen, von dreckigen Schlägern wie Schardey und Tyrannen wie Comberg. Und vielleicht werden die Behörden deswegen aktiver werden, die Menschen umsichtiger und das Leben der Frauen besser.« Sie lächelte. »Das ist nun meine Aufgabe, und es ist egal, ob ich ihr vom Gefängnis aus nachkomme oder in Freiheit. Aber es ist an der Zeit, darüber zu sprechen.«

* * *

Als Tim die Tür öffnete, wäre er beinahe über den großen, mit Schleifen verzierten Korb davor gefallen. Einen Moment lang war er davon so überrascht, dass er zwei Schritte zurücksprang und sich hinter einer Kiste mit gefälschtem Parfüm versteckte. Erst als der befürchtete Knall ausblieb, streckte er seinen Kopf hervor und betrachtete den Inhalt des Korbs.

Darin waren Würste, Nudeln, Tomatensoße, Wein, Schnaps, gebrannte Mandeln, Zuckerstangen und Schokolade. Tim hatte keine Ahnung, wie dieses Fresspaket vor seine Tür gekommen war, aber alleine der Geruch der Salami trieb ihm die Freudentränen in die Augen. Daher beeilte er sich, den Korb in die Wohnung zu schaffen, verriegelte hektisch die Tür und lehnte sich breit grinsend dagegen.

Er überlegte gerade, welchen seiner Nachbarn er beklaut hatte, als ihm eine kleine Karte am Henkel des Korbs auffiel. Darauf stand.

Für Tim!
Danke für die Hilfe.
C.

Er konnte sich nicht daran erinnern, wann er das letzte Mal etwas geschenkt bekommen hatte und schon gar nicht einen so leckeren Fresskorb wie diesen, daher war er aus Rührung regelrecht erstarrt. Er wischte sich lächelnd eine Träne von der Wange.

»Gern geschehen, alter Kumpel«, sagte Tim noch. Dann griff er nach der Salami und biss hinein.

* * *

Mit einer Zigarette in der Rechten und einem Glas Whiskey in der Linken stand Zoe vor dem großen Karaoke-Bildschirm und schrie die letzten Takte von »Smells Like Teen Spirit« in ein Mikrofon. Was ihr an Tonsicherheit fehlte, versuchte sie, mit Lautstärke zu kompensieren, und Jan hoffte, dass die Wände und Decken gut gedämmt waren, sonst würden Chandus Nachbarn heute Nacht nur wenig Schlaf finden.

Nachdem das Lied verklungen war, drehte sie sich unter dem Applaus ihrer drei Freunde herum und verneigte sich. Dann leerte sie das Glas in einem Zug und ging zu der kleinen Bar, die Chandu aufgestellt hatte.

»Wir haben noch ›Endless Love‹ von Mariah Carey auf der Liste«, sagte Max von der Couch. Er trug eine neongelbe Sonnenbrille, die Elton John neidisch gemacht hätte. An seinem breiten Grinsen und seiner nuschelnden Aussprache konnte Jan erkennen, dass der Champagner schon seine Wirkung gezeigt hatte, vertrug der junge Hacker doch keinen Alkohol.

Obwohl es erst Ende Oktober war, hing über der Couch ein großer Schriftzug mit »Fröhliche Weihnachten«. Chandu hatte die Wohnung festlich schmücken wollen, aber in der kurzen Zeit nichts Besseres gefunden; die silbernen Girlanden von der letzten Feier waren offenbar irgendwo in den Tiefen seines Werkzeugschranks verschwunden.

»Für dieses Lied bin ich nicht betrunken genug«, erwiderte Chandu und nahm sich eine Tüte Chips vom Tisch. »Aber vielleicht ist das was für Jan.«

»Ein anderes Mal«, winkte dieser ab. »Das ist mir heute zu hart.«

»Was ist los, Alter?«, fragte Chandu. »Wir haben gewonnen.«

»Ich kann es nicht festmachen, aber dieses Mal fühlt es sich nicht wie ein Sieg an.«

»Wir haben eine Mordserie gestoppt«, sagte Zoe. »Oder zumindest aufgeklärt.«

»Hätten wir Gehder, Comberg oder Schardey früher Einhalt geboten, wäre es nicht so weit gekommen«, erklärte Jan.

»Diese Diskussion könnte man bei jedem Verbrechen führen«, sagte Chandu. »Hätte die Polizei dies oder das gemacht, würde das Opfer noch leben oder hätte keine schweren Verletzungen erlitten. Der Oma wäre ihre Rente nicht geklaut worden oder der junge Mann hätte sich nicht den goldenen Schuss gesetzt.« Er zuckte die Achseln. »Wir haben die Morde nicht verhindern können, aber im Rahmen unserer Ermittlungen ist es uns gelungen, einen Menschenschmugglerring auszuheben und zwanzig Frauen aus deren Gewalt zu befreien. Zwanzig, Jan«, sagte er eindringlich. »Zwanzig Leben, die eine zweite Chance bekommen, weg von Gewalt und sexueller Ausbeutung. Und da sind die Frauen nicht eingerechnet, die als Nächstes von Asien oder Osteuropa hierhergeschmuggelt worden wären, hätten wir Schardey und seine Kumpels nicht hochgenommen.« Er breitete die Arme aus. »Wenn das kein Grund zum Feiern ist …«

»Und außerdem haben mehrere der befreiten Frauen Jost Rens identifizieren können, sodass Schardeys Anwalt angeklagt wird«, ergänzte Max.

»Immerhin einer, denn der Rest ist ja tot«, fügte Zoe hinzu.

»Ihr habt recht«, gab Jan schließlich zu. »Nach all dem Wahnsinn und dieser ewig anmutenden Nacht auf der Suche nach Dr. Volpe muss ein solcher Abend drin sein.«

»Wie geht es ihr?«, fragte Zoe.

»Die Blutvergiftung hat sie einigermaßen überstanden, aber Schardey hat sie übel zugerichtet«, sagte Jan. »Das wird noch dauern, bis sie das Krankenhaus verlassen kann. Aber die Ärzte sagen, dass sie zumindest körperlich wieder die Alte werden wird, wenngleich ihr noch einige Wochen an Reha bevorstehen.«

»Obwohl es nicht einfach werden wird, ist es ein sehr viel besseres Schicksal, als an einer Blutvergiftung zu sterben oder von Schardey erschossen zu werden«, warf Chandu ein.

»Daher auf uns«, sagte Max feierlich und hob sein Glas mit Ovomaltine-Cola. »Auf dass wir diese Welt ein wenig besser gemacht haben.«

»Mit einer Warnung an all die Drecksäcke da draußen, dass wir morgen früh wieder nüchtern sind«, ergänzte Chandu.

* * *

Jan war froh, die Treppen zu seiner Wohnung ohne Blessuren hinauf geschafft zu haben. Eigentlich wollte er nicht mehr so viel trinken, aber Chandus Whiskeysammlung war zu verlockend gewesen.

Während er den Schlüssel ins Schloss steckte, verspürte er noch immer den Drang, nachzusehen, ob er verfolgt wurde, obwohl der Käufer längst im Gefängnis war. Als er aber in den Flur trat, begrüßte ihn der süßlich-herbe Geruch von Lans Lieblingsduftkerze. Als er dann noch über ihre Schuhe stolperte, seufzte er zufrieden. Es war wirklich vorbei und das Leben konnte so weitergehen, wie es vor dem Fall gewesen war.

Ohne das Licht anzumachen, schlich er ins Schlafzimmer und legte sich neben Lan. Sie lag auf der Seite und das wenige Licht durch den Spalt im Rollladen beleuchtete ihr wunderschönes ebenmäßiges Gesicht. Die langen Haare lagen wie ein dunkles Tuch glänzender Seide auf dem Kissen.

Es war eine schwere Zeit für sie gewesen, aber keine Sekunde hatte sie ihm Vorwürfe gemacht, und als sie ihm bei ihrer Rückkehr überglücklich in die Arme gefallen war, hatte er seine Tränen nicht mehr zurückhalten können.

Jan rückte näher zu ihr, seine Wange vor ihren Lippen, damit er ihren Atem spüren konnte. Behutsam legte er den Arm um Lan. Wie sehr hatte er sie vermisst, ihre Nähe, ihr Lachen, einfach alles an ihr! Zwei Atemzüge lang nahm er mit all seinen Sinnen diesen Moment wahr. Dann küsste er sie sanft auf die Stirn und schloss die Augen.

Epilog

Auch drei Wochen nach dem Angriff konnte man Irma Volpe die erlittenen Schmerzen noch ansehen, als sie die Straße entlang zu ihrem Auto humpelte. Sie stützte sich auf einen Stock, offensichtlich geschwächt von den Folgen der Blutvergiftung. An der linken Kopfseite waren ihre Haare abrasiert und die genähte Verletzung sichtbar. Doch obwohl sie Schreckliches erlebt hatte, ließ sie es sich nicht nehmen, auch an diesem Dienstag wieder in die Beratungsstelle nahe der Kurfürstenstraße zu gehen, um sich die Sorgen und Probleme der Frauen dort anzuhören.

Nichtsdestotrotz hatte sie bei einem Mordkomplott mitgewirkt und war bei einem Mann eingebrochen, um ihn zu foltern. Das alles würde sie wahrscheinlich die Approbation kosten und ihr eine Gefängnisstrafe bescheren, aber Volpe war zu klug, als dass sie das vorher nicht in ihre Überlegungen einbezogen hätte. Wahrscheinlich war es ein akzeptables Opfer für sie gewesen, dafür einen Mann wie Schardey aus dem Weg zu räumen und den Mord an einer engagierten Journalistin aufzuklären.

Während sich Volpe an die Karosserie ihres Autos lehnte und den Schlüssel in ihrer Jackentasche suchte, überquerte Jan die Straße und ging zu ihr.

»Hauptkommissar Tommen«, begrüßte sie ihn überrascht, als er sich neben sie stellte.

»Schön, Sie wieder auf den Beinen zu sehen. Wobei ich der Meinung bin, dass Sie sich noch schonen sollten.« Er deutete auf ihren Stock.

»Meinem Kopf geht es gut.« Sie tippte an ihre Stirn. »Mehr brauche ich nicht. Der Rest wird folgen.«

Aus der Nähe wirkte Volpe noch schwächer. Ihr Gesicht war eingefallen und ihre Hand auf dem Stock zitterte, als wäre der kurze Weg schon anstrengend gewesen. Das Leuchten in ihren Augen dagegen war unvermindert stark.

»Ich hatte noch nicht die Gelegenheit, mich bei Ihnen für meine Rettung zu bedanken«, fuhr sie fort.

»Das ist mein Job«, erwiderte Jan. »Ich wünschte nur, wir wären früher bei Ihnen gewesen.« Obwohl sich Volpe freiwillig dem Risiko ausgesetzt hatte, fühlte sich Jan für ihren schlechten Zustand mitverantwortlich.

»Haben Sie noch Fragen zu dem Fall? Oder haben Sie beruflich in der Gegend zu tun?«

»Ich bin privat hier.«

Volpe zog verwundert die Augenbrauen hoch. »Ich hätte nicht vermutet, dass ein Mann wie Sie meine therapeutischen Fertigkeiten benötigen würde.«

»Sie wären überrascht«, entgegnete Jan. »Aber ich möchte von Ihnen lernen.«

»Verzeihen Sie, Hauptkommissar Tommen, aber Sie verwirren mich.« Auch nach ihrem Gesichtsausdruck zu schließen, hatte sie keine Ahnung, was Jan von ihr wollte. »Was könnten Sie von mir lernen?«

»Obwohl ich Ihre Tat nicht billige, verstehe ich Ihre Motivation«, begann er. »Es muss unvorstellbar enttäuschend sein, sich jeden Tag das Leid der Frauen anhören zu müssen, ohne etwas dagegen unternehmen zu können, und zu wissen, dass sie auch morgen ausgenutzt, verprügelt und missbraucht werden. Und wenn nicht sie, dann eine andere Frau, die nicht den Mut hat, zu Ihnen zu kommen.«

»Das ist sehr zermürbend«, gab sie nach einem Moment des Nachdenkens zu. »Es macht wütend und traurig zugleich.«

»Ich möchte Sie bitten, mir davon zu erzählen«, fuhr Jan fort. »Sie müssen keine Namen nennen und ich werde auch keine Ermittlungen anstreben, aber vielleicht kann ich besser verstehen und dabei helfen, die Probleme Ihrer Klientinnen zu mindern. Dann muss vielleicht niemand mehr sterben oder entführt werden, weil es keinen Grund gibt, sich zu rächen.« Er deutete auf die andere Straßenseite. »Nicht weit von hier ist ein nettes Café, aber wenn es Ihnen heute Abend nicht passt, gern auch an einem anderen Tag.«

»Café klingt gut«, antwortete sie mit einem Lächeln. »Und wenn Sie wirklich die Geschichten dieser Bedauernswerten hören möchten, habe ich nichts Besseres zu tun.«

»Lassen Sie uns losgehen.« Jan hakte sich bei ihr unter. »Wenigstens hat es aufgehört zu regnen«, sagte er mit Blick zum Himmel.

»Noch nicht ganz«, erwiderte Volpe. »Aber es ist besser geworden.«

Danksagungen

Auch dieses Buch ging nicht ohne Rat und Hilfe von anderen, daher möchte ich mich bedanken bei Andreas Hartel, Daniela Walther, Sandra Utt, Ralf Ludewig und Dirk Schlinke.

Vielen Dank für eure Zeit und Unterstützung.

Printed in France by Amazon
Brétigny-sur-Orge, FR

33447265R00166